La Vie à bras-le-corps

Faire face à l'incertitude

Traduit de l'anglais par Dominique Darbois-Clous

Susan Jeffers

La Vie à bras-le-corps

Faire face à l'incertitude

DES CLÉS INNOVANTES POUR
TROUVER LA SÉRÉNITÉ
face à l'Inconnu

•MARABOUT•

Aux nombreux héros de notre monde, qui nous montrent ce que signifie vraiment prendre la vie à bras-le-corps.

Ils nous révèlent la force stupéfiante, mais parfois oubliée, qui existe à l'intérieur de nous tous.

Nous avons simplement besoin de nous le rappeler.

Sommaire

REMERCIEMENTS

La vie est incertaine, pas de doute. Mais une chose est certaine : je dois de sincères remerciements aux personnes qui suivent. Chacune, à sa façon, a largement contribué à enrichir ma vie et à faire que ce livre existe.

Dominick Abel, mon agent américain, qui croit en moi et qui est à l'origine de tout. Cela fait longtemps que nous travaillons ensemble et il est toujours là pour me soutenir et m'encourager lorsque j'en ai besoin.

Jennifer Enderlin, ma merveilleuse éditrice chez St. Martin's Press. C'est grâce à elle que je publie mes livres avec bonheur. Je la remercie d'avoir cru à l'intérêt de ce livre et de m'avoir offert son soutien constant. J'ai beaucoup apprécié les deux !

SueEllen et Tom Strapp, de Powersource, les remarquables administrateurs de mon site Internet ! Chaque fois que je me connecte, j'ai le sourire aux lèvres. Je suis ravie de les avoir rencontrés et leur suis très reconnaissante de tous les efforts qu'ils ont fournis pour moi.

Mes fidèles, qui achètent mes livres, viennent à mes conférences, et me confient que je les ai aidés d'une manière ou d'une autre. Je me sens tellement privilégiée d'avoir pu entrer en contact avec un si grand nombre d'entre eux, et d'une façon aussi enthousiasmante !

Mes chers amis : Donna Gradstein, qui a relu avec soin le manuscrit et qui, comme toujours, a fait de précieuses suggestions. Paul Huson, auteur de *How to Test and Develop your ESP* *, qui a révisé le chapitre « Augmenter nos chances ». Heureusement j'ai réussi l'examen haut la main ! Jerry Beckermann qui, à l'occasion de nos « rencontres de détente » devant un cappuccino et une vue superbe, me fait toujours cadeau de sa manière très précieuse de regarder le monde. Chas Eisner, qui a fait face à l'incertitude du cancer avec un panache qui est une leçon pour chacun d'entre nous. Bill Bast, Lois Luger, Henry Gradstein, Melissa Oberon, John Levoff, Gene Schwam, Myrna Schwam, Jennie Blackton, Ed Philhower, Stewart Copeland, Fiona Copeland, Dick Lobo, Caren Lobo, Terry Robinson, Ken Robinson, Larry Gershman, Anita Gershman, Trevor Chenery, Sue Chenery, Joy Starr et Mandi Robbins, qui m'apportent leur soutien de mille façons différentes.

Le Dr Renata Mihalic et le Dr Michael Galitzer, qui m'ont rendu la santé et m'ont appris à voir sous un jour entièrement nouveau le lien entre mon corps, mon esprit et mon âme.

Ma famille épatante : Gerry Gershman, Leslie Wandmacher, mes beaux-enfants Alice et Guy Shelmerdine et leur famille, Michael Wandmacher, Anthony Shelmerdine et Ashley Jacobs. Mon adorable sœur Marcia et mon beau-frère Bruce Rabiner, qui remplissent ma vie de rires et d'affection (pour ceux qui suivent le feuilleton, Bruce est le mari numéro 4 et l'ancien amour retrouvé de Marcia. Je suis si heureuse de les voir enfin à nouveau ensemble !).

Et le plus important : mon très cher époux Mark Shelmerdine, mon meilleur ami ici-bas, grâce auquel je me sens belle, estimée et aimée. Je suis privilégiée au-delà des mots.

* « Comment tester et développer vos capacités extra-sensorielles » (N.d.T.)

Introduction
Comment allez-vous choisir de vivre ?

Aujourd'hui, plus que jamais, nous avons besoin
de nous raccrocher à quelque chose de durable,
quelque chose qui ne sera pas emporté
par les vagues déchaînées du changement.

Walter Cooper [1]

J'ai écrit cet ouvrage pour que mes lecteurs dorment mieux la nuit, pour que la souffrance née de leurs efforts pour contrôler l'incontrôlable s'apaise, pour que leur vie ne soit plus une succession de soucis permanents mais devienne une aventure enrichissante. Je voudrais leur apporter « quelque chose de durable, quelque chose qui ne sera pas emporté par les vagues déchaînées du changement ».

Le philosophe Alan Watts a raison d'attirer notre attention sur le *sentiment* que nous avons de vivre dans une époque d'insécurité *inhabituelle*. Il l'attribue aux technologies nouvelles dont la science et l'industrie nous bombardent en permanence et à l'effondrement de nombreuses traditions anciennes qui régissaient la vie de famille, la religion et le monde du travail [2]. Mais le fait le plus étonnant est que Watts a fait cette sage analyse en 1951 !

J'ose affirmer que cette sensation d'insécurité s'est largement amplifiée depuis ce supposé « bon vieux temps » ! En effet, nous avons vécu de nombreux événements qui ont contribué à dégrader notre sentiment de sécurité. Le plus violent et le plus perturbant est certainement – pour les Américains en tout cas – l'attaque terroriste des tours du World Trade Center à New York et du Pentagone à Washington, le 11 septembre 2001. De nombreuses personnes de plusieurs pays y ont perdu la vie et beaucoup de familles ont été endeuillées. Ces attentats ont mis le monde entier en état d'alerte. Pour combien de temps ? Seul l'avenir nous le dira *.

Pour compliquer les choses, nous vivons dans une société qui nous incite à prendre le contrôle – un contrôle absolu – de l'ensemble de notre vie et de notre environnement : carrière, relations, enfants, santé, argent, état du monde, etc. Nous tenons absolument à ce que la vie soit sûre, protégée, prévisible, faite uniquement de bonnes choses. Aussi ressentons-nous un malaise, quand ce n'est pas une franche panique, face à toutes les incertitudes de notre vie, car qui dit incertitude dit absence de contrôle **.

En fait, nous ne gérons pas très bien cette réalité : l'absence de contrôle. Nous prenons des médicaments pour réduire notre anxiété, nous nous réfugions dans la dénégation, nous devenons des drogués du travail ou nous utilisons n'importe quel autre expédient capable de chasser de notre esprit le fait que nous avons si peu de contrôle sur les événements. Nous pouvons également vivre en permanence avec un sentiment d'anxiété qui ne se dissipe jamais parce que nous sommes obnubilés par l'inconnu, l'inattendu, l'incontrôlable.

Une telle attitude a des conséquences graves. Nous gaspillons tellement notre vie à nous inquiéter et à essayer d'éviter des événements malheureux que nous oublions de profiter pleinement des bonnes choses. Quel gâchis ! Heu-

* L'épouvantable attaque terroriste du 11 septembre venait juste de se produire au moment où j'achevais cet ouvrage. Je me souviens de m'être fait la réflexion que c'était vraiment le moment d'apprendre à faire face à l'incertitude.

** Le sens que je donne au terme « incertitude » dans ce livre est l'ignorance où nous sommes de l'avenir ; cette ignorance touche tous les domaines de notre vie et le monde qui nous entoure.

reusement une telle attitude n'est pas obligatoire. Personne ne nous impose de cheminer dans la vie sous un gros nuage noir. La vérité, c'est qu'il n'a jamais été prouvé, nulle part, que les incertitudes empêchent de vivre une vie riche, généreuse et joyeuse.

C'est là l'idée essentielle que vous devez faire vôtre. Nombreux sont ceux avant nous, et aussi parmi nous, qui ont démontré que la vie peut être merveilleuse malgré ses incertitudes. En fait, certains vont jusqu'à démontrer que la vie peut être enthousiasmante grâce à cette incertitude même ! Oui, je dis bien, *grâce à l'incertitude.*

La vraie question est : « De quoi avons-nous besoin pour parvenir à être “branché sur la vie” ? » En retournant la question dans tous les sens, avant de rédiger cet ouvrage et pendant sa rédaction, j'ai découvert de nombreuses réponses qui pourront vous aider à trouver la vie formidable malgré – ou, mieux encore, *grâce à* – l'incertitude.

Avant de découvrir mes suggestions, vous devez prendre en compte trois réalités essentielles. Faute de les comprendre et de les accepter, il vous sera très difficile, voire sans doute impossible, de vous sentir à l'aise face à toutes les incertitudes du monde actuel. Une fois que vous aurez pris acte de ces trois réalités, vous serez plus solide pour entamer la grande aventure de vivre sa vie en acceptant l'inconnu. Oui, il s'agit, croyez-moi, d'une grande aventure !

Je vous suggère de lire à plusieurs reprises les paragraphes sur les trois réalités. Il se peut qu'au début vous n'appréciiez pas tout ce qu'ils vous proposent. Mais au bout du compte, vous apercevrez les incontestables bénéfices que vous retirerez si vous faites face à toutes les incertitudes de votre existence.

Première réalité

La seule certitude : la vie n'est qu'incertitude !

Vous êtes probablement en train de penser que vous le savez déjà. Mais au plus profond de votre être, *vous n'y croyez pas vraiment* ou vous ne voulez pas le savoir. Ce livre même, je parierais volontiers que vous auriez préféré qu'il s'intitulât *En finir avec l'incertitude.*

Soyez honnête avec vous-même et reconnaissez que vous souhaitez des garanties. Vous voulez que la vie vous donne un mariage heureux, beaucoup d'argent, une bonne santé, des enfants bien élevés et heureux de vivre, un monde sans conflits, etc., je vous laisse compléter la liste. Si vous pensiez sincèrement que la vie n'est qu'incertitude, vous ne seriez pas en quête d'assurances, mais en recherche d'autre chose. Je vais vous laisser patienter un peu avant de vous dire précisément quelle est cette « autre chose » que vous seriez en train de chercher.

Je vais me répéter, mais je ne le dirai jamais assez : la réalité est qu'il est impossible de gommer l'incertitude, dans quelque domaine que ce soit. Vous ne pouvez trouver un seul secteur de la vie qui ne soit soumis à l'incertitude. Vous pouvez toujours vous révolter, vous mettre en colère, pleurer ; rien n'y fait. Nous ne pouvons ni prédire ni contrôler ne serait-ce que la seconde suivante de notre existence, encore moins l'évolution de nos enfants, de nos relations, de notre vie professionnelle, la durée de notre existence, et ainsi de suite.

Une seule chose est sûre : RIEN n'est certain !

Je vous entends réagir : « Comme c'est déprimant ! Vous voulez dire que je ne peux VRAIMENT PAS contrôler ce qui m'entoure ? Je ne peux VRAIMENT PAS générer l'assurance, la sécurité, la garantie que je cherche ? Je ne peux VRAIMENT PAS devenir suffisamment solide pour contrôler ma propre destinée ? » À toutes ces questions, je réponds : « Non. Vous ne pouvez pas obtenir le genre de contrôle que vous souhaitez. »

Peut-être n'êtes-vous pas d'accord avec moi et avez-vous envie de me répondre : « Bien sûr que si ! Je peux souscrire des assurances. Je peux choisir d'élever mes enfants d'une certaine façon. Je peux faire attention à mon alimentation. » Bien sûr, vous pouvez faire tout cela et je vous encourage à le faire. Mais il n'en demeure pas moins que ces actions n'offrent aucune certitude garantissant que les choses tournent comme vous le voulez. La dure réalité, c'est que la compagnie d'assurances peut mettre la clé sous la porte, que vos enfants peuvent tout à fait devenir l'opposé de ce que vous souhaitiez, et que l'alimentation saine d'aujourd'hui censée préserver votre santé sera peut-être proscrite demain. Aïe ! Voilà le tableau !

Le moment est venu pour vous de prendre une bonne inspiration et de VOUS RENDRE À L'ÉVIDENCE : vous ne pouvez EN RIEN CONTRÔLER l'avenir. Pour vous aider à accepter cette réalité, vous devez vous répéter de nombreuses fois :

Je n'ai aucun contrôle sur l'avenir
Je n'ai aucun contrôle sur l'avenir.
Je n'ai aucun contrôle sur l'avenir.

Vous aurez peut-être un peu de mal à me croire, mais vous allez rapidement vous rendre compte que cette affirmation négative est, en fait, extrêmement positive * ! En la répétant encore et encore, vous allez consciemment ABANDONNER tout espoir de créer la moindre certitude dans votre vie. Ce qui ressemble *a priori* à une mauvaise nouvelle n'en n'est pas une et nous conduit à la deuxième réalité.

---

* En règle générale, il est préférable de s'appuyer sur des affirmations positives plutôt que négatives. Mais il existe des exceptions à la règle qui peuvent nous servir de la même manière. C'est le cas ici.

Deuxième réalité

Une fois que vous aurez accepté le fait que vous n'êtes pas en mesure de contrôler l'incertitude, vous pourrez enfin être soulagé.

Quand vous aurez atteint le stade où vous aurez compris que vous devez LÂCHER PRISE, vous ne pourrez que ressentir la paix qui envahit celui qui renonce à tenter l'impossible. Comme il est bon d'arrêter de se cogner la tête contre un mur !

Comprenez bien que, dans ce cas, lâcher prise ne signifie pas du tout renoncer à faire de votre mieux ; cela signifie abandonner une chose sur laquelle vous n'avez pas le moindre contrôle : l'ISSUE de chacune des situations de votre vie. Une fois que vous aurez abandonné l'idée de contrôler l'issue des événements, vous comprendrez la raison du merveilleux sentiment de paix qui vous envahit. « Ouf ! Je n'ai pas besoin de me démener autant pour réaliser l'impossible : contrôler l'avenir. Je peux enfin me reposer. » Quel soulagement !

Attention ! Tant que vous croirez que vous pouvez corriger la nature même de l'existence, vous n'aurez pas vraiment compris la vraie nature de la vie : l'incertitude. Vous continuerez à vivre avec l'illusion qu'il doit exister un moyen de tout contrôler.

En revanche, si vous êtes parfaitement convaincu qu'il n'existe aucun moyen de supprimer l'incertitude de votre existence, alors vous pourrez changer de fonctionnement et être « branché sur la vraie vie ». Je veux dire que vous pourrez apprendre à intégrer l'incertitude au lieu de vous efforcer de la gommer, ce qui est bien sûr impossible. Et maintenant, passons aux bonnes nouvelles.

Troisième réalité

Une acceptation profonde de l'incertitude de toute vie ouvre la porte à une manière de vivre riche en potentialités.

J'ai laissé entendre plus haut que si nous acceptions en toute conscience le fait que la vie est incertaine, nous cesserions notre quête incessante de garanties pour rechercher autre chose. Il est maintenant temps de dire ce que nous devrions rechercher.

Nous chercherions les dons précieux contenus dans tout ce qui nous arrive, même si ce qui nous arrive nous semble mauvais dans l'instant. Repérer ces dons minimise la souffrance, et peut *même la supprimer.*

Nous chercherions une façon d'être au monde qui nous assure de pouvoir faire face à tout ce que la vie nous apporte. Nous sachant prêts à gérer tout ce qui croise notre chemin, nous vivrions dans une attitude ouverte qui veut dire : « Donne ce que tu as à me donner ! »

Nous chercherions une façon d'être au monde qui nous permette de voir, dans l'incertitude, non pas quelque chose d'inquiétant, mais une richesse de la vie.

Laissez-moi vous raconter comment s'est passé pour moi l'apprentissage de cette intégration de l'incertitude. J'ai grandi en désirant désespérément offrir des garanties à mon existence. Je passais mon temps en quête de papa, de maman, de Dieu, pour qu'ils me maintiennent à l'abri et en sécurité. Je me suis mariée très jeune (à dix-huit ans) dans l'espoir que, grâce à mon prince charmant, je me sentirais en parfaite sécurité ! Quelle tâche écrasante ! Bien sûr, il n'a pas pu réaliser mes vœux de conte de fées. Cette déconvenue a fait naître une foule de sentiments négatifs en moi : colère, refus, frustration, impuissance, tristesse et peur. Nous avons fini par divorcer. Entre mes deux mariages j'ai rencontré beaucoup d'hommes, mais finalement j'ai été obligée de reconnaître que personne ici-bas ne pouvait m'apporter ce sentiment de sécurité.

J'ai alors enfourché un autre cheval de bataille. Je suis devenue rebelle et ai tenté seule de contrôler l'incertitude, tâche si épuisante et si futile qu'il m'a bien fallu LÂCHER PRISE et accepter l'idée que, malgré tous mes efforts, je ne pourrais pas éviter les dures réalités de l'existence : la maladie, le divorce, la mort des gens que j'aime. J'ai enfin compris que je devais laisser ma vie se dérouler sans chercher à édifier des certitudes.

J'ai d'abord trouvé ce sentiment très pénible. Mais peu à peu j'ai appris à explorer les nombreuses voies qui pouvaient me permettre d'atteindre et d'exploiter les potentialités de mon être. La détresse a été remplacée par la joie de la découverte. Et je voudrais, dans ce livre, vous faire comprendre et ressentir ce que j'ai appris à cette occasion.

> Il s'agit d'un saut dans l'inconnu, d'une grande aventure qui nous fera découvrir en nous de puissantes réserves dont nous ne soupçonnions pas l'existence.

Chaque instant, chaque jour, chaque âge, chaque expérience bonne ou mauvaise contient son défi propre, son questionnement émerveillé sur la façon dont ils vont se dérouler. Le « truc » est précisément d'apprendre à aimer l'incertitude dans laquelle les événements surviennent pour enfin découvrir l'intense satisfaction, la grande joie, la vraie chance tapie au cœur de cette incertitude.

Alors, comment allez-vous choisir de vivre ? Dans un état de malheur, d'épuisement, d'impuissance ? ou bien en acceptant l'excitation de l'aventure et les infinies possibilités qu'apporte l'incertitude de nos vies ? Vous avez vraiment le choix. Je suis certaine qu'à moins d'être masochiste, vous opterez pour la deuxième attitude.

> Choisir de vivre une vie pleine de surprises stimulantes et d'ouvertures n'est qu'un premier pas. L'objet de ce livre

est de vous aider à faire le pas suivant, puis le suivant, puis encore un autre...

J'ai ajouté aux nouveaux concepts exposés dans cet ouvrage quarante-deux exercices pour vous aider à vous débarrasser des modes de pensée et de vie qui détruisent l'âme. Je vous conseille de noter, au fil de votre lecture, les exercices qui vous « parlent » plus particulièrement, puis de les relire régulièrement et d'en faire peu à peu un élément important et amusant de votre quotidien. Ainsi, vous parviendrez à faire vôtre l'idée que la vie est formidable bien qu'elle soit incertaine, ou, mieux encore, qu'elle est formidable précisément parce qu'elle est incertaine.

Je tiens aussi à vous signaler que ce livre possède sa propre autonomie. Il a vocation à être lu et relu. Il saura vous guider quand vous aurez besoin d'aide pour avancer et pour affronter vos inquiétudes face à l'avenir. Je vous suggère donc d'en faire un de vos meilleurs amis. Ouvrez-le souvent et apprenez à bien le connaître. Soyez sûr qu'il ne vous laissera pas tomber.

Bien ! Êtes-vous maintenant prêt à vous lancer dans une des plus exaltantes aventures humaines, voulez-vous changer votre manière de voir le monde ? Votre lecture va vous faire parcourir un chemin magique à l'intérieur de votre esprit. En chemin, vos yeux vont s'ouvrir à la beauté, au miracle et à la joie et vous faire découvrir une multitude de possibilités. Tout ce que vous avez à faire, c'est de vous asseoir dans un bon fauteuil et de laisser le film se dérouler. Et quel film fantastique !

Chapitre 1
La magie du questionnement

La destinée est une chose mystérieuse,
apportant parfois un miracle dans un panier troué
rempli de catastrophes.

Francisco Goldmann [1]

Vous êtes dans une salle de cinéma, ravi à l'idée de voir un grand film que les médias encensent depuis des semaines. Vous êtes très content que ni les médias ni vos amis ne vous aient raconté la fin. En fait, hier soir, au cours du dîner, vous avez évité de justesse que quelqu'un la dévoile ; vous avez plaqué vos mains sur vos oreilles et vous êtes mis à chanter à tue-tête. Tout le monde a ri ; votre ami a bien compris et ne l'a pas racontée. Vous voulez découvrir l'histoire par vous-même. Vous ne voulez pas qu'on vous gâche le film – en effet, si vous connaissiez la fin du film votre plaisir s'évanouirait.

Ne serait-ce pas magique si nous pouvions envisager exactement de la même manière l'histoire de notre vie ? Nous pourrions nous permettre de devenir spectateur de la plus belle histoire jamais racontée... la plus belle du moins pour nous. JE ME DEMANDE BIEN ce qui va arriver. JE ME LE DEMANDE !

Étrangement, même si nous sommes tourmentés par l'incertitude de l'avenir, je crois que si quelqu'un pouvait nous dire à l'avance comment les choses vont tourner, nous ne voudrions pas l'entendre. Bien sûr, nous aimons que les voyantes nous annoncent la richesse, la santé et le parfait amour. C'est toujours très agréable d'écouter les bonnes prédictions, mais je ne pense pas que nous souhaiterions entendre les mauvaises. Pourtant notre vie comporte forcément de « mauvaises choses * » Supposons un instant que j'aie le pouvoir de prédire l'avenir avec une certitude absolue et que je vous propose cette chronique de votre vie :

> Vous ferez un mariage heureux à l'âge de 28 ans.
> Vous divorcerez à 35 ans.
> Votre mère mourra quand vous aurez 37 ans.
> Vous subirez une opération du rein à l'âge de 42 ans.
> Vous aurez deux enfants, un garçon et une fille. Votre fils ne vous apportera que des joies et votre fille que des problèmes.
> Vous vous remarierez à 40 ans.
> Vous aurez une relation très épanouissante avec votre nouveau conjoint.
> Votre mari mourra à 73 ans.
> Vous mourrez à 84 ans.

Et tous les autres événements que je n'ai pas mentionnés ! Auriez-vous envie de lire un tel descriptif de votre vie ? Une fois encore, je pense que non. Je crois que connaître à l'avance les événements malheureux – et il y en a toujours – vous rendrait excessivement soucieux.

Réfléchissons ensemble : en quoi le fait de connaître votre avenir pourrait-il influencer vos décisions ? Par exemple, comment aborderiez-vous votre premier mariage en sachant qu'il se terminera par un divorce ? Peut-être ne vous marieriez-vous pas, pour commencer. Mais si vous choisissiez de ne pas vous marier, vous manqueriez peut-être des expériences

* Comme vous allez le voir, il n'existe pas vraiment de « mauvaises choses », à partir du moment où nous pouvons en tirer un enseignement et avancer grâce à elles.

merveilleuses et précieuses... Comme je l'ai dit plus haut, j'ai épousé mon premier mari quand j'avais dix-huit ans et j'ai divorcé à trente-quatre ans. Si j'avais su avant de me marier que notre union s'achèverait par un divorce, est-ce que j'aurais épousé cet homme ? Non, sans doute. Aurais-je manqué une foule d'expériences merveilleuses et de précieux enseignements ? Certainement ! Même si aujourd'hui nous sommes divorcés, TOUT n'a pas été négatif. Je ne suis pas du tout malheureuse quand je pense aux bons moments que nous avons passés ensemble, aux enfants merveilleux que nous avons élevés, et à tant d'autres choses. Et je tiens à souligner que, pour une très grande part, les enseignements tirés de mon premier mariage m'ont aidée à construire l'union pleine d'amour et de joie que je vis aujourd'hui.

Ne vaut-il pas mieux prendre les choses – bonnes et mauvaises – comme elles viennent, et apprendre, et grandir, au fil des événements ? Je crois que chaque instant, chaque journée, chaque âge et chaque expérience apportent avec eux leur défi particulier. L'astuce est précisément d'apprendre à aimer l'incertitude qui les entoure. Ce ne sont que des mots, me direz-vous ; et les mots sont incapables de décrire l'intensité de la souffrance que nous ressentons face aux grandes épreuves de notre vie. Mais si nous parvenons à transformer notre sentiment de malaise (voire de panique) face à l'avenir en confiance en le fait que tout nous permet d'apprendre et de grandir, nous aurons fait un pas de géant.

Et puis, souhaitons-nous réellement gâcher le défi que représente l'inconnu... la surprise au coin de la rue... l'aventure véritable du « on-ne-sait-pas » ? Si nous pouvions transformer notre incertitude, notre « on-ne-sait-pas », en aventure, comme cela serait merveilleux ! Même si les choses tournaient mal, nous serions toujours quelqu'un qui s'interroge et non une victime des événements. « Je me demande ce que tout cela va donner. » « Je me demande ce que je vais faire à ce sujet. » « Je me demande ce que je vais apprendre cette fois-ci. » Je parlais de bonnes nouvelles, en voici une : nous pouvons nous entraîner à devenir des aventuriers plutôt que des inquiets. Nous pouvons faire nôtre l'idée que l'incertitude est enthousiasmante. Et quand on y réfléchit bien, si on souhaite authentiquement être heureux, *quelle autre option a-t-on* ? L'inconnu, l'incertain caractérisent une part tellement importante de notre vie ! Voulons-nous vivre en étant déprimé ou stimulé ? Je suppose que vous penchez pour la deuxième option.

Pour accéder à cette nouvelle manière d'être, il nous faut absolument passer en revue nos habitudes actuelles et modifier ce qui nous est néfaste. Nous devons cultiver des habitudes plus saines, qui nous apporteront la sérénité et rendront nos vies plus productives, plus aimantes et plus gaies. Comme beaucoup d'entre vous l'ont déjà découvert avec mes premiers livres, je suis une adepte fervente de la pratique d'exercices quotidiens pour l'assainissement des habitudes. En effet, ces exercices nous aident à passer de la pensée du moi inférieur (cette part de nous-même emplie d'insécurité, de doute, de souffrance et de peur) à celle du moi supérieur (cette part de nous-même emplie de paix, de confiance, de force et d'amour). Faites-moi confiance quand j'affirme que les choses ont toujours plus belle allure à la lumière du moi supérieur : c'est là que nous puisons la capacité à faire face à toute l'incertitude de la vie.

Vous pouvez rendre ces exercices beaucoup plus amusants en les faisant avec un(e) ami(e) qui souhaite autant que vous améliorer sa qualité de vie. L'entraînement mutuel est une excellente chose. Il est agréable et efficace d'avoir quelqu'un qui vous stimule quand vous devenez paresseux, et *vice versa.* Chacun y gagne !

Vous avez sûrement déjà constaté qu'il est difficile d'adopter de nouveaux comportements, même quand on sait pertinemment qu'ils peuvent nous aider. Cette résistance provient de notre moi inférieur, qui est ancré dans ses habitudes et n'en veut pas changer. Il veut garder le contrôle à tout prix et vous empêcher de passer au stade du moi supérieur, celui où l'on découvre la sérénité. Il veut que vous restiez englué dans le bourbier de ses pensées négatives.

Je vous en conjure... ne le laissez pas n'en faire qu'à sa tête ! Prenez l'engagement de conserver le cap qui vous mène au meilleur de vous-même. Pour vous mettre en train, voici le premier exercice. Amusez-vous bien !

L'exercice « Je me demande »

Cet exercice a pour but de vous aider à créer une « vie de questionnement » au lieu d'une « vie d'espoir ». Vivre d'espoir peut conduire à un état de détresse si vos espérances * tombent à l'eau et peut engendrer une peur de l'incertitude même si celles-ci finissent par se réaliser. Cette attitude empêche également de voir les précieuses occasions de progrès que la vie et ses changements peuvent apporter.

En revanche, si vous acceptez de vous interroger sur l'avenir, vous ne serez pas en proie à la détresse car aucun espoir ne sera brisé. De plus, la magie du questionnement remplace la peur de l'incertitude par la curiosité. Le questionnement peut nous permettre de voir de précieuses occasions de progrès. Ainsi, en substituant une vie de questionnement à une vie d'espoir, nous accomplissons un grand pas vers l'acceptation de l'incertitude.

Les exercices qui suivent constituent trois variations sur le même thème. Chacun d'eux vous soutiendra dans votre objectif de découvrir la magie du questionnement. Bien entendu, vous avez tout à gagner à faire les trois... encore et encore.

1. Prenez une grande feuille de papier et tracez une ligne en son milieu (tous les exercices de ce type peuvent être réalisés sur ordinateur). Dans la partie gauche, commencez à faire la liste de tous vos espoirs pour l'avenir. Par exemple : « J'espère que la soirée sera un grand succès. » Poursuivez jusqu'à ce que vous soyez à court d'idée. Mais ne vous arrêtez pas là. Réfléchissez encore un peu, jusqu'à glaner dans votre esprit quelques petits espoirs supplémentaires. Vous serez étonné de voir combien notre tête et notre cœur

* Ce terme comprend l'attente, l'envie, le désir et toutes les émotions qui ouvrent la voie à la déception, à la tristesse et aux malaises.

sont chargés d'espérances. Nos vies sont, consciemment ou non, emplies d'espoirs touchant à toutes sortes de choses, pour chaque instant de chaque jour.

Une fois que vous aurez terminé votre liste d'espérances, remplissez la partie droite de la feuille avec les phrases de questionnement qui vont remplacer les phrases contenant un espoir, sur le modèle suivant :

UNE VIE D'ESPOIR
J'espère qu'il va appeler.
J'espère que j'ai perdu du poids.
J'espère que le bus va arriver.
J'espère que j'aurai cet emploi.
J'espère que j'aurai des enfants.
J'espère que mon mariage sera heureux.
J'espère que l'homme ou la femme avec qui j'ai rendez-vous sera séduisant(e).
J'espère que mon enfant travaillera bien à l'école.
J'espère que j'aurai une augmentation.
J'espère que j'aurai toujours une bonne santé.

UNE VIE DE QUESTIONNEMENT
Je me demande s'il va appeler.
Je me demande si j'ai perdu du poids.
Je me demande si le bus va arriver.
Je me demande si j'aurai cet emploi.
Je me demande si j'aurai des enfants.
Je me demande si mon mariage sera heureux.
Je me demande si l'homme ou la femme avec qui j'ai rendez-vous sera séduisant(e).
Je me demande si mon enfant travaillera bien à l'école.
Je me demande si j'aurai une augmentation.
Je me demande si j'aurai toujours une bonne santé.

Vous allez vous rendre compte combien la pression de l'avenir s'allège lorsque vous vivez dans un univers de questionnements. Nous aborderons ce point plus en détail au chapitre suivant. Pour l'instant, remarquez simplement que lorsque vous laissez de côté espoirs, attentes, envies et désirs, vous êtes beaucoup plus ouvert à toutes les éventualités. Vous devenez alors capable de vous détendre au fur et à mesure que se dévoile le futur. Si vous réussissez à vous dire, « Je me demande comment l'histoire se termine », votre vie sera plus belle.

2. Cette variation sur l'exercice « Je me demande » requiert que vous regardiez votre agenda ou votre journal. Prenez une feuille de papier et établissez la liste des activités que vous avez prévues pour le lendemain. Après chaque activité, écrivez : « Je me demande comment cela va tourner. » *Il ne s'agit pas d'espoir, seulement de questionnement.* Puis, à la fin de chaque journée, notez à nouveau ce qui s'est réellement passé, c'est-à-dire la « fin du film ».

Vous avez sans doute remarqué qu'en évoquant des événements à venir, nous formulons souvent des phrases du type : « J'espère que le dîner de ce soir avec Tom sera une réussite. » Or ce genre de paroles possède en germe l'éventualité de la déception, puisque nos espoirs sont souvent déçus. Le dîner peut mal se passer, entraînant automatiquement votre déception. Si vous modifiez la phrase en « Je me demande comment le dîner avec Tom va se passer », vous créez la possibilité d'une issue gagnant-gagnant. Que cela se passe bien ou mal, vous avez réduit l'investissement émotionnel qu'engendre en général le fait d'espérer. Vous avez aussi augmenté votre « capital aventure » et diminué votre propension au jugement.

3. Je vous propose une autre variante. Tous les matins, en vous réveillant, dites-vous, en abordant cette nouvelle journée : « Je me demande ce qui va arriver dans ma vie aujourd'hui. »

Ne vous dites surtout pas : « J'espère vraiment que ceci va arriver » ; ni « Je veux vraiment que cela arrive. » Puis, à la fin de la journée, notez ce qui s'est réellement passé dans votre vie ce jour-là. Peut-être aurez-vous besoin, pour vous le rappeler, de coller sur le miroir de la salle de bains, sur le réfrigérateur, ou sur votre bureau, un pense-bête avec la phrase : « Je me demande ce qui va arriver dans ma vie aujourd'hui. » On oublie si vite !

Cet exercice vous fera faire un grand pas en avant vers la sérénité. Au lieu de déclarer que vous voulez que les choses tournent de telle ou telle façon, contentez-vous simplement de noter comment elles se sont déroulées. Sortez de vous-même et devenez un observateur de votre vie. Tel un reporter ou un journaliste, notez tous les événements qui se sont passés dans votre journée. Bien sûr, comme tout un chacun, vous pouvez ressentir au fil des heures toutes sortes d'émotions : peur, amour, joie, contrariété, colère, ravissement, etc. Mais essayez d'être l'*observateur* de ces émotions. Cette position vous permet, si les choses tournent mal, de ne plus être piégé et de ne plus être au cœur du drame. Au contraire, si tout se passe bien, vous restez à même d'apprécier les bonnes choses.

Voici un exemple de la façon dont vos journées peuvent se dérouler :

Matin : Je me demande ce qui va arriver dans ma vie aujourd'hui.

Soir : Voici ce qui s'est passé dans ma vie aujourd'hui :

J'ai eu mal à la tête toute la matinée. Ça m'a mis de mauvaise humeur.

J'ai passé un très bon moment à déjeuner avec Lydia. J'adore être avec elle.

Le rendez-vous avec mon patron ne s'est pas bien passé du tout. Je crois que le moment est venu pour moi de trembler, peut-être, mais d'oser * et de chercher un nouveau job. Il est grand temps !

---

* Clin d'œil à l'ouvrage du même auteur *Tremblez, mais osez* (Éd. Marabout) [NdT].

J'ai vu le film *La Liste de Schindler*, je l'ai trouvé excellent. J'ai pleuré pendant tout le film.

Le dîner avec Bob a été un peu tendu. *Je me demande* s'il va me rappeler.

Vous remarquerez que, dans la dernière note, vous n'espérez pas que Bob rappelle. Vous vous posez la question. Vous avez immédiatement annulé le potentiel dramatique de l'événement. Aucun espoir ne sera déçu. Bob appellera ou n'appellera pas. « Je me demande comment le film va se terminer. » Remarquez aussi que vous n'avez pas passé votre journée en étant préoccupé par des attentes et des espérances qui pouvaient être déçues. Vous êtes simplement observateur des faits et des émotions qu'ils déclenchent en vous.

Je sais qu'on nous dit qu'il faut toujours espérer. Et c'est vrai que dans un sens, c'est plus positif que de ne rien attendre de la vie ou d'avoir l'impression que rien ne marchera jamais. « Je parie que je n'aurai pas ce job. » « Je parie que je n'aurai pas d'enfants. » « Je parie que mon mariage sera un fiasco. » « Je parie que l'homme avec qui j'ai rendez-vous est nul. » Quand vous pariez que quelque chose va rater, vous pouvez être quasiment sûr d'être exaucé. Déprimant, non ? Alors, oui, l'espoir est préférable au pessimisme. Mais, comme j'ai tenté de vous le démontrer, même l'espoir a son revers. Il peut entraîner d'intenses moments de souffrance et peut assurément nous empêcher de profiter du présent. Aussi serait-il peut-être utile de remplacer le dicton populaire « L'espoir fait vivre » par : « Contentons-nous d'apprendre les enseignements de cette immense aventure qu'est la vie. »

Le « je me demande » neutralise à la fois l'espoir et le pessimisme. Il nous permet de mieux gérer ce que la vie nous apporte. Il nous aide à abandonner notre besoin de contrôler l'incontrôlable et, ainsi, nous libère. Il efface notre ardoise pour la vie à venir et nous allège de beaucoup d'anxiété. Vous voyez pourquoi il est temps de vous créer une vie de questionnements pour remplacer une vie d'espérances. Une vie de questionnements est remplie... de magie.

Comme je vous l'ai dit, quand j'étais jeune j'avais besoin de savoir exactement ce que la vie allait m'apporter. Mais aujourd'hui j'apprends de plus en plus à aimer l'aventure du « on-ne-sait-pas ». C'est pourquoi je vous demande de me rejoindre en réveillant l'aventurier et l'observateur qui sommeillent en vous. Immédiatement, au plus profond de vous-même, naîtra un sentiment de paix. Rappelez-vous toujours :

> Ne souhaitez pas que cela arrive.
> Ne souhaitez pas que cela n'arrive pas.
> Observez simplement ce qui arrive.
> Laissez se dérouler la magie de la vie.

CHAPITRE 2
LE POUVOIR DU PEUT-ÊTRE... LA VALEUR DU DOUTE

L'ennui, dans ce monde, c'est que les idiots sont sûrs d'eux et les gens sensés, pleins de doute.

Bertrand Russell

J'ai beaucoup aimé la réponse de Sting à la question : « Quel est le trait que vous détestez le plus chez autrui ? » Il a répondu : « La certitude absolue [1]. » Avez-vous remarqué le nombre de gens qui, aujourd'hui, affichent cette assurance ? Ce qui la rend si détestable, c'est qu'elle s'accompagne toujours d'un besoin impérieux d'avoir raison. Je correspondais certainement à ce signalement il y a quelques années ! Beaucoup d'entre vous le savent déjà, je me considère comme une « je-sais tout » en convalescence. J'étais si persuadée de tout... que j'en devenais parfois odieuse. Encore aujourd'hui, je le reconnais, il m'arrive de replonger de temps à autre, mais plus cela va, plus j'apprends que :

JE NE SAIS VRAIMENT RIEN !

Et personne d'autre non plus ! Mais j'ai compris une chose : reconnaître cette ignorance apporte une dose incroyable de liberté... et plus encore. Il y a bien longtemps, Léon Tolstoï observait :

> La seule chose que nous puissions savoir, c'est que nous ne savons rien ; et c'est le summum de la sagesse humaine [2].

Ainsi, un état d'esprit plein de « je-ne-sais-pas » nous insuffle un sentiment de liberté et nous donne le sentiment d'être emplis d'une sagesse infinie...

Oui vraiment, il y a beaucoup d'avantages à nous débarrasser de notre attachement destructeur à tout savoir et à avoir toujours raison. Abandonner cette certitude aveugle ne nous rend pas seulement moins odieux (comme le fait remarquer Sting), mais nous permet de nous approprier une attitude de questionnement qui est riche d'enseignements.

Barry Stevens, spécialiste de la Gestalt-thérapie, nous apprend que les Jaïns de l'Inde possèdent un mot qui veut dire : « autant que je puisse le savoir au jour d'aujourd'hui ». Ce mot est *syat*. Stevens dit qu'ils le disent régulièrement dans la conversation pour rappeler aux autres – et à eux-mêmes – que c'est la seule chose sur laquelle on puisse fermement s'appuyer [3]. Jeter le mot *syat* dans la conversation, c'est affirmer que, peut-être, il n'existe rien qui puisse être tenu pour la vérité, seulement un PEUT-ÊTRE qui signifie : « Je crois, mais je ne suis pas certain. »

Ce que nous autres, êtres humains, oublions toujours, c'est que nous possédons des yeux de mortels. Et même si ces yeux sont sans conteste de merveilleux instruments, la réalité est qu'ils ne peuvent voir au-delà des murs. Très étrangement, lorsque nous fermons les yeux, notre vision devient un peu plus large... mais juste un peu. La vision mentale nous permet de nous élever au-dessus des nuages. Nous pouvons prendre notre envol, donner libre cours à notre imagination, faire des suppositions, faire semblant d'y croire. Mais rien, dans nos cinq sens ou dans notre esprit, ne nous permet de voir ce que j'aime appeler le Grand Projet.

Dans d'autres ouvrages, j'ai décrit le Grand Projet comme une dimension plus vaste, une perspective plus étendue de l'Univers, hors de notre portée, impossible à percevoir ou à saisir pour un simple mortel. Nous pouvons deviner, réfléchir, nous lancer dans des conjectures, mais nous ne « saurons » jamais. Quiconque prétend savoir rétrécit son monde et le rend beaucoup plus effrayant qu'il n'est en réalité.

Il suffit de regarder autour de soi pour se rendre compte que c'est la certitude aveugle, affichée par tant d'entre nous, qui génère tensions et perturbations troublant la fluidité du cours de nos vies. Dans un monde de découverte, au lieu d'être aveuglés par nos certitudes, nous pouvons nous détendre, abandonner le besoin de savoir que les choses se passeront de telle ou telle manière. Cette attitude ne signifie pas que vous devez cesser d'engager des actions pour changer efficacement votre vie et le monde. Elle veut dire que vous devez renoncer à vos idées sur ce que le monde *devrait être* ou sur la manière dont les choses devraient se passer. Je le répète, nous devons lâcher prise parce que nous ne connaissons pas vraiment le Grand Projet. Si nous renonçons à nous impliquer dans un résultat, quel qu'il soit, nous commençons alors à ressentir la MAGIE DU QUESTIONNEMENT, tellement essentielle. Ainsi devenons-nous curieux de la fin de l'histoire. L'emprise émotionnelle des anciennes implications s'évanouit, et nous sommes enfin libres de nous engager auprès des autres de façon plus ouverte. La vie devient plus vaste, et certainement plus facile.

Comment pouvons-nous perdre l'habitude – car il s'agit bien d'une habitude – de penser avec l'esprit fermé ? De toute évidence, quand nous serons plus à l'aise avec la grande aventure du « je-ne-sais-pas », nous serons plus en mesure de faire face à l'incertitude – qui de toute façon est inévitable. J'ai découvert un certain nombre de notions et d'exercices qui m'ont vraiment aidée. Permettez-moi de les partager avec vous.

Au fil des années, j'en suis venue à la conclusion que PEUT-ÊTRE est un mot très fort. Autrefois, j'aurais pensé que le terme « fort » devait s'appliquer à des mots comme

AMOUR
FORCE
VÉRITÉ

J'ai aujourd'hui ajouté le mot :

PEUT-ÊTRE

Peut-être êtes-vous sceptique, mais laissez-moi vous exposer les avantages qu'il y a à vivre dans un monde de PEUT-ÊTRE. Ils sont nombreux.

Tout d'abord, quand on vit dans un monde de PEUT-ÊTRE, on contrôle mieux sa colère ou son malaise quand les autres expriment des opinions différentes des nôtres. Dans un monde de PEUT-ÊTRE, on se rend compte que :

J'AI PEUT-ÊTRE RAISON, PEUT-ÊTRE PAS.

Ou, pareillement :

ELLE A PEUT-ÊTRE RAISON, PEUT-ÊTRE PAS.

Cette prise de conscience apporte beaucoup de sérénité. Prenons un exemple. Juste avant que je commence la rédaction de ce chapitre, se livrait une bataille féroce pour la présidence des États-Unis. Les passions se déchaînaient d'un bout à l'autre du spectre politique. Et je dois dire que moi aussi je prenais les choses très à cœur. Il m'a suffi de me rappeler que je vis dans un monde de PEUT-ÊTRE pour que mes crispations envers les tenants du parti opposé, y compris de plusieurs de mes amis, disparaissent et que je sois capable de mieux écouter ce qu'ils avaient à dire. Je n'ai jamais changé d'opinion sur certains sujets, mais j'ai pu ainsi ouvrir mon esprit et mon cœur, et j'ai beaucoup appris. Sans cesse je me répétais :

> J'ai peut-être raison ou j'ai peut-être tort. Ils ont peut-être raison ou ils ont peut-être tort. Personne ne sait ce que réserve l'avenir. Personne ne connaît le Grand Projet.

Ayant adopté cette attitude du PEUT-ÊTRE, j'ai pu rester sereine face aux courriers électroniques politiques qui affluaient de toute part, aux lamentations de mes amis du même bord durant les dîners, aux positions tendancieuses des médias, etc. Cela ne veut pas dire que j'ai systématiquement changé d'opinion sur les questions débattues, mais j'ai atteint un niveau de compréhension que je ne connaissais pas auparavant. Je me suis aussi rendu compte que ma vision était limitée. Je pouvais avoir raison, je pouvais avoir tort. La vérité ne se trouve que dans le Grand Projet et aucun de nous n'est à même de la discerner. Nous souhaitons toujours agir pour créer un monde meilleur, mais nous devons garder à l'esprit que nous avons peut-être raison ou peut-être tort. Peut-être la façon de voir de nos adversaires est-elle meilleure, peut-être est-ce la nôtre... L'avenir seul nous départagera.

Comme on le voit à travers cet exemple, lorsque nous avons un système de convictions fort, nous dressons des barrières dans nos vies. Il existe un indice permettant de repérer que nous avons des systèmes de pensée très forts : lorsque nous défendons continuellement quelque chose, en ayant besoin de prouver que nous avons raison. Les systèmes de croyances dressent des barrières dans notre apprentissage, dans nos amitiés, dans notre propre capacité à découvrir de nouveaux modes de pensée. Ce qui crée ces limites, c'est notre attachement à un mode de pensée. C'est l'opposé de la liberté de pensée. Et seule la liberté de pensée peut entraîner des découvertes à même d'élargir notre horizon, nous permettant de tirer le meilleur de nous-même.

Il ne fait aucun doute que l'incertitude – le fait de penser « j'ai peut-être raison, peut-être tort » – ouvre notre esprit à de nouveaux enseignements. Elle nous offre la possibilité de chercher de nouvelles idées, de nouvelles pistes et de nouvelles directions. Vous serez sans doute surpris d'apprendre que certains des plus grands défenseurs de l'incertitude sont des scientifiques. Richard Feynman, par exemple, prix Nobel pour ses travaux sur l'électrodynamique quantique, affirme qu'il n'est jamais certain de quoi que ce soit. Ce savant intègre totalement l'incertitude. Il pense qu'une attitude de doute ouvre la voie à de nouvelles inventions. Au contraire, affirmer des certitudes referme cette voie. Écoutons-le :

> Je me sens une responsabilité en tant que scientifique, car je connais la grande valeur d'une bonne philosophie de l'ignorance et les progrès que permet une telle philosophie, progrès qui sont les fruits de la liberté de pensée [4].

Une « bonne philosophie de l'ignorance » est une expression enthousiasmante. Au fil des années, Feynman a appris que le progrès est le fruit de la liberté de pensée, créée par une « bonne philosophie de l'ignorance ». L'incertitude permet la liberté de pensée, tandis que la certitude la stoppe net. Feynman dit que nous devons être libres de douter.

Il n'est pas le seul à avoir parlé d'une bonne philosophie de l'ignorance. Au cours de l'histoire, d'autres ont su reconnaître la valeur de l'état de doute, du « je-ne-sais-pas ». Le dalaï-lama, par exemple, prononce souvent ces quatre mots si précieux :

> JE NE SAIS PAS.

Des mots très forts... JE NE SAIS PAS. Rick Fields [5] souligne qu'en matière de quête spirituelle, « je-ne-sais-pas » est une grande sagesse. « L'esprit-qui-ne-sait-pas » est en fait le nom donné à la technique de méditation zen du maître coréen Sahn Soen-Nim. L'esprit qui ne sait pas est un esprit clair.

Un de mes maîtres préférés de tai-chi, Chungliang Al Huang, dit que la philosophie du tai-chi commence par un non-savoir de base, un premier niveau de relaxation qui consiste à lâcher prise. Entendez la sérénité que contiennent ces mots : « relaxation fondamentale du lâcher prise ». Ah, si nous pouvions tous nous détendre dans l'univers magique du non-savoir [6] !

Un autre avantage de « l'esprit de PEUT-ÊTRE » est qu'il contribue à éloigner de nous la déception. Est-ce que telle chose est bonne ou mauvaise ? Peut-être, peut-être pas. Cela me rappelle la remarquable histoire d'un paysan d'autrefois qui, un jour, s'aperçoit que son cheval est parti dans la forêt. Ses voisins lui disent : « Tu n'as pas de chance que ton cheval soit parti. » Mais lui leur répond : « Peut-être, peut-être pas. » Deux jours plus tard, l'animal revient, accompagné d'un autre cheval rencontré dans la nature. Les voisins déclarent alors : « Tu en as de la chance, d'avoir deux chevaux ! » Et le paysan de répondre : « Peut-être, peut-être pas. » Quelques jours plus tard, le fils du paysan, en essayant de dresser le nouveau cheval, se casse une jambe. Les voisins renchérissent : « Quelle malchance que ton fils se soit cassé la jambe ! » Et notre paysan de rétorquer : « Peut-être, peut-être pas. » Le lendemain, les soldats arrivent à la ferme pour recruter le fils du paysan. À cause de sa jambe cassée, ils ne peuvent l'emmener. Éberlués, les voisins disent : « Quelle chance que ton fils n'ait pas été pris dans l'armée ! » Vous connaissez désormais la réponse du paysan : « Peut-être, peut-être pas. » Vous avez compris l'astuce... et vous savez dorénavant comment vous protéger des déceptions futures.

En tenant compte de tout ce qui a été dit, vous voyez combien le fait de ne pas nous sentir obligés d'avoir raison peut nous rendre plus heureux. Je peux vous dire qu'à l'époque où je cherchais à tout contrôler dans ma vie (aujourd'hui je n'essaie qu'à moitié), mon besoin d'avoir raison me rendait quasiment hystérique. J'ai fini par apprendre que je pouvais me détendre et avoir tort parfois, et que c'était bien. Éventuellement même, c'était mieux. De cette façon, je peux apprendre quelque chose de nouveau !

Faites-moi confiance quand je vous dis que vous vous sentirez beaucoup plus libre avec la force du PEUT ÊTRE. Si nous pouvions tous nous unir et, ensemble, trouver ce que Richard Hallstein, célèbre consultant en management, appelle la « consolation du groupe face à son incompétence collective [7] », nous pourrions tous nous détendre et, dans un flux d'efforts conjoints, créer un monde où nous pourrions découvrir des solutions efficaces pour nos vies personnelles, pour nos communautés et pour le monde entier.

Je sais qu'il est difficile de renoncer à ce besoin habituel d'avoir raison, mais c'est possible. On devrait peut-être inventer un programme en douze étapes du genre : « Maniaques du Contrôle Anonymes ». Les listes d'attente pour y participer seraient longues. En attendant, comment intégrer la force du PEUT-ÊTRE dans notre vie ? Commençons par un exercice qui va de soi.

L'exercice « Peut-être »

1) J'adore cet exercice. Ma famille et mes amis s'y adonnent depuis un bon moment, et nous nous amusons tous énormément. Nous rions beaucoup quand nous nous « corrigeons » les uns les autres pour nous rappeler que nous vivons dans un monde de PEUT-ÊTRE. Voici en quoi consiste cet exercice très simple.

À partir de maintenant, et jusqu'à ce que cela devienne un réflexe automatique chez vous, complétez toutes vos assertions par l'expression PEUT-ÊTRE. Par exemple :

Je vais adorer ce nouveau travail peut-être.
Quelle belle journée pour une balade peut-être.
Le discours du P-DG a été exemplaire peut-être.
Le nouvel ami de Jane est très sympa peut-être.

Là encore, le concours d'un(e) ami(e) peut vous être très utile. Demandez-lui d'ajouter la nuance PEUT-ÊTRE à vos affirmations quand vous l'oubliez. Si vous déclarerez : « C'est bon de marcher le matin », il (elle) ajoutera : « peut-être », et *vice versa.* Il va de soi que vous éviterez de jouer à ce jeu avec des amis qui ne le comprennent pas ou qui sont trop dogmatiques pour se ranger à votre bon sens... peut-être. Il existe d'autres mots et expressions dont vous pouvez émailler votre conversation, qui contribuent à créer ce monde du PEUT-ÊTRE :

À MON AVIS,
AUTANT QUE JE SACHE,
D'APRÈS CE QUE JE CROIS AUJOURD'HUI,
POUR L'INSTANT C'EST L'IDÉE QUE J'AI
JE PENSE...

Ce sont là d'autres formes de *syat*, la formule jaïn évoquée plus haut. Comme vous voyez, ces expressions font disparaître la certitude de votre quotidien et balisent le terrain pour l'état d'incertitude, tellement plus souhaitable. Elles ouvrent le champ à la découverte, à l'aventure dans l'inconnu.

2) Voici une variante de l'exercice PEUT-ÊTRE, que va illustrer un exemple :

Le mari d'une de mes amies était peintre. Il ne vendait aucun tableau. C'était un gros souci pour mon amie parce que, même si elle travaillait de son côté, leurs revenus en étaient affectés. Et, pire, le fait de ne pas réussir à vendre ses œuvres mortifiait l'amour-propre de son époux. Lorsqu'elle m'a dit : « Je sais qu'il en vendra bientôt », j'ai ajouté : « Ou pas. » Elle a eu l'air décontenancé. Je lui ai dit : « Ce dont tu dois te rendre compte, c'est que tu peux trouver une façon que cela se passe bien dans les deux cas. » Elle m'a répondu avec un sourire : « Tu as raison. Ça va marcher dans un cas comme dans l'autre. » À cet instant, elle a compris qu'elle s'en tirerait beaucoup mieux si elle abandonnait son idée que les choses devaient tourner d'une certaine façon. Le Grand Projet a peut-être quelque chose en réserve pour son mari. Qui le sait ? Ni vous, ni moi.

Il y a des événements qu'il est difficile d'affronter, par exemple la mort éventuelle d'un être cher. Une amie, dont la sœur venait d'apprendre qu'elle avait un cancer du sein, m'a dit : « Je sais qu'elle va finir par le vaincre. » Je lui ai rappelé : « Ou pas. » Vous pouvez penser qu'il s'agit là d'une parole cruelle lorsqu'on est face à quelqu'un qui ne comprend pas toute la valeur du doute. Vous pourriez avoir raison. Mais, connaissant mon amie, j'ai considéré que prononcer cette phrase était un acte de compassion.

Et c'en était un. Une fois qu'elle a pu accepter le fait qu'elle n'avait aucun contrôle sur les événements, je l'ai vue se détendre. Elle m'a dit : « Tu as raison. Il n'est pas exclu que je la perde. Il faut que je tire le meilleur de tous les moments que je passerai avec elle. Merci de m'avoir rappelé de lâcher prise par rapport à l'issue de sa maladie. » Plus tard, elle m'a raconté que sa sœur lui avait confié combien la lutte contre son cancer avait été pour elle une expérience d'apprentissage inouïe, et combien cela l'avait rapprochée de tout son entourage.

Je le répète, personne ne connaît le Grand Projet, ni le sens ni la raison de tout cela. Pour alléger nos cœurs et nos esprits, nous devons faire nôtre la pensée : « Tout se passe comme ça doit se passer. » C'est la vérité.

Vous l'avez noté, les mots « ou pas » deviennent une nouvelle forme de PEUT-ÊTRE, comme dans les affirmations suivantes :

> Je vais bien m'amuser ce soir............. ou pas.
> Mes enfants auront une vie heureuse... ou pas.
> Je sais qu'elle s'en sortira................... ou pas.

Là encore, constatez comme la pression s'allège : les attentes disparaissent et les opportunités surgissent pour de nouveaux apprentissages. Entraînez-vous à utiliser ces mots tout en vaquant à vos occupations quotidiennes. Au début, ce concept est difficile à accepter face aux situations importantes de la vie. Mais très vite vous ressentirez un véritable soulagement lorsque vous abandonnerez le désir d'avoir une prise sur l'incontrôlable, et focaliserez votre attention sur l'incroyable pouvoir, que vous détenez au fond de vous, de faire face à tout ce qui peut arriver dans la vie.

Je vous propose un autre exercice très précieux pour vous aider à vous créer un univers du PEUT-ÊTRE. Il vous sera utile dans de nombreuses situations, que vous ayez affaire à des amis, des « ennemis », des parents, des enfants ou des collègues.

L'exercice « Redéploiement des énergies »

On pourrait dire que cet exercice constitue une approche du désaccord dans le style de l'aïkido. L'aïkido est un art martial dont le nom signifie « la façon de redéployer l'énergie [8] ». Et le redéploiement des énergies est bien ce dont nous avons le plus besoin quand il y a du conflit dans l'air. Il nous aide aussi à promouvoir le concept d'un monde de PEUT-ÊTRE. Voici comment cela fonctionne.

Imaginons que quelqu'un se mette à vous agresser verbalement ou bien qu'une personne soit simplement en total désaccord avec vous sur un sujet donné. Vous pouvez aisément esquiver son attaque et prendre position dans le redéploiement des énergies en disant par exemple quelque chose comme :

« Dites-m'en plus. Votre point de vue m'intéresse. »

C'est magique. Vous allez sentir s'évanouir la tension, tandis que le flot d'énergie issu de l'assurance et de son arrogance est détourné, et que vous-même irradiez une énergie d'ouverture et de contact. En un tournemain, vous avez instauré une possibilité de dialogue à la place de la discorde. Et, en fin de compte, vous pouvez apprendre quelque chose de valable TOUS LES DEUX.

Bien entendu, une fois que vous avez énoncé votre parole de redéploiement des énergies, vous devez écouter ce que l'autre personne a à vous dire et continuer de réagir dans une attitude d'ouverture. C'est plus facile à dire qu'à faire. Pourquoi cela ? Parce que nous sommes très nombreux à être entièrement guidés par le malencontreux besoin d'avoir raison !

Je suggère que vous commenciez par mémoriser une formule de redéploiement des énergies du même genre que celle proposée ci-dessus, et avec laquelle vous vous sentez à l'aise. Puis, quand quelqu'un s'adresse à vous dans une attitude d'opposition, accueillez simplement cet adversaire dans une position d'ouverture du cœur et de l'esprit. Il y a plus de chances que la personne se calme rapidement et soit prête à entendre votre point de vue, comme vous entendez le sien. Réaffirmer, encore et encore, que nous vivons dans un monde de PEUT-ÊTRE vous aidera à ouvrir votre esprit et votre cœur. Peut-être avez-vous raison, peut-être pas. Peut-être a-t-il raison, peut-être pas. Seul le temps et les circonstances diront ce qu'il en est vraiment... peut-être.

Vous pouvez recourir à l'exercice de redéploiement des énergies pour détourner une agression, mais aussi pour vous empêcher d'agresser autrui. Il y a des moments dans la vie où quelqu'un « appuie sur votre déclencheur » – vous voyez de quoi je veux parler. Quand une personne vous prend à rebrousse-poil, vous ressentez une véritable réaction physique, une sorte de crispation interne. Certains de vos amis, des membres de votre famille et de vos connaissances savent parfaitement où « appuyer » pour avoir l'avantage sur vous. Les enfants, en général, savent exactement quels déclencheurs actionner chez leurs parents pour obtenir une réaction violente ! Encore une fois, servez-vous d'une affirmation de redéploiement d'énergie comme :

> « Ça m'intéresse de savoir pourquoi tu vois ça comme ça. »

Cette description suffit à vous faire comprendre qu'en vous dégageant de la voie du conflit, et en vous recentrant sur la communication, vous faites tomber les barrières et vous vous convainquez, vous-même et l'« adversaire », de poser les gants de boxe et de créer plus de compréhension entre vous.

Pourquoi cet exercice fonctionne-t-il si bien ? Il a été prouvé que nous émettons tous un champ d'énergie qui va bien au-delà de notre corps physique. Nous ne nous arrêtons pas à la barrière de notre peau. Notre aura, dont certains disent qu'elle peut être photographiée au moyen du procédé Kirlian, atteste ce phénomène. Mais nul besoin de photographie Kirlian pour voir le champ énergétique d'une personne. Il est facile de le « sentir ». Nous disons couramment au sujet de personnes que nous rencontrons : « Je me trouve bien en sa compagnie » ; ou encore : « Je suis mal à l'aise quand je suis près d'elle. » Ce « ressenti » correspond au champ énergétique de la personne. Il peut être positif ou négatif. Récemment, une amie m'a confié qu'elle ressentait le besoin de prendre une douche chaque fois qu'elle rencontrait une de ses connaissances. Elle se sentait contaminée par sa négativité. C'est vrai, certains champs énergétiques peuvent être néfastes.

Ce qui est magique, c'est que nous pouvons modifier notre champ énergétique en changeant nos émotions. Il paraît logique que, lorsque nous sommes agressifs, notre aura dégage une énergie « fermée », tout à fait négative. Elle dresse une barrière que personne ne peut franchir et n'offre pas le contexte idéal pour redéployer l'énergie ni pour développer son être, aller à la découverte de quelqu'un ou de quelque chose... ou se faire des amis intimes.

L'exercice de redéploiement d'énergie vous met en condition de mieux comprendre l'autre et d'accueillir son opinion. Vous pouvez finir par accepter ensemble de ne pas être d'accord, mais avec chaleur et, pourquoi pas ? avec un geste amical. Récemment, j'ai rencontré un homme dont les opinions hostiles à l'égard de certaines questions qui me tiennent à cœur m'ont tout d'abord prodigieusement énervée. D'emblée, je lui ai dit : « Pourquoi voyez-vous les choses ainsi ? » Il m'a expliqué, et je l'ai écouté. Nous avons établi un dialogue. Pour finir, je lui ai dit : « Je respecte votre opinion. Mais moi je vois le monde un peu différemment. N'est-ce pas formidable de vivre dans un pays où chacun peut avoir sa propre opinion ? » Et j'ai posé ma main sur son épaule. Il s'est senti bien et moi aussi.

Après avoir écouté son point de vue, je me suis rendu compte que si j'étais à sa place je penserais sans doute la même chose. Seulement, je suis à ma place, et non à la sienne. Vous vous apercevrez que, dans un univers de PEUT-ÊTRE, le besoin d'avoir raison diminue fortement. Beaucoup d'entre nous sont plus ou moins affectés par cette cause insidieuse de conflit mais pour dépasser ce stade il faut du travail. Nous avons tous besoin d'apprendre à devenir plus légers. La légèreté de l'esprit est ce qui nous aide à avancer plus facilement dans la vie. Ici, elle nous permet de résoudre les conflits d'une manière plus lucide.

On a vu qu'il n'est pas nécessaire de parvenir à un accord avec l'autre personne pour que le concept de redéploiement d'énergie fonctionne. Résoudre un conflit, ce n'est pas déterminer qui a raison, c'est plutôt prendre acte d'opinions divergentes et savoir les respecter. Résoudre les conflits suppose donc que vous ouvriez votre cœur et vos oreilles afin de ressentir et d'entendre ce que votre interlocuteur exprime. Vous pouvez ou non faire vôtres certains de ses arguments... et *vice versa*. Ce qui importe, c'est que vous ayez laissé votre *ego* à la porte et que vous vous soyez ouvert pour apprendre et vous développer. C'est l'un des ingrédients magiques du monde du PEUT-ÊTRE.

J'ai découvert qu'en intégrant progressivement la technique du redéploiement des énergies, on commence peu à peu à lâcher prise, à apprendre, à écouter et à faire attention à autrui. Vous allez vous intéresser à entendre d'autres points de vue, d'abord parce que cela fait partie de la *méthode*, mais ensuite simplement pour le plaisir de la découverte. Ainsi accorderez-vous de l'intérêt aux points de vue des autres et serez-vous vraiment ouvert à leurs opinions, au lieu de vous sentir hostile et en colère. Je vous le répète : en tant qu'ancienne je-sais-tout en voie de guérison, le premier état est beaucoup plus agréable que le second ! En abandonnant les crispations de votre *ego*, vous pouvez même vous offrir le luxe de changer d'avis sur certains points. Cela prend un peu de temps de rejoindre le « flot naturel » de l'existence, mais cela en vaut la peine. La vie semble tellement plus harmonieuse lorsqu'on a atteint cet état de fluidité !

Il m'est impossible de clore ce chapitre sans parler des points de vue qu'expriment aujourd'hui de nombreux experts : certains d'entre eux sont assez sages pour se rendre compte que nous vivons dans un univers de PEUT-ÊTRE. Ils ont une vision à la Richard Feynman. Comme lui, ils pensent que ce que nous appelons connaissance scientifique est un ensemble d'affirmations dont les degrés de certitude peuvent varier. Ces savants sont en général très peu affirmatifs. Certains d'entre eux sont presque convaincus mais aucun n'est absolument sûr de ce qu'il avance. Tous savent que la science n'est, à un certain degré, que suppositions, qu'une « vérité » différente peut les attendre sur le chemin.

En revanche, il existe des experts qui proclament à la face du monde des vérités absolues et incontestables. Ils pensent avoir raison. Avez-vous déjà entendu deux experts s'affronter au cours d'un débat télévisé ? L'un donne son interprétation d'une situation, l'autre affirme le contraire. Si tous deux ont « raison », pourquoi alors ne sont-ils pas d'accord ? Aucun des deux n'a appris que nous vivons dans un monde de PEUT-ÊTRE.

Ce qui est le plus « visible » dans le débat de ces deux experts, c'est l'énergie négative créée par leur assurance arrogante. Poussée à l'extrême, l'assurance génère dogmatisme, rigidité et intransigeance – défauts qui sont à l'opposé des qualités d'un sage... De nos jours, nous retrouvons ces traits chez de nombreux extrémistes religieux et politiques. Les personnes dogmatiques tiennent absolument à ce que le reste du monde partage leur opinion. C'est ainsi que les guerres se déclenchent... les grandes comme les petites.

Au fil des années, j'ai rencontré de nombreux « experts » offrant un modèle parfait de dogmatisme. Ils SAVAIENT tout. Par exemple, quand je faisais des recherches pour mon livre *I'm Okay... You're a Brat*[9], j'ai été stupéfaite de voir avec quelle certitude de nombreux experts de l'enfance assénaient leurs conseils aux parents : « Si vous ne suivez pas mes conseils, vos enfants vont devenir des terroristes ! »... ou d'autres formules de ce genre. J'appelle ces experts en éducation les « gourous de la culpabilité ». Quelqu'un sans méfiance pourrait se méprendre et penser qu'ils savent de quoi ils parlent.

Les experts peuvent émettre des suggestions et des suppositions, mais il suffit de regarder autour de soi pour constater que tel enfant, qui a reçu en héritage le pire de ce que la vie peut offrir, s'en sort de façon remarquable, tandis qu'un autre, qui a reçu ce que la vie a de meilleur, tourne mal. Les membres d'une même fratrie n'ont pas tous la même vie ; l'un peut devenir formidable, un autre épouvantable. Il existe manifestement d'autres facteurs qui entrent dans ce que j'ai nommé le « cercle de l'être » d'un enfant.

Les experts nous assènent également de nombreux diktats en matière de santé. Certains prétendent par exemple que, pour être en forme, nous devons absolument suivre un régime pauvre en graisses et riche en hydrates de carbone ; d'autres affirment que nous devons suivre un régime riche en graisses et en protéines.

Quel enseignement pouvons-nous en tirer ? Nous ne devons avoir confiance ni dans les uns ni dans les autres et nous méfier de tous ceux qui affirment détenir la vérité : qui sait ce qui est le meilleur pour votre santé, qui sait comment élever votre enfant, etc. Ce ne sont que des pseudo-experts. Un expert véritable vous dira : « Nos connaissances à ce jour nous permettent de vous transmettre cette information. Peut-être la recherche nous donnera tort. »

Intégrer le concept du monde de PEUT-ÊTRE nous rend sainement dubitatifs face aux « ayatollahs » qui proclament tout savoir. Un expert émet des suppositions, mais il ne SAIT pas. Peut-être croit-il sincèrement à sa propre rhétorique : dans ce cas, il a vraiment besoin de retourner sur les bancs de l'école. Il n'a pas appris, comme Richard Feynman, que tous les résultats de la recherche scientifique doivent être présentés comme des suppositions, ni qu'il existe tant de failles dans la recherche, scientifique ou autre, qu'il est irresponsable d'en tirer des conclusions définitives. Cela ne veut pas dire que les extrapolations sont sans valeur : elles ont toutes leur valeur, mais il est important de les présenter comme des suppositions.

Je me rends bien compte que certains d'entre vous pourront se sentir troublés par cette prise de conscience. Nous sommes nombreux à consulter des experts dans l'espoir qu'ils auront toutes les réponses (vous avez vu ? l'espoir refait surface !). « Vous voulez dire qu'ils ne savent pas de manière certaine comment bien élever un enfant, avoir une vie saine, faire fructifier de l'argent ou perdre du poids ? » me rétorquerez-vous. Eh bien non, ils ne le savent pas. Et cela peut faire peur quand on s'en aperçoit. Mais l'étude des concepts exposés dans ce livre vous fera découvrir des manières de vous détendre et d'avoir plus confiance en vous-même et en vos sentiments. Vous seul savez ce qui est bon pour vous. En vous familiarisant avec l'état d'esprit je-ne-sais-pas, vous vous ouvrirez de plus en plus à l'aventure et à la découverte, et vous grandirez en sagesse.

Quand on y pense, il y a là quelque chose d'ironique. Par définition, les « je-sais-tout » ferment la porte au savoir.

Et cette attitude n'est pas une preuve d'intelligence ! En faisant les exercices de cet ouvrage, vous allez devenir plus sage que les pseudo-experts. Et, au fur et à mesure que vous apprendrez à accepter toute l'incertitude et les « je-ne-sais-pas » de ce monde de PEUT-ÊTRE, vous ouvrirez la perspective de tous les apprentissages nouveaux qui vous attendent. C'est un monde magique qui est là, dehors, riche d'occasions de s'émerveiller et de découvrir... Soyez-en reconnaissant.

CHAPITRE 3
S'AFFRANCHIR DE NOTRE ATTACHEMENT À LA MOROSITÉ

S'il commence à pleuvoir... qu'il pleuve !

Anonyme

Cher Papa,

Je crois que j'ai trouvé pourquoi je n'aime pas les montagnes russes. J'aime avoir le contrôle sur tout. Quand c'est une machine qui contrôle où je vais, ce que je fais, quand je m'arrête et quand je redémarre, ça me fait peur. Tu vois, quand je parle au téléphone, c'est moi qui décide du moment où je veux raccrocher. Mais sur les montagnes russes, je suis obligée de rester assise jusqu'à ce que ça soit fini. C'est ça qui me fait peur, ne pas avoir le contrôle. Je m'en moque que ça démarre ou que ça s'arrête à tel ou tel moment, mais ça me fait peur de penser que je ne contrôle rien. Voilà, je voulais juste partager cette impression avec toi. Je t'aime beaucoup, et j'ai hâte de discuter de cette idée avec toi demain matin !

pour toujours,

Jul

bisous [1].

Je pense que si j'avais le pouvoir de libérer tous les lecteurs de ce livre d'une chose et d'une seule, je choisirais de les libérer de leurs attentes. Et si je pouvais leur donner quelque chose, ce serait la confiance. Nous reparlerons plus loin de la confiance. Pour l'instant occupons-nous des attentes. Vous vous demandez sans doute pourquoi je considère qu'elles sont mauvaises. Je vais vous dire ce qui me gêne à leur sujet.

Par définition, les attentes créent une dépendance, une envie, un désir, un espoir que quelque chose tourne d'une façon particulière. Bien sûr, nous n'avons aucun contrôle sur ce que l'avenir nous réserve. C'est pourquoi, quand nous avons des attentes, *nous devenons automatiquement notre pire ennemi*. Nous nous nuisons à nous-même en construisant une situation où, pour commencer, nous nous faisons du souci à l'avance et où, pour finir, nous sommes déçu si les choses ne se passent pas comme nous l'espérions. Et même si les événements se déroulent de la manière espérée, nous n'avons pas le temps d'en profiter, parce nous sommes déjà en train de nous préoccuper de l'attente suivante, que nous nous sommes inventée.

Les attentes génèrent au fond de nous-même un besoin intense de contrôler toute chose et toute personne de notre environnement – le climat, notre patron, nos enfants, notre vie amoureuse, etc. Comme je l'ai déjà montré, non seulement l'avenir est incontrôlable, mais la plupart des personnes et des événements de notre monde extérieur le sont également. Au lieu d'abandonner le désir fou de contrôler l'incontrôlable, que faisons-nous ? *Nous nous accrochons encore plus !* Encore une pincée d'autodestruction, pourrait-on dire.

Les attentes nous enlèvent toute sérénité. Nous devenons littéralement obsédés par la façon dont les choses « devraient » se passer et nous nous transformons en maniaques du contrôle. Étant moi-même une ancienne maniaque du contrôle en voie de guérison, je sais de quoi je parle * ! Au lieu de nous appliquer à faire de notre mieux, puis à lâcher prise, nous passons nos nuits à réfléchir à ce que nous aurions

* Eh oui ! Je ne suis pas seulement une « je-sais-tout » en voie de guérison, je suis aussi une maniaque du contrôle en convalescence...

pu – ou dû – faire pour que les choses soient différentes de ce qu'elles sont. Nous n'avons jamais assimilé le fait que la réflexion après coup est utile si nous tirons des leçons de nos échecs, mais néfaste si elle nous fait ressasser ces mêmes échecs. Si nous réussissons à lâcher prise par rapport à la façon dont nous voudrions que les choses tournent, nous pouvons enfin nous détendre et être davantage en harmonie avec la réalité.

Les attentes nous empêchent de repérer – afin d'en tirer profit – les opportunités enthousiasmantes qui nous entourent en toutes circonstances. Tant que nous espérons telle issue précise, nous limitons notre champ de vision. Au contraire, si nous abandonnons nos attentes, nous élargissons le champ de notre créativité, de notre curiosité et de nos possibilités. Nous comprenons que LA VIE EST IMMENSE !

Les attentes nous rendent anxieux. Nos craintes nous font perdre pied, nous oublions que nous possédons une étonnante aptitude à transformer chaque situation en une nouvelle expérience, même si elle n'entre pas dans le cadre de ce que nous « attendons » des choses (je traiterai abondamment plus loin de cette « étonnante aptitude ».)

Les attentes gouvernent nos émotions, nos jugements et parfois nos actions. Elles apportent avec elles déception, rigidité, colère, impatience et obsession. Vous noterez que je ne cite pas les mots sérénité, joie, amusement, créativité ou spontanéité. En effet, ces sentiments magiques vont de pair avec l'absence d'attente. Constatation ironique : nous pensons que nos attentes nous apportent un moyen de contrôle, alors qu'en fait ce sont elles qui nous contrôlent !

Dois-je continuer ? Vous voyez que les attentes ne sont pas toujours une bonne chose et qu'elles n'alimentent pas notre capacité à faire face à l'incontournable incertitude de nos vies.

Maintenant que vous êtes conscient des dommages que les attentes peuvent entraîner, je suppose que vous souhaitez vous détacher de vos propres attentes le plus vite possible. Pourquoi être déçu, rigide, en colère, impatient et obsessionnel, si l'on peut être calme, joyeux, heureux, créatif et spontané ?

Comme vous l'avez appris dans un précédent chapitre, le « je-ne-sais-pas » est le chemin de la sagesse. Vous êtes désormais en train d'apprendre que le « non-attachement » est le chemin de la sérénité. Il nous permet de contempler toutes les possibilités à venir avec ce que le conseiller de santé Bernard Jensen appelle une « conscience détendue [2] ». Une conscience détendue... voilà une image libératrice ! Et Barry Stevens, spécialiste de Gestalt-thérapie, parle de « déprogrammer » notre volonté :

> Quand je déprogramme ma volonté par rapport à quelque chose, je respire plus profondément et me sens plus libre. Je l'ai échappé belle [3] !

Une de mes images favorites pour exprimer ce sentiment de liberté est : « je porte le monde comme un vêtement ample ». Un vêtement ample nous laisse libre de bouger, d'être à l'aise, de nous mouvoir en harmonie, de ne pas prendre tout trop au sérieux. Spécialiste des arts martiaux, Tom Crum emploie quant à lui l'image du « danseur sur un tapis mouvant » :

> Au lieu de sentir que le tapis se dérobe sous nos pieds, nous pouvons apprendre à danser sur un tapis mouvant [4].

Assemblez ces images va vous permettre de pousser un soupir de soulagement...

> Je relâche ma conscience. Je déprogramme ma volonté. Je porte le monde comme un vêtement ample. J'apprends à danser avec grâce sur le tapis en constant mouvement.

Grâce à ces larges affirmations on peut se donner un corps paisible et un esprit serein.

Comprenez qu'une attente est un fantasme, une illusion. Elle ne s'enracine pas dans la réalité. Nous élaborons des images dans notre tête, et ensuite nous sommes déçu quand la réalité survient. Quand vous vivez mal un événement qui survient dans votre vie ou dans le monde, ce n'est pas ce qui se passe qui est un problème, c'est votre incapacité à lâcher l'attente où vous étiez à ce sujet.

Le bouddhisme nous enseigne que la douleur fait partie de toute vie. C'est la nature. Mais il nous apprend aussi que nous pouvons supprimer la souffrance en relâchant le besoin que nous avons de voir les choses se passer d'une manière précise. Nous atteindrons alors le sommet de la sagesse et de la liberté. La plupart des problèmes ne sont pas des problèmes. C'est notre attachement à ce que les choses soient autres que ce qu'elles sont qui les transforme en problèmes. L'attachement apporte la souffrance. Si l'on abandonne cet attachement, la souffrance disparaît.

Bien entendu, nous pouvons nourrir des « préférences » dans la vie, mais aussi longtemps qu'elles demeurent des préférences et non des attachements, la vie poursuit un cours fluide. On passe de « C'est affreux... ma vie est gâchée » à « Ah bon... je continue d'avancer ». Oui, la vie est souvent difficile et même parfois extrêmement difficile. Mais notre attachement à des résultats spécifiques crée – cela est certain – une souffrance supplémentaire. Faisons le point :

> Vouloir que les choses soient différentes de ce qu'elles sont est la cause primordiale de notre souffrance.

Laissez-moi vous donner encore quelques exemples de la manière dont les attentes nous gâchent l'existence et dont le non-attachement aux résultats peut nous apporter une plus grande paix.

1. Vous arrivez à l'aéroport pour découvrir que votre avion partira avec trois heures de retard. Votre attente, c'était que l'avion parte à l'heure. Vous êtes irrité. Votre cœur bat beaucoup plus vite. Vous en voulez au personnel de la compagnie, comme si les gens derrière le comptoir étaient responsables des problèmes de moteur de l'appareil ! Vous commencez à vous plaindre qu'on vous vole trois heures de votre précieux temps de vacances. Pauvre de moi... Victime ! Victime ! Victime ! Si vous pouviez déprogrammer votre volonté, vous lâcher et vous détacher de la façon dont les choses « devraient être », vous pourriez prendre conscience des extraordinaires opportunités de « vacances » qu'offre l'aéroport pendant que vous patientez. Est-ce si souvent qu'on nous offre trois heures pour lire, observer les passants, entrer en conversation avec d'autres personnes, nous restaurer, nous rafraîchir, faire du shopping et flâner, avec un sentiment de liberté ? Ces moments sont rares dans nos vies quotidiennes. Et nous pouvons en faire quelque chose d'épatant quand ils surviennent... à condition d'abandonner notre attente que l'avion parte à une heure donnée. Cela fait simplement partie de l'aventure.

2. Vous avez une attente, l'espoir, le désir d'obtenir un certain emploi. On embauche quelqu'un d'autre. Que ressentez-vous ? Une déception, le sentiment de ne pas être à la hauteur pour ce travail, la peur de ne plus avoir d'autres perspectives d'emploi dans cette entreprise, etc. Supposons que vous ayez décidé par avance de déprogrammer votre volonté, de lâcher prise par rapport à votre attente d'obtenir cet emploi. Vous vous êtes dit que si ce job était fait pour vous, c'est vous qui l'obtiendriez. S'il ne l'était pas, il y aurait quelque chose d'autre en réserve pour vous ou alors vous envisageriez de vous tourner dans une autre direction. Donc si vous l'obtenez, c'est très bien. Si vous ne l'obtenez pas, c'est très bien aussi. Si cela ne marche pas, pour être mieux à même de comprendre la raison pour laquelle vous ne l'avez pas eu, vous pouvez décider d'obtenir un maximum d'informations. Mais vous n'acceptez pas que la situation vous ôte votre joie de vivre.

3. Vous avez des attentes à l'égard de votre couple, vous souhaitez qu'il « dure toujours ». La vérité, c'est qu'il durera... ou non. Dans mon livre *L'Amour comme solution* [5], je raconte l'histoire de Maxine, qui s'est effondrée et s'est sentie totalement trahie lorsque l'homme avec lequel elle était mariée depuis vingt-trois ans l'a quittée pour une autre femme. À cause de son attente du « pour toujours », sa réaction pouvait se prévoir et se comprendre. « Ce salaud ! Je lui ai donné les meilleures années de ma vie, et regardez ce qu'il m'a fait ! » Victime ! Victime ! Victime ! Je sais qu'une expérience de ce genre est extrêmement douloureuse à supporter. Mais l'attente du « pour toujours » la rend plus pénible encore. Maxine n'a pas compris une chose : lorsque son mari lui avait dit au début de leur relation qu'il l'aimerait « pour toujours », il le pensait, mais parfois les êtres humains évoluent et changent d'avis. Nous ne pouvons pas faire confiance au « pour toujours ». Mais nous pouvons apprendre à nous faire confiance pour faire face à tout ce qui arrive dans notre vie. Faut-il céder à mon péché mignon et me citer moi-même ?

> « Si nous sommes capables de considérer nos compagnons comme des êtres humains qui ne suivront pas forcément le scénario que nous désirons, alors nous gardons un cœur ouvert. Si nous avons des attentes de contes de fées, nos cœurs se brisent aisément et se réparent difficilement [6] ! »

Souvent, je raconte pour plaisanter que j'adore quand mon mari, Mark, me dit qu'il m'aimera toujours, mais ça me rassure tout de même un peu de savoir que je n'ai pas à l'obliger à tenir sa promesse ! Mon premier mariage s'était construit sur le « pour toujours » – cela n'a pas marché. Cela n'a pas marché non plus pour le premier mariage de Mark. Aussi avons-nous conçu autrement notre deuxième mariage. Nous ne pensons pas en termes de « toujours ». Nous pensons en termes d'« aujourd'hui ». Et chaque fois que nous sommes ensemble, nous nous attachons à voir comment nous pouvons nous valoriser, nous respecter, nous apprécier et prendre soin l'un de l'autre. Et croyez-moi, nous avons construit un amour merveilleux ! Quand vous pensez qu'un amour va durer toujours, vous avez tendance à oublier de vous concentrer sur ici et maintenant... et c'est ainsi que l'amour meurt. Quand vous vous attachez à agir avec amour au présent, l'amour a tendance à grandir... Du moins, c'est ainsi que cela a fonctionné pour nous.

Vous comprenez à présent que vous pouvez vivre votre vie autrement que vous ne faites, et vous n'êtes pas sans remarquer que renoncer à vos attentes est quelque chose de très difficile à faire. On pense tout de suite au mot « habitude », et les habitudes sont difficiles à casser. Nous créons automatiquement des attentes auxquelles nous nous accrochons, et nous oublions de lâcher prise. Bien entendu, dès que nous désirons très fort quelque chose, nous sommes prisonniers de ce désir !

Je vous propose deux exercices très utiles, conçus pour vous aider à lâcher prise. Si vous pouvez les intégrer dans votre pratique quotidienne, peu à peu vous deviendrez empli de sérénité, vous qui autrefois étiez si anxieux.

L'exercice des « Ciseaux dans la tête »

J'apprécie beaucoup cet exercice, dont j'ai déjà proposé une variante à d'autres occasions. Je l'utilise ici pour gérer nos attentes. Comme je viens de l'expliquer, les attentes nous conduisent vers un état d'attachement. Ce dont nous avons besoin désormais, c'est de « couper le cordon » afin de ressentir la liberté du non-attachement. Ce faisant, nous relâchons l'emprise de nos peurs et de nos besoins. Il y a peu de temps, j'ai entendu l'actrice Drew Barrymore dire lors d'une interview que, une fois le tournage d'un film achevé, elle ne s'en souciait plus et abandonnait toute attente, car sinon elle serait malheureuse. Quelle sagesse ! En fait, elle coupe le cordon de ses attentes.

Comment peut-on couper ce cordon ? Il est clair que ce lien se situe dans notre esprit. Aussi, à l'instant même où une attente surgit dans votre cerveau – sous la forme d'un espoir, d'un désir, d'un souhait de toute sorte –, je vous suggère de fermer les yeux. Dans votre for intérieur, visualisez une image de vous-même, attaché par un cordon à cette attente. Tant que vous resterez attaché, vous ne serez pas libre. Imaginez-vous en train de couper ce lien. Voici deux manières de réaliser cet exercice :

1. Laissez-moi d'abord vous expliquer l'exercice des « Ciseaux dans la tête » au moyen de la liste des attentes énoncée au chapitre I :

J'espère qu'il va appeler

Hier, lors d'une soirée, vous avez rencontré un homme merveilleux. Assise à votre bureau, cette pensée surgit à votre esprit : « Pourquoi ne m'a-t-il pas appelée ? ». Cette phrase découle logiquement de votre espoir que cet homme vous appelle. Vous commencez à la ressasser, elle vous obsède et vous parvenez difficilement à vous concentrer sur l'instant présent. À ce moment-là, vous fermez les yeux et, dans votre for intérieur, vous vous voyez en train de couper le cordon imaginaire qui vous attache à cette pensée. Puis inspirez profondément, et visualisez cet espoir disparaissant au loin. La réalité, c'est que cet homme appellera, ou qu'il n'appellera pas. Vous n'avez aucun contrôle sur ses actions. Désormais, votre esprit est libre pour des pensées plus enrichissantes, comme :

> « Cet homme n'est pas toute ma vie. Bien sûr, j'aurais beaucoup de plaisir à le revoir, mais je sais que j'ai le pouvoir de me forger une belle vie, qu'il appelle ou non. Tout va bien. »

Quand vous coupez le cordon, vous êtes libre. Quand vous vous nourrissez de pensées stimulantes, vous vous renforcez. (Moi, comme j'étais plutôt hardie à l'époque où je cherchais l'âme sœur, j'aurais décroché le téléphone pour l'appeler ! Mais c'est une autre histoire.)

J'espère que j'aurai cet emploi

Comme dans l'exemple précédent, dans votre for intérieur, vous devez couper le lien qui vous lie à l'espoir d'obtenir cet emploi. Puis vous poussez un grand soupir de soulagement. Nourrissez-vous de pensées enrichissantes :

« Si je n'obtiens pas cet emploi, c'est qu'il n'était pas pour moi. Il en reste beaucoup d'autres ; ma recherche va m'apporter de nombreux enseignements intéressants. »

J'espère que j'aurai des enfants

Dans votre for intérieur, coupez le fil qui vous retient à ce désir d'enfant. Poussez un grand soupir de soulagement. Nourrissez-vous de pensées enrichissantes :

« Que j'aie ou non des enfants, il existe une multitude de façons d'apporter de l'amour au monde. Quoi qu'il arrive, je vais me forger une belle vie, pour moi et pour ceux qui m'entourent. »

J'espère que mon mariage sera heureux

Dans votre for intérieur, coupez le cordon qui vous relie au vœu que votre mariage se passe de telle ou telle façon. Poussez un grand soupir de soulagement. Nourrissez-vous de pensées enrichissantes :

« Je vais apporter amour et soin à mon couple. J'ai confiance et, quoi qu'il arrive, ce sera pour mon plus grand bien et celui de mon conjoint. Si mon mariage est heureux, tout va bien. S'il ne l'est pas, tout va bien. Bien sûr, je sais que la souffrance fait partie de la vie, mais je ferai les ajustements nécessaires et traverserai la souffrance en apprenant et en m'améliorant. »

J'espère que l'homme ou la femme avec qui j'ai rendez-vous sera séduisant(e)

Dans votre for intérieur, coupez le cordon qui vous attache à une image « idéale » de ce rendez-vous. Poussez un grand soupir de soulagement. Nourrissez-vous de pensées enrichissantes :

« Je remarque que je m'attache trop aux qualités extérieures, et pas assez aux valeurs intérieures. Je vais m'efforcer de me concentrer sur ce que j'apprécie en lui et essayer de le valoriser comme être humain, qu'il soit beau ou pas. »

J'espère que j'aurai une augmentation

Dans votre for intérieur, coupez le cordon qui vous attache à l'idée de recevoir cette augmentation. Poussez un grand soupir de soulagement. Nourrissez-vous de pensées enrichissantes :

> « Si j'obtiens cette augmentation, c'est formidable. Dans le cas inverse, c'est bien aussi. Je me débrouillerai d'une manière ou d'une autre et j'exploiterai alors peut-être d'autres pistes professionnelles. »

J'espère que j'aurai toujours une bonne santé

Dans votre for intérieur, coupez le cordon qui vous relie au désir d'être toujours en bonne santé. Poussez un grand soupir de soulagement. Nourrissez-vous de pensées enrichissantes :

> « En vieillissant, nous sommes peu nombreux à ne pas avoir de problèmes de santé, grands ou petits. Je ferai de mon mieux pour rester en forme, et je me fais confiance pour faire face à toute maladie qui pourrait m'affecter. »

J'espère que mon fils travaillera bien à l'école

Dans votre for intérieur, coupez le lien qui vous attache aux résultats scolaires de votre fils. Poussez un grand soupir de soulagement. Nourrissez-vous de pensées enrichissantes :

« Je ne maîtrise pas grand chose des résultats scolaires de mon fils. Je serai toujours là pour le guider, mais je dois abandonner l'idée que je peux contrôler ses résultats. Qui sait de quelles expériences il peut avoir besoin pour faire son chemin dans la vie ? Moi, je n'en sais rien. Je lâche prise, et je fais confiance à la vie : tout ce qui arrivera sera pour mon plus grand bien et pour celui de mon fils.

Pour chacun de ces cas, souvenez-vous que :

- le cordon qui vous lie à une attente et à l'avenir est coupé ;
- pousser un soupir de soulagement permet de détendre notre conscience, de déprogrammer nos désirs et de nous libérer des soucis inutiles ;
- les pensées enrichissantes nous aident à prendre conscience que nous saurons faire face à ce qui adviendra au cours de notre existence.

Maintenant que vous comprenez l'objet et les effets de cet exercice, vous pouvez envisager de l'appliquer à votre vie. D'abord, pensez à votre propre existence et faites une liste de quelques-unes de vos attentes, c'est-à-dire des espoirs, des désirs et des souhaits que vous nourrissez réellement en ce moment. Il peut s'agir du carnet de notes de votre enfant, de votre prochain dîner, des performances de votre voiture, de la santé de votre famille, de votre vie amoureuse, d'argent, de politique, de l'état du monde, bref de tout ce qui peut être un souci pour vous.

Ensuite, reprenez votre liste, élément par élément.

a) Fermez les yeux.
b) Visualisez-vous en train d'ouvrir des ciseaux imaginaires et de couper le cordon qui vous lie à chaque attente...
c) Visualisez l'attente qui s'évanouit et disparaît tout à fait dans l'espace. N'oubliez pas de pousser un grand soupir de soulagement.
d) Nourrissez-vous de pensées fortifiantes, qui présentent la situation sous un jour plus sain.

Entraînez-vous ainsi, encore et encore. Bientôt, vous pourrez laisser s'évaporer les pensées concernant les événements à venir, en vous remplissant de messages de vie qui vous apporteront force, amour et épanouissement.

2. Cette variante de l'exercice des « Ciseaux dans la tête » pourra vous aider à rendre votre journée paisible. À chaque fois que vous vous sentez contrarié, posez-vous cette question :

> « Quelle est cette chose à laquelle je m'accroche et qui me contrarie autant ? »

Chaque fois que vous êtes en colère, contrarié, déçu, replié sur vous-même, effrayé, jaloux ou frustré, il est probable que vous êtes attaché à quelque chose. La clef, c'est de briser cet attachement. Dès l'instant où vous avez découvert ce qui vous contrarie, fermez les yeux, prenez des ciseaux imaginaires et coupez le cordon de l'attente qui se cache derrière. Poussez un soupir de soulagement en la regardant s'évaporer et disparaître. Puis nourrissez-vous de pensées positives.

Les expériences antérieures vous ont peut-être appris que lorsque vous êtes contrarié et que vous avez le plus besoin d'un outil efficace, vous oubliez complètement que vous l'avez à votre disposition ! Voilà pourquoi il est nécessaire de fabriquer des pense-bêtes. Ici, rien de plus simple :

> Gardez en permanence sur votre bureau, ou dans un endroit où vous pourrez facilement la voir, une grosse paire de ciseaux... pour couper le cordon.

Bien entendu, ne laissez pas de ciseaux à portée de main de jeunes enfants ; mais vous trouverez toujours un endroit sûr où poser en évidence cet objet, symbole de la nécessité de couper le lien avec vos attentes.

Je me suis souvent servie de cet exercice pour me débarrasser de nombreux soucis de mon existence. Et, plus je m'y entraîne, plus je constate une diminution flagrante de mon besoin que les choses se passent de telle ou telle manière. Étonnant ! Mais oui, c'est vrai, je garde sur mon bureau une paire de ciseaux pour me le rappeler. Il m'arrive à moi aussi d'oublier ! Mais, avec le temps, c'est de moins en moins fréquent.

L'exercice : « Je m'en soucierai demain »

Notre tentative de maîtriser l'avenir et l'exigence que nous avons de tout contrôler dans notre vie nous condamne, au quotidien, à être obsédé de soucis qui gâchent la vie. Beaucoup d'entre nous pourraient être qualifiés d'« anxieux professionnels ». Comme si se faire du souci était un métier ! Lisez l'exemple suivant, vous allez peut-être vous reconnaître.

Vous partez pour des vacances longtemps attendues mais votre joie est ternie par la multitude des choses pour lesquelles vous choisissez de vous faire du souci : on pourrait voler votre ordinateur ; vous pourriez tomber malade dans un lieu étranger ; l'avion pourrait être retardé ; la chambre d'hôtel pourrait être affreuse... j'arrête ici la liste de toutes les angoisses susceptibles de gâcher le plaisir de votre voyage. Vous en êtes au point de penser que vous vous sentiriez mieux si vous restiez à la maison ! Si seulement nous pouvions penser aux vacances comme à une magnifique aventure... quoi qu'il arrive !

Même si tout se déroule à merveille, l'esprit de l'« anxieux professionnel » trouvera toujours un os à ronger. Prenons un exemple : vous venez enfin de terminer un dossier sur lequel vous travaillez depuis un bon moment. Pendant une courte période, vous êtes heureux. Mais l'esprit anxieux réapparaît : « Qu'est-ce qui va se passer si on ne me confie pas d'autres projets ? » ; « Et si mes clients n'apprécient pas ce que je fais ? » ; « Comment vais-je faire si je ne gagne pas assez d'argent pour régler mes factures ? » ; « Et si... et si... et si... ? »

Citons un autre exemple : votre enfant est enfin intégré dans une équipe sportive ; cela fait des semaines que cela vous préoccupait ; vous ne vouliez pas qu'il soit déçu. Pendant un moment, vous êtes satisfait, puis de nouveau le souci s'installe : « Et s'il se blesse ? » ; « Et si d'autres membres de l'équipe le chahutent ? » ; « Qu'est-ce qui va se passer si ses résultats scolaires baissent à cause des entraînements ? » ; « Et si... et si... et si... ? » Comme vous le constatez, les anxieux professionnels ne s'accordent que quelques très courts instants de bonheur. C'est parce que la pensée des désastres potentiels prend immédiatement le relais et évacue le sentiment de joie. Il va de soi que ces individus, lorsqu'ils n'ont aucun souci à se mettre sous la dent, se créent toujours une bonne raison d'en avoir. Pour mettre fin à cette folie, nous devons trouver un moyen de désamorcer l'inquiétude. L'exercice « Je m'en soucierai demain » pourrait bien être ce moyen.

J'ai utilisé cet exercice de manière très concluante dans de nombreuses situations de ma vie. L'idée m'en est venue un jour, quand j'étais assise à mon bureau, en train de me ronger les sangs au sujet de la vente de notre maison. Nous voulions une maison plus petite et le marché immobilier était porteur. Mais mon esprit s'affolait avec des pensées comme : « Où allons-nous vivre quand nous aurons effectivement vendu ? » ; « Quand trouverons-nous une maison aussi agréable que celle-ci ? » ; « Est-ce que nous allons la vendre au prix que nous en demandons ? » ; « Peut-être personne n'en voudra ? ». Je me suis mise à rire quand j'ai pris conscience que *j'étais inquiète à l'idée que la maison se vende... autant qu'à l'idée qu'elle ne se vende pas !* Voilà comment se créer dans la tête une situation de perdant à tous coup.

J'ai fini par me dire :

> « Aujourd'hui, je ne me soucie de rien. Je m'en soucierai demain. »

Ça a marché. Je me suis senti le cœur plus léger, libérée de mes soucis pour toute la journée. Peu à peu, j'apprends à répéter cette pensée toute simple, face à tout ce qui aurait tendance à m'inquiéter – la santé, l'argent, le bonheur de mes enfants, etc.

On nous dit souvent de ne pas remettre au lendemain ce qui peut être fait le jour même. Désormais, voici au moins une belle exception à la règle : le SOUCI. Pour le cas où vous auriez l'impression que cela pourrait vous aider, je vous donne la permission de remettre votre souci au lendemain. Voici comment procéder :

> *Lundi... Vous répétez encore et encore :*
> « Je ne vais pas m'inquiéter de quoi que ce soit aujourd'hui. Je m'en soucierai demain. »

Mardi... Vous répétez encore et encore :
« Je ne vais pas m'inquiéter de quoi que ce soit aujourd'hui. Je m'en soucierai demain. »
Mercredi... Vous répétez encore et encore :
« Je ne vais pas m'inquiéter de quoi que ce soit aujourd'hui. Je m'en soucierai demain. »
Jeudi... Vous répétez encore et encore :
« Je ne vais pas m'inquiéter de quoi que ce soit aujourd'hui. Je m'en soucierai demain. »
Vendredi... Vous répétez encore et encore :
« Je ne vais pas m'inquiéter de quoi que ce soit aujourd'hui. Je m'en soucierai demain. »
Samedi... Vous répétez encore et encore :
« Je ne vais pas m'inquiéter de quoi que ce soit aujourd'hui. Je m'en soucierai demain. »
Dimanche... Vous répétez encore et encore :
« Je ne vais pas m'inquiéter de quoi que ce soit aujourd'hui. Je m'en soucierai demain. »

Étonnant ! Vous venez de passer sept jours sans souci ! Si vous faites cela pour chaque semaine de votre vie, vous vous forgez une vie libre de tout souci. Je sais que cela a l'air vraiment simpliste, mais une fois que vous avez trouvé l'astuce, votre vie va vous sembler formidablement allégée, puisque plus rien ne pourra vous abattre... jusqu'à demain, et ainsi de suite.

Comprenez-moi bien : je ne vous dis pas de remettre au lendemain toute ACTION que vous pourriez entreprendre le jour même pour régler une affaire. Cela signifie simplement que vous n'avez pas à vous soucier de son résultat. Agir sans inquiétude confère une clarté d'esprit qui permet d'accomplir intelligemment les choses, au lieu de les faire dans l'émotion. Agir sans inquiétude vous permet d'agir au mieux... que ce soit pour préparer une fête, élever des enfants, gérer une entreprise. Il existe de nombreuses émotions qui contribuent à améliorer la qualité de nos vies, mais d'autres parfois peuvent se constituer en obstacles. L'inquiétude fait partie de celles qui encombrent notre chemin.

Je vous donne un exemple. Vous préparez une fête pour vos amis. Je vous propose de faire deux listes des actions à entreprendre, une avec le mode « attachement », l'autre avec le mode « non-attachement ».

ACTIONS GOUVERNÉES PAR L'ATTACHEMENT AU RÉSULTAT	ACTIONS NON GOUVERNÉES PAR L'ATTACHEMENT AU RÉSULTAT
Dresser une liste d'invités	Dresser une liste d'invités
Rédiger les invitations	Rédiger les invitations
Expédier les invitations	Expédier les invitations
Acheter les provisions	Acheter les provisions
Acheter des fleurs	Acheter des fleurs
Préparer le repas	Préparer le repas
Choisir une tenue	Choisir une tenue
Etc.	Etc.

Vous êtes probablement en train de vous dire que les deux listes sont rigoureusement identiques ! Eh bien oui, les actions sont souvent les mêmes (ou presque) dans le mode « attachement » et dans le mode « non-attachement ». *La différence essentielle est la façon dont vous vivez la chose.* Si vous êtes attaché au résultat...

Vous êtes nerveux.
Vous ne prenez pas plaisir aux préparatifs.
Vous ressentez et faites ressentir une tension.

Si la fête se passe bien, vous poussez un soupir de soulagement quand elle est finie, au lieu d'en profiter pendant qu'elle se déroule. Pourquoi ? Parce que vous êtes content que la tension s'apaise enfin !

Si la fête se passe mal, vous vous reprochez de ne pas avoir fait les choses autrement, ou bien vous êtes furieux contre les personnes ou les événements qui peuvent l'avoir gâchée.

En revanche, si vous n'êtes pas attaché au résultat et vivez dans le présent...

Vous êtes heureux et enthousiaste.
Vous prenez plaisir aux préparatifs.
Vous ressentez et faites ressentir de l'amour.

Si la fête se passe bien, vous êtes heureux que les gens aient passé un bon moment. Si elle se passe mal, vous comprenez que vous avez fait de votre mieux et que vous ne pouvez pas contrôler la façon dont les gens qui vous entourent communiquent ou ne communiquent pas. Vous continuez simplement à dispenser une énergie affectueuse à toutes les personnes présentes.

Je crois deviner que, plus vous êtes détendu par rapport au résultat, meilleur il sera. Votre présence pendant la fête sera plus aimante, plus en harmonie avec les autres, et cette énergie positive va se transmettre à tous vos invités. Eux-mêmes en seront d'autant plus aimants et en harmonie. Ainsi passerez-vous un excellent moment. Souvenez-vous que l'on ne profite que de ce que l'on aborde dans la détente. Au lieu de vous raidir et d'opposer une barrière à toutes les opportunités d'épanouissement, vous vous ouvrez, pour mieux vous enrichir. Et vous en retirez beaucoup plus de joie.

Je suggère que, pour toute chose, vous vous fixiez des objectifs. Prenez plaisir à l'action et ne vous inquiétez pas du résultat. Par définition, lorsque nous sommes gouvernés par le résultat, nous sommes gouvernés par la morosité. Quels que soient nos efforts, quelle que soit notre efficience, nous ne pouvons jamais ressentir la sécurité qui viendrait d'une maîtrise du monde extérieur. Quand nous abandonnons notre désir de contrôle, nous devenons instantanément plus heureux. Si vous saviez que vous pouvez avoir du bonheur quel que soit votre état – en bonne ou mauvaise santé, riche ou pauvre, vivant une belle histoire ou non, etc. –, vos inquiétudes au sujet de l'incertitude de la vie en seraient diminuées.

Je sais bien que, au début, abandonner ses attentes est difficile. Parfois d'ailleurs, quand la chaîne se brise, nous laissant libre de nous envoler, nous sommes terrorisés. Lâcher prise est l'essence même de la sécurité et, pourtant, cela donne l'impression d'abandonner cette sécurité. Mais peu à peu, avec de l'entraînement, on peut arriver à cette prise de conscience salutaire :

> Quand, au bout du compte, nous parvenons à abandonner notre besoin de contrôle, nous sommes, pour la première fois, vraiment dans la maîtrise des choses.

Commencez donc par avancer, par petits pas ou à grandes enjambées, pour apprendre à votre esprit à lâcher prise. Lorsque vous y parviendrez, votre capacité à faire face à l'incertitude augmentera de manière impressionnante, et votre attachement à la morosité déclinera de façon tout aussi impressionnante.

Chapitre 4
Augmenter nos chances

La logique peut tuer cette part de nous-mêmes qui crée les miracles.

Stuart Wilde [1]

Oui, l'avenir est définitivement incertain. Et, comme vous l'avez appris au cours du dernier chapitre, si vous désirez assumer l'incertitude au lieu de vous en laisser inhiber, vous devez cesser de toujours prévoir le déroulement des choses. Cela non plus ne fait aucun doute.

Et s'il existait un moyen d'augmenter nos chances d'aller dans la bonne direction ? Ne devrait-on pas explorer cette voie ? Bien sûr ! Je ne vous laisse pas languir plus longtemps : je vais vous parler de ce moyen fantastique qu'est l'intuition. Dans mes premiers livres, j'ai déjà brièvement présenté l'intuition ; ici je l'étudierai plus à fond. L'intuition est un outil très performant qui permet de gérer l'incertitude de nos vies et de la transformer en une expérience gratifiante.

Qu'est-ce au juste que l'intuition ? Nul ne le sait vraiment. On peut émettre des hypothèses, mais on ne peut rien affirmer. Et l'on ne sait pas non plus d'où notre sens intuitif retire sa prodigieuse sagesse. Mais il ne fait aucun doute que l'intuition est une part de nous-même très puissante et sous-employée. Elle est capable de percevoir des choses que nos yeux ne voient pas, de savoir des choses que notre pensée consciente ignore. C'est seulement quand nous échappons à notre pensée consciente que nous pouvons utiliser – pour notre plus grand profit – notre pensée intuitive.

Souvent, on confond intuition avec sixième sens, prémonition, inspiration, perception extra-sensorielle, clairvoyance, don de seconde vue, télépathie... Beaucoup croient que la pensée intuitive rassemble des informations simplement collectées, consciemment ou non, et stockées de manière subliminale par l'individu, pour ressurgir au moment opportun. D'autres, dont je fais partie, pensent qu'il s'agit d'une notion plus cosmique. Frances Vaughan, entre autres, pense que l'intuition englobe aussi « l'infini réservoir de l'inconscient collectif ou universel, où les frontières de la particularité individuelle et de l'ego sont transcendées [2] ».

Même si l'on ne comprend pas la qualité miraculeuse de l'intuition, on peut la prendre pour une sagesse intérieure, capable de fournir des « scoops » sur ce qui se passe dans le monde qui nous entoure. Elle fonctionne comme un éclaireur, qui a aperçu l'avenir et vient nous dire quelle direction prendre. Ainsi, l'intuition peut être un puissant moyen de protection. Elle peut aussi nous conduire là où nous avons besoin d'aller pour accéder à une vie plus pleine, plus complète, plus riche de sens et plus passionnante.

Si nous aimons rechercher le côté spirituel des choses, nous pouvons envisager l'intuition comme notre moi supérieur, qui entrerait en connexion avec une puissance supérieure pour donner naissance à une intelligence spirituelle : une extraordinaire sagesse intérieure, capable de nous guider dans tous les domaines de notre vie. Ce serait notre lien avec le Grand Projet, le dessein particulier que la vie réserve à chacun.

Voulez-vous un exemple stupéfiant de la puissance de l'intuition. Dans son ouvrage passionnant *Le Réveil de l'intuition*, le Dr Mona Lisa Schultz raconte :

> « Nous avions des difficultés avec une expérience, dans laquelle nous cherchions à créer des liposomes – ou cellules artificielles – de la blennorragie. Malgré nos efforts, les cel-

lules fuyaient systématiquement comme des passoires. Contrarié, mon directeur de recherche manifestait son impatience.

« Un jour, je vois sa silhouette se dresser au-dessus de ma paillasse. Les veines saillant sur le front, il me pointe du doigt et me lance : “Alors ? Qu’est-ce que vous comptez faire ?”

« Je lève les yeux vers lui et bafouille : “On va essayer l’alpha-glucosidase !”, me demandant au moment même où je prononce ces mots qu’est-ce que l’alpha-glucosidase et quels peuvent être ses effets, et, surtout, d’où m’est venue cette idée saugrenue !

« Manifestement, mon chef se pose la même question. Il me jette un regard sceptique et courroucé : “Et quel effet va-t-on obtenir ? D’où cette idée vous vient-elle ?”

« Je lui ai demandé de me laisser le temps de rédiger un protocole expérimental détaillé couvrant l’ensemble des questions, y compris celles qui surgiraient en route. Puis, je suis allée directement à la bibliothèque recueillir des renseignements sur l’alpha-glucosidase. Après avoir consulté plusieurs articles de référence, j’ai imaginé un mode d’utilisation de cette enzyme pour créer une cellule blennoragique artificielle qui demeurerait étanche. J’ai fait un essai en laboratoire : ça a marché ! Au cours de la même année, j’ai présenté un rapport sur cette expérience lors d’un congrès scientifique [3]. »

Cet épisode étonnant a amené M.L. Schultz à s’interroger. Elle s’est demandé ce qui, dans l’univers, avait pu contribuer à faire surgir dans son cerveau le nom d’une enzyme dont elle n’avait jamais entendu parler auparavant, au moment précis où elle pouvait en faire usage. Elle s’est mise à étudier l’intuition, ce puissant véhicule qui donne accès à l’univers de l’inconscient collectif, et à lui faire confiance.

Quel effet cela fait-il de suivre son intuition ? Parlons de mon expérience. Quand je me détache de ma pensée rationnelle pour me connecter à ma pensée intuitive, j’ai l’impression que quelqu’un me guide et que je n’avance plus à tâtons dans l'obscurité. J'ai le sentiment que mon choix est sûr, même s'il peut paraître illogique. Je ressens de l'enthousiasme et n'ai aucune peur, et mon choix me paraît pertinent sans que je puisse m'expliquer pourquoi. Ce sentiment n'est pas gouverné par mon esprit d'analyse ; il peut même être en désaccord avec lui. C'est exactement ce que j'ai ressenti tout au long de l'expérience personnelle que je vais vous raconter. Certains d'entre vous connaissent peut-être déjà cet exemple, mais je ne peux parler de l'intuition sans m'y référer. Je pense que vous allez trouver cette histoire stupéfiante.

Il y a neuf ans environ, j'étais directrice, à New York, d'un centre de soins destiné aux personnes sans ressources, l'Hôpital flottant [4]. Un jour, j'étais assise à mon bureau quand, dans mon esprit, a surgi la pensée suivante : « Rends-toi à l'École nouvelle pour la recherche sociale. » Je ne savais pas d'où provenait cette pensée, mais comme à l'époque je m'entraînais à l'art de suivre mon intuition, j'ai décidé de l'écouter et de me rendre à cette école où je n'étais jamais allée. Comme j'étais férue d'ateliers de formation, j'imaginais qu'on me confierait un atelier passionnant que j'aurais beaucoup de plaisir à diriger.

Quand le taxi m'a laissée devant la porte d'entrée de ma mystérieuse destination, mon intuition m'a « guidée » vers le département des relations humaines. La réceptionniste n'étant pas à son bureau, je me suis retrouvée face-à-face avec la directrice, Ruth Van Doren. Elle m'a demandé ce qu'elle pouvait faire pour moi. Les paroles que j'ai alors prononcées m'ont fait l'effet d'un choc... J'ai balbutié que j'étais venue proposer un cours sur la peur. Ruth Van Doren a elle aussi eu un choc ! La stupéfaction se lisait sur son visage quand elle m'a répondu que depuis un moment elle cherchait quelqu'un pour donner un cours sur la peur, qu'elle n'avait encore trouvé personne, que la date butoir était ce jour même et qu'elle était obligée de s'absenter dans l'instant. Vous comprenez pourquoi j'ai soudain eu l'impression de franchir la frontière du surnaturel ! Douze minutes plus tard, j'avais rédigé le descriptif de mon cours, je l'avais déposé sur le bureau de la réceptionniste, accompagné d'une note permettant de l'inclure au programme des formations, et Ruth Van Doren était partie en courant prendre son bus. Et comment ai-je intitulé mon cours ? Vous l'avez deviné... *Tremblez, mais osez !**

Prendre en charge ces treize semaines de cours a changé ma vie. C'est comme si une porte mystérieuse s'était ouverte, me montrant la voie d'une carrière entièrement nouvelle, de formatrice et d'écrivain. Mon travail à l'Hôpital flottant me plaisait beaucoup, mais ma nouvelle carrière m'a permis de déployer mes ailes et de toucher un public mondial. De toute évidence, mon existence avait en réserve un dessein beaucoup plus vaste que celui que mon cerveau rationnel pouvait imaginer... Ma pensée intuitive, elle, était certainement branchée ! Je suis reconnaissante d'avoir écouté ce qu'elle me soufflait, même si, sur le moment, tout cela n'avait *a priori* aucun sens.

Comme je l'ai dit, de nombreux spécialistes affirment que l'intuition n'est qu'une connaissance antérieure, acquise consciemment ou non, et que nous avons tout simplement oubliée ; ils refusent en général de lui donner une définition plus large et plus vaste. Analysons l'expérience que je vous ai racontée :

1. L'École nouvelle était un endroit où je n'étais jamais allée. Je ne savais même pas où elle se trouvait.
2. Si j'avais eu l'intention de proposer un cours sur la peur ou sur un tout autre thème, je me serais adressée à l'une de mes anciennes facultés, Hunter College ou bien l'université de Columbia.
3. Je ne savais rien de l'École nouvelle et je n'avais jamais pris connaissance de ses programmes de cours. Aussi ne pouvais-je pas savoir qu'il y avait un département de relations humaines, ni le genre de cours qu'il proposait.
4. J'ignorais qu'ils recherchaient quelqu'un pour diriger une formation sur la peur et que ce jour était la date

* Marabout, 2003 (NdT).

butoir pour inscrire cette formation à leur programme.

Je pourrais continuer longuement avec des précisions étonnantes. Comment ce « miracle des coïncidences » a-t-il pu advenir ? D'où m'est parvenu, à ce moment précis du temps, le message « rends-toi à l'École nouvelle » ? Je ne peux répondre avec certitude, mais je suis sûre d'une chose : il ne s'agissait en aucun cas d'une « simple connaissance antérieure stockée et oubliée » – n'en déplaise aux spécialistes à l'esprit fermé !

Le principe des « ondes radio » est peut-être susceptible de nous éclairer. C'est comme si Ruth Van Doren avait diffusé dans l'espace, de manière subliminale, un message de type radio annonçant qu'elle cherchait un formateur pour un cours sur la peur. Sans que j'en fusse consciente, mes antennes étaient déployées. J'étais branchée sur sa fréquence et j'ai capté son message. Et parce que j'ai réagi à partir de ce message intuitif, nous avons été liées par un « objectif » mutuel. C'est la raison pour laquelle il me plaît d'imaginer que la pensée intuitive est connectée aux ondes radio de l'Univers, c'est-à-dire à la Conscience universelle.

Cette interprétation n'est peut-être pas aussi farfelue qu'elle en a l'air. Certains experts reconnus en sciences physiques sont de plus en plus convaincus que notre être ne se limite pas à notre enveloppe charnelle et se posent la question suivante : « Notre être a-t-il une limite ? » Il n'est pas exclu que nous constituions ensemble une partie essentielle de l'énergie qui compose l'Univers. Et cela signifie que chacun d'entre nous aurait la possibilité de se connecter à cette merveilleuse énergie.

Mon interprétation de l'intuition vous laissera peut-être sceptique, mais quelle que soit votre opinion personnelle vous pouvez développer votre aptitude à vous servir de l'intuition comme guide, et donner ainsi plus de sens à votre avenir.

On sait que l'hémisphère gauche de notre cerveau est considéré comme le siège de la pensée rationnelle, et le droit comme celui de la pensée intuitive. Réfléchissons un peu. Avons-nous jamais appris à développer les capacités de notre hémisphère droit ? Probablement pas. L'école est le lieu où l'on enseigne le monde rationnel, celui des cinq sens, et non celui où l'on parle du sixième sens et de l'univers dépassant la pensée rationnelle. Pourtant nos vies seraient beaucoup plus riches si l'on nous apprenait à utiliser les fonctions de notre hémisphère droit *et* de notre hémisphère gauche. Nous aurions à notre disposition à la fois la logique et l'intuition. Quelle fantastique combinaison !

Le reste de ce chapitre consiste à vous montrer comment mieux vous connecter au monde de l'intuition... et combien ce monde est extraordinaire.

L'exercice « Connectons-nous au monde »

Ce mini-cours sur l'intuition rassemble de nombreux éléments à explorer et avec lesquels jouer. Revenez-y souvent, amusez-vous, adoptez une attitude ouverte, faites des expériences. Peu à peu, vous allez prendre conscience de la puissance de vos capacités intuitives.

1) ***Concentrez-vous sur votre plus grand bien.*** Vous aurez remarqué que, dans le paragraphe d'introduction de ce chapitre, je n'ai pas dit que votre intuition vous mènerait là où votre esprit conscient pense qu'il devrait aller, mais que votre intuition vous mènera à ce qui sera, pour vous, le plus grand bien. La différence est de taille. Certes, la pensée consciente est une chose formidable et absolument nécessaire, mais elle est très limitée. Sa vision n'est ni GRANDE, ni SUPÉRIEURE, ni HAUTE, ni PROFONDE. Elle ne possède pas non plus la vision ULTIME que seul un discernement du Grand Projet peut donner. Discerner le Grand Projet n'est pas à sa portée, mais il semble bien que notre intuition, elle, y a ses entrées.

2) ***Apaisez votre esprit.*** Une façon d'augmenter vos chances d'apporter une solution satisfaisante aux problèmes de tous ordres est d'arrêter de réfléchir si fort, et de vous contenter de « savoir » quoi faire, dans toutes les situations. Ne pensez pas... sachez, simplement. Connectez-vous au Grand Projet. J'aime beaucoup la remarque poétique de Deepak Chopra :

> « La psyché cosmique nous parle, chuchotant par les interstices de nos pensées [5]. »

Il est fascinant de penser que nous pouvons apprendre plus de choses sur l'Univers « entre » nos pensées plutôt qu'« à partir de » nos pensées.

De nombreux moyens, présentés dans mes ouvrages antérieurs, peuvent très efficacement aider à apaiser l'esprit. Je vous propose de les explorer ; ils comprennent la méditation, le tai-chi, la prière, le recentrage intérieur, les visualisations, les affirmations, le « regard intérieur », le « regard aimant », et de nombreuses autres techniques [6]. Vous souhaiterez peut-être aussi en apprendre plus sur le monde des rêves. Dans le sommeil, l'esprit se retire du royaume de la pensée rationnelle ; il est souvent une grande source d'information intuitive. Combien de fois nous sommes-nous dit : « cette idée m'est venue en rêve » ?

Récemment, au cours d'un dîner, je discutais avec un médecin qui fait de la sculpture à ses heures perdues. Il me racontait qu'il avait eu beaucoup de difficultés à fixer le bras tendu d'une statue de trois mètres soixante qu'il était en train de sculpter. Il s'était longuement creusé la tête et n'avait trouvé aucune solution valable. La solution lui est finalement apparue en rêve. Imaginez un peu ! Il a pu achever son œuvre facilement et sans effort grâce aux informations obtenues dans son rêve, informations qu'il n'avait pas été en mesure de trouver avec son esprit rationnel, logique et analytique. J'ajouterai que l'enthousiasme qui se lisait sur son visage tandis qu'il me racontait son histoire était très révélateur ; il était aussi excité que s'il avait découvert un nouveau monde ! Ainsi l'expression « Il vaut mieux dormir là-dessus » prend-elle tout son sens. L'esprit est libéré de sa quête confuse, et les réponses venues de quelque part dans l'Univers peuvent alors s'y infiltrer. Il est trop souvent impossible pour la pensée analytique de gérer la complexité d'une situation ; mais quand la pensée analytique est au repos, la pensée intuitive peut accomplir ses miracles.

Je vous livre une autre anecdote qui va dans le même sens : quand j'ai commencé la rédaction de ce chapitre, je me suis dit à moi-même qu'il me faudrait trouver un livre sur les rêves à vous recommander. Je n'en avais pas à conseiller car le monde des rêves est un domaine que je n'ai pas étudié dans le détail. Eh bien, une semaine après, lors de mon repas d'anniversaire, le premier cadeau que j'ouvre est un ouvrage sur la théorie et l'interprétation des rêves [7]. N'est-ce pas incroyable ?

D'une certaine façon, le message radio « Susan a besoin d'un livre sur les rêves » était parti dans l'espace. Et mes amis très chers, Bill Bast et Paul Huson, l'ont intercepté. Et ils n'ont pu le percevoir qu'avec leur intuition parce que je n'avais confié à personne ma quête d'un ouvrage sur les rêves ! Ce qui rend la chose encore plus intéressante, c'est que Paul est l'auteur d'un ouvrage fascinant et très instructif sur la façon de développer ses perceptions extra-sensorielles [8].

3) ***Arrêtez de jouer les je-sais-tout.*** Je l'ai signalé au chapitre 2, un je-sais-tout demeure campé sur ses positions. Or la rigidité empêche le flux de l'intuition de couler à travers notre corps ou notre pensée. Rappelons-nous que le nombre de choses qui échappent à la pensée rationnelle en terme de Grand Projet dépasse notre imagination. Comment pourrions-nous jamais tout connaître ? Par définition, les je-sais-tout ferment la porte au savoir. Qu'y a-t-il de plus restrictif ?

4) ***Créez de l'« intention ».*** La force de l'intention peut être stupéfiante. C'est une des façons d'émettre une onde « radio » pour exprimer ce que vous désirez. Quand Mark et moi étions en quête d'une maison à Los Angeles, nous avions vu un appartement avec une vue qui nous tentait vraiment. Le problème, c'est que nous voulions une maison. Et pourtant,

chaque fois que je regardais cet immeuble, je me répétais : « Je veux cette vue, je veux cette vue, je veux cette vue. »

Un jour, alors que je passais en voiture devant cet immeuble avec vue, j'ai aperçu les maisons de l'autre côté de la rue, en partie cachées de la route. Et mon regard a été attiré par le panneau À VENDRE devant l'une d'entre elles. Cette maison possédait exactement la vue que je désirais. Peu de temps après, la maison – et la vue – étaient à nous.

Je crois que lorsque vous avez une intention très forte, vous mettez de l'énergie en mouvement. L'énergie en mouvement entre en contact avec d'autres énergies en mouvement, et des choses remarquables peuvent arriver. Il est important de noter que mon désir pour cette vue spécifique comportait cette acceptation tacite :

> « Si cette vue est pour mon plus grand bien, je l'obtiendrai. Si elle n'est pas pour mon plus grand bien, je ne l'aurai pas. »

Cette acceptation tacite m'aurait épargné une déception au cas où les choses ne se seraient pas passées comme je le voulais. Il est essentiel de garder à l'esprit ce concept du plus grand bien.

On m'a demandé si l'intuition travaille toujours à notre plus grand bien. Comme je viens de le dire, personne ne comprend vraiment comment l'intuition fonctionne. Mais mon expérience m'a montré que, quand je lui faisais confiance pour me mener vers mon plus grand bien, je n'étais jamais déçue.

5) ***Posez des « questions larges ».*** Qu'est-ce qu'une « question large » ? C'est une interrogation qui nous met en relation avec l'Univers autant qu'avec notre intelligence intérieure. C'est dans un manuel universitaire traitant des miracles [9] que j'ai découvert mes trois questions préférées :

> « Où voudrais-tu me faire aller ? »
> « Que voudrais-tu me faire faire ? »
> « Que voudrais-tu me faire dire, et à qui ? »

Ce livre encourage à se poser ces questions tous les matins, puis à vaquer à ses occupations. Je vous suggère, au moins au début, de vous les poser durant toute la journée. Vous ressentirez peut-être le besoin de coller des pense-bêtes autour de vous pour vous en souvenir – on oublie si vite !

6) ***Transmettez les questions à votre subconscient.*** Ne cherchez pas à y répondre sur un plan rationnel, laissez votre subconscient prendre le relais : « Subconscient... prends le relais, je te prie ! » Mais oui, c'est ce que je me dis, très souvent.

Par exemple, vous êtes dans l'indécision par rapport à une situation donnée. Transmettez simplement la question à votre subconscient et sortez-la de votre cerveau rationnel et conscient. Souvent, la réponse surgit quand on s'y attend le moins. La pensée rationnelle est très limitée ; elle ne possède pas le moindre indice de la direction que vous devriez prendre, de la personne à qui vous devriez parler ou de ce que vous devriez lui dire. Le subconscient offre une meilleure connexion au Grand Projet. Contentez-vous donc de passer le relais, et vaquez ensuite à vos occupations.

7) ***Sortez de vos sentiers battus.*** C'est grâce à l'enseignement du maître spirituel Ram Dass que j'ai découvert l'exercice idéal pour me faire sortir de mes ornières. Quand je sais que je vais avoir une décision à prendre, importante ou pas, je m'interdis de répéter en gémissant : « Qu'est-ce qu'il faudrait que je fasse ? » ; je m'interroge de façon beaucoup plus sereine : « Je me demande ce que Susan va faire » ; dans ma tête, je passe à autre chose et je finis par me retrouver tranquillement en train de concrétiser ma décision.

Pourquoi cela fonctionne-t-il si bien ? La question « qu'est-ce qu'il faudrait que je fasse ? » génère toutes sortes de raisonnements logiques. Elle engendre un misérable va-et-vient entre le pour et le contre ; elle épuise la pensée rationnelle. Lorsque je dis « je me demande ce que Susan va faire », je deviens observatrice au lieu de décideur et laisse mon subconscient prendre le relais. Je me distancie du débat. Je me détends et je fais confiance à la sagesse qui est en moi pour me guider, puis je sors la question de ma tête. Plus tard, je me regarde « vivre » la solution.

8) *Écoutez les chuchotements.* Une fois la question posée, saisissez les pensées qui chuchotent dans votre tête. « Rends-toi à l'École nouvelle » est un exemple de pensée chuchotée. Heureusement que j'étais à l'écoute ! La raison pour laquelle il est si important d'apaiser son esprit est que l'on ne peut pas entendre ces chuchotements si l'on a la tête remplie de bavardages. L'esprit apaisé peut être un merveilleux récepteur. Et si nous nous concentrons sur l'apprentissage de l'écoute aux « interstices de nos pensées », les réponses intuitives viendront.

Il est très utile d'avoir en permanence à portée de main un mini-magnétophone ou un carnet et un stylo. En effet, combien de fois nous réveillons-nous la nuit avec la réponse idéale à une question que nous nous sommes posée, pour la voir disparaître de notre conscience au matin ? Combien de fois, en discutant avec un ami au cours d'une soirée, une solution a-t-elle surgi dans notre tête, alors que nous parlions d'un sujet tout à fait différent ? Et, là encore, le temps de rentrer chez nous, nous l'avons oubliée. Mes amis écrivains et moi-même dispersons partout des petits carnets pour noter ces pensées inattendues qui viennent d'on ne sait où.

Il faut aussi tenir compte des indices qui nous sont offerts : un livre qu'un ami mentionne, des mots entendus dans une émission télévisée ou lus sur un panneau. Vous devez prêter attention à tous ces signes qui vous donnent l'impression de porter un message très important pour vous. Il y a des années, un message publicitaire d'une compagnie aérienne proclamait simplement : « Entrez dans ce monde ! » Ce message a bouleversé ma vie. Je l'ai ressenti comme étant délivré à mon intention et je suis bien heureuse d'en avoir tenu compte.

9) *Agissez sur votre intuition.* Écoutez les chuchotements qui parviennent à votre esprit, souvent sous forme d'instructions pour agir, et passez à l'acte. Parfois, vous n'aurez que la

« pulsion » d'appeler un ami ou un contact professionnel, ou d'acheter ce livre qui vient de tomber de la table du libraire. Peu importe : cette pulsion, c'est votre intuition qui vous parle. Et là encore, voyez où ces pulsions vous mènent.

J'ai découvert que, lorsque j'écoute mon intuition et passe à l'acte, je suis conduite à des endroits où je ne serais jamais allée si j'avais simplement suivi le raisonnement de ma pensée logique. L'École nouvelle n'est qu'un exemple parmi d'autres. Vous vous rendrez bientôt compte que tout au long de votre journée, vos décisions ne sont pas prises à un niveau conscient, mais que vous agissez suivant une force présente à l'intérieur et autour de vous. Souvenez-vous que l'intuition peut simplement vous souffler d'appeler un ami, ou bien être un signe qui va totalement bouleverser votre vie. Soyez-y attentif.

N.B. Lorsque vous passez à l'acte, il est essentiel d'agir en être responsable. Ne vous lancez pas dans des actions qui pourraient vous faire souffrir ou faire souffrir autrui. Même si les messages intuitifs sont souvent irrationnels pour un cerveau logique, ils ne sont jamais irresponsables.

10) ***Apprenez la valeur de remettre à plus tard.*** Quand vous ne savez pas vraiment comment agir, il peut être sage de ne rien faire du tout et de remettre à plus tard. Je sais que ce genre de décision est connoté négativement. Pourtant, remettre à plus tard peut être tout à fait positif, car nous agissons souvent en étant motivés par la peur, par l'impatience ou par d'autres émotions négatives. Nous voulons que le problème soit résolu tout de suite. Au contraire, dans ces cas-là, il est sage de ne pas bouger. Ne vous creusez pas la tête à chercher une réponse, attendez qu'une solution vous soit soufflée par votre instinct. Exercez-vous à ne pas prendre de décisions si vous n'avez pas les idées claires. Laissez votre intuition prendre la décision pour vous. Là encore, très souvent, la solution surgit dans votre tête quand vous l'attendez le moins.

11) ***Ne vous creusez pas trop la tête pour trouver les réponses.*** Si nous nous attachons à faire quelque chose avec trop d'insistance, nous dressons des obstacles sur notre propre chemin. C'est pourquoi il ne faut pas dépenser trop d'énergie pour obtenir des réponses intuitives. Par définition, l'intuition relève plus de la fluidité des choses. « S'efforcer de » et « fluidité » ne vont pas de pair. Il faut au contraire s'en remettre en toute confiance à son subconscient, sachant que la réponse viendra... peut-être au milieu de la nuit, peut-être au volant, peut-être ce soir, peut-être dans trois ans... mais qu'elle viendra.

12) ***N'analysez pas.*** Il est facile de comprendre pourquoi c'est important de ne pas analyser les messages que nous recevons. Par exemple, si j'avais analysé le message « Rends-toi à l'École nouvelle », je n'y serais jamais allée. Agissez purement sur une confiance intérieure. Si vous conservez des doutes sur la réalité de l'intuition, agissez par curiosité, pour le « je me demande... » : « Je me demande où cette pensée me conduit. » D'une manière ou d'une autre, quelque chose ou quelqu'un quelque part est en train de vous parler. Cela n'éveille-t-il pas votre curiosité ?

Il se peut que notre pensée rationnelle n'ait pas accès à des renseignements valides, mais on dirait bien qu'une autre partie de nous-même en est capable, la partie qui est en relation avec les aspects plus vastes et plus élevés du monde, hors d'atteinte de notre pensée analytique. C'est pourquoi nous ne pouvons pas, pour prendre nos décisions, faire confiance à la seule pensée logique et à notre seul cerveau rationnel. Nous avons aussi besoin de faire confiance à la pensée intuitive.

13) ***Ouvrez votre énergie.*** Quand les questions touchent votre vie quotidienne, vous devez penser en termes plus vastes et plus élevés. Prenez l'aigle comme symbole de l'intuition. Effectivement, le regard de cet oiseau, à partir d'un point très élevé, porte à une très grande distance. Comme l'aigle, nous devons nous déployer dans l'Univers, et de préférence au-delà. Souvenez-vous toujours que votre énergie ne se limite pas à la frontière de votre corps. Notre mission est de toujours l'étendre plus loin pour pouvoir nous connecter à tout ce qu'il nous faut savoir.

Pour y parvenir, je pratique beaucoup cette méthode : je ferme les yeux et je m'imagine en train d'inspirer la lumière de l'Univers, jusqu'à ce qu'elle m'emplisse entièrement : c'est comme si je me connectais à une énergie supérieure. J'utilise cette énergie pour me guider. Je m'entraîne aussi à retransmettre cette lumière d'amour au monde qui m'entoure, pour y être, dans la mesure de mes possibilités, une force de guérison. La lumière est toujours là : je peux en distribuer encore et toujours. C'est une très belle façon d'être connecté au monde.

14) ***Soyez souple et fluide.*** En vous débarrassant de votre rigidité, vous augmentez votre hauteur et votre largeur de vue. Si vous vous cramponnez à vos idées préconçues, vous ne voyez pas ces portes qui s'ouvrent tout autour de vous. Souvenez-vous : si cette voie ne s'ouvre pas, il y en a toujours une autre, qui peut être plus riche encore. Si vous ne montrez ni souplesse ni fluidité, vous ne pouvez saisir vos chances, vous ne voyez même pas les alternatives. Quand vous sortirez du tunnel de vos projets figés et de vos attentes rigides, vous bénéficierez d'une hauteur et d'une largeur de vue plus grandes. Par définition, plus votre pensée est élevée, plus vous voyez de choses. Moins elle l'est, plus les nuages obscurcissent votre vision.

Voici encore un exemple tiré de mon expérience personnelle. Après mon doctorat de psychologie, j'avais le projet de devenir thérapeute à plein temps. Un jour, un ami m'a appelée pour me demander si je pouvais venir l'assister pour quelque temps ; il avait besoin de quelqu'un pour l'aider dans son travail de directeur adjoint de – vous l'aurez deviné – l'Hôpital flottant. Ma première réaction a été de refuser. D'ailleurs, j'avais déjà trouvé un emploi dans un établissement de santé mentale. Mais il a insisté, et j'ai fini par accepter de venir l'aider, juste pour une courte période.

J'ai détendu ma conscience... abandonné mon projet figé...
J'ai porté le monde comme un vêtement ample... J'ai nagé avec le courant.

Quelques mois plus tard, mon ami a démissionné... et l'on m'a confié le poste de directeur adjoint. Je ne m'y attendais pas. J'avais pensé l'assister deux ou trois mois et revenir ensuite à mon projet. De surcroît je ne me sentais pas qualifiée pour diriger quoi que ce fût ! Mais je ne regrette pas une seconde d'être restée et d'avoir pris ce nouveau défi à bras-le-corps.

Vous pouvez me croire, jamais auparavant je n'avais eu à faire face à un pareil « challenge ». J'ai traversé des moments très difficiles, mais aussi beaucoup de moments formidables. Les moments difficiles ont grandement alimenté ma force ; les moments formidables m'ont beaucoup appris sur la gratitude et sur la joie.

Quand, au bout de dix ans, j'ai quitté mon emploi pour faire de la formation et écrire des livres, cette expérience m'avait donné tant de force que je me souviens avoir dit à un ami que je pourrais devenir présidente des États-Unis et réussir à gouverner le pays. Si je m'étais intéressée à la politique, j'aurais peut-être essayé !

Devenir directrice adjointe de l'Hôpital flottant ne figurait pas dans mon projet de vie, mais je suis heureuse d'avoir eu la souplesse nécessaire de m'ouvrir à cette aventure. Cela ne veut pas dire que si j'avais emprunté un autre chemin, je n'aurais pas reçu d'aussi riches enseignements ni autant de joie. Cela signifie simplement que nous pouvons passer à côté d'expériences extraordinaires si nous ne restons pas souples et ouverts quand de nouvelles opportunités surgissent inopinément.

15) ***Entraînez-vous, entraînez-vous, entraînez-vous.*** On m'a souvent posé la question suivante : « Quand sait-on que c'est l'intuition qui parle, et non la pensée logique déguisée en intuition ? » Au début, cela peut être difficile de le savoir.

Je donne un exemple récent : beaucoup de gens (dont moi) ont eu l'intuition qu'ils gagneraient des millions au Loto. Mais il n'y a eu qu'un seul gagnant. Que s'est-il passé ? Manifestement, cette soi-disant intuition reposait en chacun sur un désir profond, ET NON sur une information intuitive !

> « Il nous faut agir intuitivement, c'est-à-dire spontanément, à partir d'un cœur où ont été apaisés désir et envie [10]. »

Malheureusement, nombre d'entre nous (dont moi) sommes parfois envahis de désir et d'envie, ce qui explique l'impression faussement intuitive que nous allions gagner au Loto.

Il y a aussi des moments où l'intuition semble vous indiquer une direction qui vous met mal à l'aise. Dans ces cas-là, vous devez envisager l'éventualité qu'il s'agisse d'une autre confusion entre l'intuition et un agent émotionnel, par exemple la colère. C'est très différent. Une sensation de malaise profond signifie souvent que votre sentiment vous indique justement la direction à NE PAS suivre... que vous iriez en fait à l'encontre de ce qui est « pour votre plus grand bien ». C'est pourquoi il est nécessaire de s'entraîner, surtout au début. Je vous répète que votre objectif est d'agir en adulte responsable, et que vous ne devez engager aucune action qui pourrait vous faire souffrir ou faire souffrir autrui.

Ainsi faut-il s'entraîner, encore et encore. S'entraîner avec de petites choses. Si vous recevez un message interne qui vous pousse à appeler quelqu'un et que cela a un minimum de sens pour vous, appelez. Si votre esprit vous envoie le message « tourne à droite », tournez à droite. Regardez où cela vous mène. Ou bien lisez ce livre qui vous saute étrangement aux yeux à la librairie. Et si vous avez envie d'acheter ce billet de loterie, achetez-le ! Que vous en ayez conscience ou non, vous vous servez de l'intuition chaque jour de votre vie, mais vous ne l'avez peut-être jamais remarqué. Commencez donc à partir d'aujourd'hui.

Comprenez bien que développer son sens intuitif est un exercice fascinant que vous continuerez à enrichir tout au long de votre vie. Au début, cela exige de la patience. N'oubliez pas ceci : afin de pouvoir accéder au monde de l'intuition, vous devez dépasser votre mode de pensée habituel. Il est difficile de rompre avec ses habitudes.

Souvenez-vous aussi que nous sommes peu nombreux à atteindre le stade où l'usage de l'intuition est devenu permanent. Mais nous pouvons devenir suffisamment compétents pour nous en servir une bonne partie du temps. Quand vous parviendrez à mieux vous en servir comme guide de vie, vous serez amenés vers des espaces nouveaux, riches en découvertes. Les décisions de la pensée rationnelle sont souvent prévisibles, alors que la pensée intuitive est excitante : elle peut vous conduire vers des sphères que votre cerveau, avec ses limites, n'aurait jamais pu imaginer.

Au vu de ce que j'écris, vous comprenez que, dans un monde parfait, nous n'aurions jamais besoin de prendre la moindre décision. Notre pensée intuitive, emplie de sagesse, les prendrait à notre place. Dans un monde parfait, nous saurions toujours exactement que faire, que dire et à qui. Dans un monde parfait, nous habiterions nos vies avec aisance et fluidité. Certes, la majorité d'entre nous ne vit pas dans un monde parfait ; mais nous pouvons prendre beaucoup de plaisir à travailler à le rendre parfait. Alors, entraînez-vous encore et encore, et amusez-vous avec votre merveilleuse faculté intuitive.

Je n'ai fait qu'aborder très superficiellement ce sujet de l'intuition. Vous pourrez en apprendre plus en explorant les mondes associés des coïncidences, des rencontres fortuites, des rêves, des perceptions extrasensorielles, de la seconde vue, de la télépathie. Je vous y encourage car l'univers de l'intuition est fascinant.

En achevant ce chapitre, je me rends compte que vous êtes peut-être l'un de ceux qui « ne croient que ce qu'ils voient ». Je comprends votre réserve, mais je voudrais que vous réfléchissiez à l'histoire suivante :

Mon mari et moi roulons entre Los Angeles et Las Vegas. Mark se souvient qu'il a besoin de parler à sa sœur en Angleterre d'une affaire importante. Il sort un minuscule portable de sa poche, appuie sur quelques touches. Deux secondes après, il est en discussion avec sa sœur, en Angleterre. Voyez le « miracle » de tout cela : nous sommes en voiture, en plein désert, et Mark discute avec sa sœur, qui est en Angleterre !

Ce petit appareil sans fil a envoyé un signal et s'est connecté avec un autre signal. Désolée pour le jeu sur les mots, mais voyez-vous la connexion ? Pourquoi avons-nous tant de mal à croire que nous pouvons, nous aussi, expédier des signaux à partir de nos êtres ? ou en recevoir ? En tant qu'êtres humains, nous sommes certainement beaucoup plus complexes, plus sophistiqués et plus proches du monde qu'un téléphone portable !

Je comprendrais mieux vos doutes si l'on était à une époque où l'on n'avait pas encore découvert l'électricité, le téléphone, la télévision, la carte à puce, l'ordinateur, le courrier électronique, etc. Mais, face à de tels miracles de la technologie, pourquoi ne pas accorder foi à l'idée que l'appareil le plus sophistiqué du monde – le corps humain – est capable de recevoir des signaux du monde entier... et au-delà ? Il nous suffit simplement de nous connecter psychiquement à l'infini réservoir d'énergie qui existe en nous et autour de nous.

Même si vous êtes sceptique, je crois qu'il vous serait profitable de tenter l'expérience de jouer et de vous amuser avec l'intuition. Je pense qu'au bout du compte vous finirez par rejoindre ces brillants scientifiques qui croient sincèrement que nous faisons tous partie de l'Énergie universelle, et que nous pouvons nous connecter à volonté à cet incroyable réservoir. Au fil de vos expériences, vous allez découvrir que si la pensée rationnelle est importante, c'est notre instinct qui a le dernier mot. Car il a une vision plus haute, plus intelligente et à coup sûr plus éclairée du monde... et – peut-être ! – au-delà.

CHAPITRE 5
INTÉGRER LES ENSEIGNEMENTS

Le feu a consumé la grange – maintenant,
je peux voir la lune.

Maître zen Masahide [1]

Cette citation de Masahide porte un message puissant. Voyant ce que d'autres considéreraient comme un malheur, il en fait dans son esprit un objet de beauté. Comme beaucoup d'entre nous aujourd'hui, il aurait pu se dire : « Quel malheur ! J'ai une malchance incroyable ! Qu'est-ce que je vais faire maintenant ? Je vais traîner celui qui a déclenché l'incendie devant les tribunaux ! » Mais Masahide a su repérer le bien que lui a apporté l'événement : « Oh ! Je n'avais jamais imaginé la beauté de cette vue que me cachait la grange. Quel cadeau pour moi ! » Cela coule de source :

> Si nous repérons le bien contenu dans tout événement apporté par la vie, nous avons fait une bonne partie du chemin pour apprendre à faire face à l'incertitude.

Certes, nous sommes peu nombreux à réagir aux difficultés d'une manière aussi éclairée. Certains d'entre nous le font pourtant. Dans son livre *Les Dix Cadeaux*, Robin Silverman raconte comment sa maison a été entièrement détruite par une inondation :

> « Ma plus grande peur – que tout ce à quoi je tenais me soit enlevé – était devenue réalité. CELA A ÉTÉ L'ÉPISODE LE PLUS LIBÉRATEUR DE TOUTE MA VIE [2]. »

Comme Masahide, Robin Silverman a perdu sa maison et a choisi de mettre l'accent sur la beauté de cet événement au lieu de se lamenter sur sa perte. Bien sûr, elle a connu des moments difficiles, mais, tout au long de cette épreuve, elle a choisi de voir tous les « cadeaux » qui lui ont permis de se créer une vie riche en sérénité et en activités pleines de sens.

Le discours d'Al Gore en 2000, lorsqu'il a abandonné son vieux rêve de devenir président des États-Unis, est un autre exemple de cette façon de considérer la vie :

> « Pour ce qui est de la bataille qui s'achève ce soir, je crois vraiment, comme le disait mon père, que peu importe la dureté de la perte : la défaite peut servir, aussi bien que la victoire, à façonner l'âme pour en faire ressortir la richesse [3]. »

Comme il est sage et exaltant pour l'esprit de voir dans la défaite un moyen de « façonner l'âme pour en faire ressortir la richesse ». Ces mots ont apaisé mon cœur à l'issue d'une élection très difficile, pour moi comme pour tous les Américains. Que l'homme pour lequel nous avions voté l'emporte ou non, les paroles du père d'Al Gore nous ont appris que nous sommes capables d'intégrer les enseignements venant de tous les événements – bons ou mauvais – de la vie.

Nous ne nions pas que la vie est parfois horrible, en toute objectivité. Mais peut-être faut-il voir les choses avec subjectivité plutôt qu'avec objectivité. La subjectivité détermine la façon dont nous interprétons ce qui nous arrive dans l'existence. Le prenons-nous bien ou le prenons-nous mal ? Lorsque les gens considèrent les événements de leur vie comme autant de moyens pour apprendre et en savoir plus sur le monde et sur eux-mêmes, alors toutes leurs expériences, bonnes, mauvaises ou terribles, sont positives ! Le maître spirituel Wingate Paine nous dit :

> « Les événements que nous ressentons comme mauvais sont ceux dont nous ne comprenons pas encore le rôle dans notre formation [4]. »

Oui, si nous considérons toutes nos expériences comme un moyen d'apprendre et de progresser, alors nous pouvons affirmer qu'il n'y a pas de mauvaises expériences. Par conséquent, *si nous pouvons apprendre à reconnaître que TOUS les événements de notre vie ont une réelle valeur, notre inquiétude au sujet de l'avenir en sera fortement diminuée.* Nous aurons fait un pas de plus vers la capacité à faire face à toute l'incertitude de notre existence.

Je sais, ce ne sont que des paroles ; elles sont certes trop faibles pour décrire la douleur que nous ressentons lorsque nous sommes touchés par des événements épouvantables, concernant des personnes qui nous sont chères, ou bien notre santé, nos ressources, ou encore l'état du monde qui nous entoure. Mais croyez-moi lorsque j'énonce ceci :

> Même au cœur de la souffrance la plus profonde, vous pouvez recourir aux principes d'exploration, d'aventure et de découverte. *Ces principes prennent d'ailleurs toute leur valeur au cœur de nos plus grandes peines.*

Ces mots portent ma plus grande conviction, car j'ai vécu mon divorce avec mon premier mari, et mon cancer il y a de nombreuses années, comme de grandes périodes d'exploration, d'aventure et de découverte. Plus récemment, j'ai réutilisé ces mêmes principes à l'occasion d'une expérience assez effrayante au sujet de mes yeux.

J'étais assise devant mon ordinateur quand, tout à coup, la vision de mon œil droit s'est fortement brouillée. Une visite précipitée chez l'ophtalmologue a révélé qu'un caillot de sang dans la veine centrale avait endommagé mon œil. Le médecin ne pouvait pas se prononcer quant à la guérison. Nous avons tous, je crois, très peur de perdre la vue. Et c'est bien de la peur que j'ai ressenti lorsque ma vision s'est brouillée. Mais, au cœur de mon angoisse, je me répétais en permanence : « Je me demande ce qui ne va pas avec mon œil et ce que cela va m'apprendre. » Après une lourde série d'examens, les médecins n'ont pas trouvé ce qui avait pu causer physiquement ce caillot dans mon œil. Alors, j'ai commencé à examiner ma vie. Je n'ai pas eu besoin d'un long temps pour trouver des raisons pour lesquelles ce problème aurait (ou non) surgi.

Le surmenage ? Certainement. Trop de moments passés à fixer mon écran ? Certainement. Le stress ? Aussi. Le fait d'accorder trop de poids aux choses qui n'ont pas vraiment d'importance dans le grand dessein de la vie ? Sans doute. Quelque chose avait mal tourné sur le plan physique. Mais en tout cas la peur de perdre la vue a fait naître chez moi une grande motivation à me retourner sur ma vie et à en faire le bilan, afin de décider à quoi je voulais vraiment qu'elle ressemblât.

J'ai ainsi découvert qu'elle s'était déséquilibrée, comme cela arrive de temps en temps, et qu'il était sage de la rééquilibrer. J'ai entrepris les réajustements nécessaires. Depuis, ma vie me plaît beaucoup plus. Au moment où je rédige ces lignes, ma vision reste brouillée, mais moins gravement qu'au début. Les pessimistes disent qu'elle ne s'améliorera jamais ; les optimistes soutiennent le contraire. Je vis avec ce questionnement ; mais que mon œil guérisse ou non, je sais que je pourrai faire face.

Mon problème d'œil m'a bien sûr déstabilisée, surtout au début. Mais en même temps je savais que j'avais à ma disposition plusieurs manières de prendre ce qui m'arrivait et l'incertitude qui en découlait. Je pouvais l'aborder avec le raisonnement de mon moi inférieur, qui propose une attitude défaitiste, ou avec celui de mon moi supérieur, qui propose une attitude de victoire. Voici ce que cela donne :

> *Attitude défaitiste.* Je vais devenir aveugle. Ma vision m'est indispensable pour donner du sens à ma vie. Et si je ne pouvais plus jamais voir avec cet œil ? Et si je perdais la vue du second ? Sans voir, je ne peux pas vivre !

Attitude victorieuse. Qu'est-ce que ce problème va m'enseigner ? Peut-être ma vie n'est-elle plus équilibrée, peut-être faut-il que j'arrête de travailler autant ? Peut-être ai-je besoin de consacrer plus de temps à me promener sur la plage ou à voir les gens que j'aime ? Je vois que j'avais vraiment besoin d'un signe pour m'avertir que ma vie était sortie de ses rails. C'en a été un, et efficace !

Avec la première attitude, je me laisse abattre par la fatalité, alors que la seconde est riche d'enseignements. Oh, je ne dis pas que mon premier réflexe a été de prendre immédiatement l'attitude victorieuse. Mais comme je m'entraîne depuis des années à intégrer le bien de chaque événement, j'ai été très vite en mesure d'abandonner la première attitude pour adopter la seconde. J'ai pu opérer rapidement le changement, en fouillant dans la boîte des outils qui me tirent vers le haut quand les événements semblent vouloir m'abattre.

Par exemple, un outil qui m'aide toujours dans les périodes difficiles est l'affirmation positive. Aux prises avec ma peur de perdre la vue, je me suis grandement apaisée en répétant, encore et encore, une de mes affirmations préférées :

« Quoi qu'il arrive dans ma vie, je ferai face. »

Par « faire face », j'entends :

« Je vais en tirer un enseignement. Cela va me faire progresser. Je vais trouver une façon de l'utiliser pour enrichir ma vie. »

Cela signifie que, *même si je dois perdre la vue*, « je vais en tirer un enseignement ; cela va me faire progresser ; je vais trouver une façon de l'utiliser pour enrichir ma vie ».

Vous voyez que ces paroles magiques permettent de surmonter l'incertitude. Quand vous savez que vous pouvez faire face à tout, vous n'avez pas autant d'inquiétude pour votre avenir. Et, en toute logique, de savoir ce que l'avenir réserve devient moins important quand on sait qu'on pourra tout affronter. Quand on sait que, grâce à tout ce qui nous arrive, de bon ou de mauvais, nous pouvons enrichir nos vies, tout va mieux. Et pour revenir à moi, ce sont les grosses difficultés de la vie auxquelles j'ai dû faire face qui m'ont donné l'essentiel de la force que je trouve aujourd'hui en moi.

J'ai aussi pour habitude de dire aux gens qui se débattent en plein désarroi que « tout se passe parfaitement ». Cette phrase formidable permet d'adopter une attitude de vainqueur. Souvent elle contrarie ceux qui se débattent avec leurs problèmes et ne voient rien de « parfait » dans ce qui leur arrive, mais je le leur dis quand même. Ils finissent par se mettre à rire ou menacent de me frapper ! C'est une affirmation que je me répète encore et encore quand les choses ne se passent pas très bien. Si vous avez lu mes précédents livres, vous aurez vu quelque chose qui ressemble à cela :

Tout se passe parfaitement
Tout se passe parfaitement
Tout se passe parfaitement
Tout se passe parfaitement
Tout se passe parfaitement
Tout se passe parfaitement
Tout se passe parfaitement
Tout se passe parfaitement
Tout se passe parfaitement
Tout se passe parfaitement

Je le répète encore, jusqu'à me convaincre moi-même, et à juste titre, que je vais découvrir un supplément de raison, d'enseignement et de progrès dans ce qui m'arrive. J'apprends à « voir la lune », comme Masahide, même avec ma vue brouillée ! Encore et encore, j'apprends que, même si j'ai très peu de contrôle sur le monde extérieur, j'en ai beaucoup sur le monde « intérieur ». Une pensée du type « tout se passe parfaitement » me confère ce pouvoir intérieur.

Ce qui m'aide à croire que « tout se passe parfaitement » est ma conviction que, sous le chaos apparent de notre vie, se profile une trame, un schéma... le Grand Projet, comme j'aime à le nommer. Vous allez peut-être être surpris d'apprendre que le terme scientifique « chaos « désigne un faisceau de connexions sous-jacentes qui relie des événements semblant ne dépendre que du hasard. John Briggs et David Peat nous disent :

> « La science du chaos s'attache aux schémas cachés, aux nuances et à la "sensitivité" des choses, aux "règles" qui font que de l'imprévisible naît quelque chose de nouveau [5]. »

Quand on pense au chaos en terme de schéma en train de se profiler, on peut comprendre comment, réellement, tout cela se passe de manière parfaite. Y penser ainsi facilite la détente et le recul qui permettent de mieux observer l'émergence du schéma et du projet, au lieu de se sentir vulnérable face à ce qui semble ne relever que du hasard.

Comprenez-vous à présent que, si vous convertissez votre anxiété face à l'incertitude qui vous enveloppe en un sentiment d'aventure et d'opportunité, votre approche de la vie en sera grandement améliorée ? Si vous pouvez vous mettre en retrait du « drame » et regarder se dérouler le miracle de l'existence, vous finirez par percevoir que l'incertitude est, assurément, « la créativité en chemin ».

Quand nous apprenons à intégrer les enseignements, nous avons la garantie de ne jamais être atteints par l'effet négatif des situations mais, au contraire, de bénéficier de leur effet positif. Nous apprenons que tout cela est une manière d'apprendre...

La maladie – une forme d'apprentissage
La santé – une forme d'apprentissage
La pauvreté – une forme d'apprentissage
La richesse – une forme d'apprentissage
La dépression – une forme d'apprentissage
La joie – une forme d'apprentissage

Certes, santé, richesse et joie sont de belles formes d'apprentissage ; mais, curieusement, nous semblons accorder plus d'attention aux « mauvaises » choses. Je me dis que, peut-être, si nous nous entraînions à accorder plus d'attention aux enseignements donnés par les bonnes choses, les mauvaises ne sembleraient pas arriver aussi souvent !

Vous connaissez sans doute l'expression : « Bon ou mauvais, c'est du même tonneau. » J'aime à l'interpréter ainsi : dans nos vies, tout ce qui arrive possède en germe un grand enseignement, à condition que nous nous entraînions à prendre cet enseignement à bras-le-corps, au lieu de nous laisser prendre à bras-le-corps par le malheur.

J'ai récemment dîné avec un ami, qui a eu une attaque il y a sept ans, alors qu'il n'avait pas cinquante ans. Il a du mal à marcher et son bras gauche est resté paralysé. Il m'a parlé des découvertes étonnantes qu'il a faites sur la vie à la suite de son attaque. Il a créé une entreprise sur Internet, et il raconte, en plaisantant, que la plupart des gens qui travaillent toute la journée sur ordinateur sont aussi peu mobiles que lui ! J'ai été très réconfortée par son attitude de gagnant, totalement opposée à celle d'une victime. De toute évidence, son choix de la victoire lui permet de profiter au maximum de l'existence.

Quand je regarde ma propre vie, je vois bien que je n'aurais pas choisi certaines des choses qui me sont arrivées. Je suis sûre qu'il en va de même pour vous. Mais comme je l'ai dit plus haut, la vision objective de l'existence est sans importance ; elle n'est pas pertinente. C'est la subjectivité qui compte. Et quand nous abordons les choses avec une attitude positive, nous sommes, par définition, tirés vers le haut.

Il n'est pas dans mon propos de minimiser les horreurs d'un monde très rude. Des enfants qu'on assassine à l'école ; un mari tué dans un accident du travail ; des gens qui meurent du cancer... tout cela est épouvantable. Mais je ne peux m'empêcher de remarquer que certaines personnes s'accrochent à leur douleur et à leur ressentiment, alors que d'autres se ressaisissent et tirent un enseignement de ces expériences douloureuses. Ils parviennent à prendre cette horreur à bras-le-corps. *Ils choisissent une attitude de victoire.* Bien sûr, nous préférerions tous apprendre ce que nous avons besoin de savoir seulement à partir d'expériences heureuses. Mais – et nous le développerons dans le prochain chapitre – nos savoirs les plus profonds viennent souvent des expériences difficiles.

Je ne sais pas pourquoi la puissance créatrice a oublié d'inclure un élément essentiel dans la construction de l'être humain : l'information dont il a besoin pour mener une vie dénuée de souci et de stress. Il semble que nous avons tous – y compris le Bouddha, le Christ et tous les maîtres spirituels – besoin de traverser de nombreuses tribulations et épreuves pour atteindre l'état désirable d'illumination... c'est-à-dire pour comprendre que « Tout est bien », en dépit de ce qui se passe dans le monde autour de nous et à l'intérieur de nous. Atteindre cette pensée du « Tout est bien » au cours de notre réflexion sur le présent et l'avenir revient sans conteste à un état de grâce.

Par conséquent, comme nous ne naissons pas dotés d'esprits libérés du souci, nous devons prendre la responsabilité de nous transformer. Nous y parvenons en reprogrammant nos esprits, c'est-à-dire en rompant avec notre habitude de voir les choses sous un jour défaitiste et en nous rééduquant pour les voir avec un regard de vainqueur. Tous les exercices de ce livre sont conçus pour nous y aider. En voici quelques-uns, qui nous permettront de prendre cette rééducation à bras-le-corps... ce qui, en fin de compte, revient à accepter l'inévitable incertitude de notre vie.

L'exercice « Je peux en tirer un enseignement »

Peut-être allez-vous me détester... En fait, mieux vaut faire cet exercice avec un ami : au moins, ce sera une occasion de bien rire ensemble. Son but est d'apprendre à réagir à tout ce qui arrive dans votre vie en le considérant comme la « perfection en action ». Voici ce que cela donne :

Ce repas est infect : *Je peux en tirer un enseignement.*

Mon rendez-vous s'est très mal passé : *Je peux en tirer un enseignement.*

On m'a volé mon portefeuille : *Je peux en tirer un enseignement.*

Je vous avais dit que vous me détesteriez ! Évidemment, l'objectif de l'exercice est de vous apprendre que vous pouvez tirer des enseignements de tout... Souvenez-vous que votre expérience de la vie reflète votre manière de voir le monde. Mieux vaut observer son existence avec une attitude d'apprentissage plutôt qu'avec une attitude misérabiliste !

Bien entendu, quand vous réussirez à appliquer la phrase « je peux en tirer un enseignement » aux petites choses de la vie, il vous sera plus facile de l'appliquer aux grandes. Quand l'affirmation « je peux en tirer un enseignement » est fermement imprimée dans notre esprit, nous pouvons réagir de façon beaucoup plus positive aux expériences qui engendrent de la souffrance :

J'ai perdu mon travail : *Je peux en tirer un enseignement.*

Mon couple est fini : *Je peux en tirer un enseignement.*

Mon meilleur ami est mort : *Je peux en tirer un enseignement.*

Une fois que nous prenons conscience que tout événement peut nous apprendre quelque chose, nous avons un nouvel objectif : nous concentrer sur cet apprentissage ; ce qui suppose de mettre l'accent sur le bon au lieu du mauvais.

Poussons un peu plus loin l'exercice. Très souvent nous oublions de remarquer que le bien qui nous arrive peut, lui aussi, jouer un grand rôle dans notre apprentissage. Que dites-vous de ceci ?

J'ai obtenu le poste : *Je peux en tirer un enseignement.*

Je suis aimé(e) : *Je peux en tirer un enseignement.*

J'aime mes amis : *Je peux en tirer un enseignement.*

Quand nous nous attachons aux enseignements apportés par tout ce qui est merveilleux dans notre vie, nous ouvrons plus grand l'éventail de nos chances et accédons à un sentiment de joie accru. Souvenez-vous toujours qu'on peut apprendre de tout, du bon comme du mauvais.

L'étape suivante consiste à appliquer la formule « je peux en tirer un enseignement » aux événements dont vous avez établi la liste dans la partie 3 de l'exercice « Je me demande » du chapitre 1. Par exemple :

> Mon déjeuner avec Lydia a été très agréable. J'apprécie vraiment beaucoup sa compagnie. Je peux en tirer un enseignement.
>
> Mon entretien avec mon patron ne s'est pas bien passé du tout. Je crois que je ferais mieux de « trembler, mais oser » et de trouver un nouveau travail, il est temps ! Je peux en tirer un enseignement.
>
> J'ai vu *La Liste de Schindler*, c'est un film magnifique. J'ai pleuré pendant tout le film. Je peux en tirer un enseignement.
>
> Mon dîner avec Bob a été un peu tendu. Je me demande s'il va rappeler. Je peux en tirer un enseignement.

À partir du moment où vous créez cette intention d'apprendre, il est rassurant de constater à quel point vous pouvez effectivement apprendre ! Au lieu de vous focaliser sur l'idée d'un désastre inévitable, votre corps, votre esprit et votre cœur se concentrent sur l'apprentissage. Parfois, l'enseignement est immédiat ; d'autres fois, il prend un peu de temps. Mais si vous êtes concentré, si votre intention est forte, le savoir vient toujours.

L'exercice « Cela aussi va passer »

Il est important de prendre conscience qu'il existe réellement des cycles. Les bonnes choses suivent les mauvaises, et *vice versa*. La vie est une suite de hauts et de bas. Il est important de ne pas nous identifier à ces hauts et à ces bas. Nous devons plutôt apprendre à nous mettre en retrait de nous-même afin d'observer simplement la situation. Nous ne devons ni nous attacher aux bonnes choses, ni nous laisser déprimer par les mauvaises. Les hauts et les bas font partie du flux de la vie.

Inutile de vous évertuer à changer l'ordre de l'Univers... vous n'y parviendrez pas. Vous ne pouvez ni vous débarrasser des mauvais moments, ni retenir les bons. Il vaut mieux les observer en sachant que « cela aussi va passer ». Quand tout est merveilleux... cela aussi va passer. Quand la vie est difficile... cela aussi va passer. Quand vous saurez le reconnaître, vous serez beaucoup plus serein face aux événements de votre vie.

Pour vous aider à imprimer dans votre cerveau l'harmonie du flux de la vie, regardez ce qui vous arrive et remarquez délibérément que tout cela est temporaire ; que cela aussi va passer. Par exemple :

> Je me sens en forme aujourd'hui : *Cela aussi va passer.*
> Je me sens très mal aujourd'hui : *Cela aussi va passer.*
> Il fait très beau : *Cela aussi va passer.*
> Il fait un temps de chien : *Cela aussi va passer.*

Il est plus difficile – mais sans doute plus profitable – d'appliquer cet exercice aux aspects les plus importants de notre vie, par exemple à nos liens affectifs. Je l'ai dit, j'adore mon mari et notre vie à deux est merveilleuse. Mais je sais que la mort emporte chacun d'entre nous, et qu'un jour viendra où nous ne serons plus ensemble. Je plaisante volontiers au sujet des statistiques, qui suggèrent qu'aujourd'hui les femmes vivent sept ans de plus que les hommes. Or j'ai épousé un homme qui a sept ans de moins que moi, ainsi pourrons-nous mourir le même jour ! Mais qui sait ce que l'avenir nous réserve ?

La manière dont mon mari et moi gérons la réalité du « cela aussi va passer » consiste à profiter pleinement des moments que nous avons à deux. Chacun montre qu'il apprécie l'autre, et se remplit de l'amour qu'il a pour l'autre et reçoit de lui. Nous savons tous les deux que « cela aussi va passer », mais ce savoir nous permet d'éviter de remettre à plus tard les bons moments que nous pouvons passer ensemble, plutôt que de les considérer comme des acquis. J'en parlerai plus loin dans ce livre : dans de nombreux domaines de la vie, l'art d'apprécier est une aide importante pour faire face à l'incertitude.

Donc, à partir d'aujourd'hui, imprimez dans votre esprit la formule « cela aussi va passer ». C'est une grande pensée. Comme je le suggère pour toutes les grandes pensées et affirmations, inscrivez-la sur une fiche que vous poserez partout où vous pouvez la voir, en pense-bête permanent. Mon bureau est couvert de ces pense-bêtes !

En effectuant les exercices que je propose dans cet ouvrage, sachez que faire face à l'incertitude de la vie n'est pas un talent immédiat. C'est un processus. Une rééducation de l'esprit est nécessaire pour nous mener vers cet espace de sérénité. Et une bonne partie de cette rééducation s'appuie sur nos essais et nos erreurs. Comprenez que si quelque chose ne va pas dans la direction que vous souhaitez, cela ne veut pas dire qu'il y ait une erreur ou que vous vous soyez trompé. C'est au contraire normal. Vous devez vous fixer l'objectif d'apprendre tout ce que vous pouvez. Un jour, tout cela se mettra en place.

Inutile de préciser que si nous abordons la vie dans la contemplation morose des conséquences funestes de tout, nous nous fermons aux vastes opportunités qui s'y trouvent. Mais si nous l'abordons dans l'intention délibérée d'apprendre et de progresser, nous voyons plus loin et plus grand que nous n'aurions pu jamais l'imaginer.

Un dernier mot : pendant que j'écris ces lignes, beaucoup d'entre nous, aux États-Unis et partout dans le monde, sommes en train d'apprendre, consciemment ou non, à intégrer l'enseignement des épouvantables attentats terroristes du 11 septembre. Sur le coup, nos yeux ont seulement été frappés par l'horreur, la souffrance, les vies perdues de tant d'innocents. Mais dans un laps de temps étonnamment court, ce sentiment d'horreur a été dépassé par un remarquable sentiment de solidarité, d'attention, de générosité, de soutien et d'amour, et la profonde détermination que nous allions tirer un enseignement de cet événement et progresser à partir de lui.

De toute ma vie, jamais je n'ai vécu un sentiment d'amour et de solidarité aussi fort. J'ai vu tant de gens ordinaires réagir de manière extraordinaire que je me suis dit : « C'est donc à cela que ressemble une nation soudée dans l'amour ! Spectaculaire ! » Je sais n'être pas la seule à avoir pensé cela.

Je sais aussi que ce très fort sentiment d'unité va diminuer avec le temps et que chacun d'entre nous va retourner à sa vie. Mais, à un certain niveau, nos existences ont été définitivement transformées par cette expérience d'amour et par la vision de tant de héros. Il suffit de se souvenir des policiers, des pompiers et de nombreuses autres personnes qui auraient donné leur vie – et beaucoup l'ont donnée – pour sauver celle des autres. Nous prenons conscience du vrai sens du verbe « donner », et le mot « merci » vient sur nos lèvres.

Une horreur inimaginable ? C'est vrai. Un flot inimaginable d'amour et de solidarité ? C'est vrai. Qui sait si d'autres attentats terroristes vont suivre ? Il y en aura peut-être, peut-être pas. Mais en nous focalisant sur le sentiment d'amour, sur l'enseignement et sur la progression que nous pouvons en tirer, nous sommes réellement moins soumis à la peur. Nous savons que nous en sortirons renforcés et plus vivants encore, avec la possibilité de devenir, chacun à sa manière, un élément du monde plus riche de sens.

Quand enfin nous parvenons à abandonner notre besoin de contrôle, nous sommes alors dans la maîtrise des choses.

CHAPITRE 6
FAITES LA LISTE DE VOS HÉROS

La liberté est comme une gemme qui brille d'un même éclat où qu'elle se trouve ; elle luit dans la boue comme sur le velours.

Alan W. Watts [1]

Je trouve que l'aptitude à vivre au niveau du moi supérieur, quoi qu'il arrive, donne un sentiment de liberté. *Oui, quoi qu'il arrive dans la vie.* Dans le chapitre précédent, j'ai suggéré d'intégrer les enseignements de tout événement plutôt que de se noyer dans l'aspect négatif de toute situation. Maintenant, je vais aller encore un peu plus loin... Je vais vous montrer comment certains individus, qui ont subi certaines des pires situations que la vie puisse offrir, en ont fait une expérience profondément porteuse et enrichissante. Ils avaient le choix : soit ils se considéraient comme des victimes, soit ils acceptaient d'apprendre la leçon que la vie leur donnait. Ils ont opté pour la deuxième voie. Le résultat ? Une leçon magnifique pour nous tous... que voici :

Si ces personnes ont pu apprendre et progresser *à partir du pire que la vie ait à offrir*, alors nous pouvons apprendre et progresser à partir de *tout* ce que la vie peut nous donner.

En nous montrant la force impressionnante du corps et de l'esprit humains, ces individus deviennent nos modèles et nos héros. Ils nous donnent du courage : quand nous voyons avec quelle vaillance ils ont pu faire face aux difficultés extrêmes que la vie a mises sur leur chemin, nous comprenons que nous pouvons, nous aussi, faire face à tout ce qui peut survenir. Quel meilleur contrat d'assurance pourrions-nous exiger dans notre monde si incertain ?

J'ai à présent l'honneur de vous présenter un petit nombre de mes héros favoris. Leur histoire va grandement vous inspirer et vous émouvoir. Ils ont en commun d'avoir appris à faire de leur souffrance un entraînement spirituel, avec pour but de progresser, d'enseigner et de rayonner autour d'eux. Ils ont appris à transcender la mentalité de victime pour atteindre le meilleur d'eux-mêmes. (N.B. Je vous encourage à relire leur histoire, ENCORE ET ENCORE... Croyez-moi, chaque relecture vous laissera plus fort et plus inspiré *.)

Si vous avez lu mes ouvrages précédents, vous savez que Viktor Frankl est l'un de mes héros. J'ai brièvement parlé de lui dans d'autres circonstances, mais ses idées, si puissantes, sont particulièrement pertinentes. Il montre un incroyable exemple de la façon dont une personne peut affronter l'incertitude, dans l'une des pires situations que la vie peut apporter.

Viktor Frankl a perdu son père, sa mère, son frère et sa femme dans les camps d'extermination de la Seconde Guerre mondiale où il a lui-même été déporté. Il a réussi à survivre. L'univers des camps n'était que famine, froid glacial, maladie, chambres à gaz, fours crématoires, massacres, et annihilait toute la vie antérieure des déportés. Il n'en restait PLUS RIEN. Malgré ces conditions extrêmes et déshumanisantes, certains ont pourtant pu trouver de la beauté, même au cœur de tant d'abomination.

---

* La rédaction de ce chapitre m'a rendue plus forte et plus inspirée. Et chacune des relectures prévues dans le protocole d'édition a laissé en moi une empreinte toujours plus profonde.

Laissez-moi vous donner un aperçu de l'enseignement que Viktor Frankl a intégré et su nous transmettre [2].

• Frankl a découvert qu'un individu peut s'habituer à tout... mentalement et physiquement. Aussi horrible, aussi pénible et aussi absurde que soit la situation, l'esprit de l'homme peut survivre... mieux encore, l'esprit humain peut vivre en vainqueur.

• L'horreur de la situation n'a pas brisé l'âme de tous les déportés. Au contraire, pour certains, elle a eu l'effet de « réveiller leur âme ». Ils ont réussi à se mettre en retrait de toute cette horreur et à entrer dans « une vie de richesse intérieure et de liberté spirituelle [3] ». Notez bien que Frankl ne fait pas ici référence à la religion ; il parle de foi dans le sens profond de toute vie (je reviendrai sur ce thème dans le prochain chapitre). Pour Frankl, cela explique que certaines personnes, pourtant moins robustes, ont mieux survécu que d'autres, en apparence plus fortes.

• L'humour était très présent dans ce lieu épouvantable. Pour Frankl, l'humour était une des armes de l'âme dans le combat pour sa sauvegarde. Pourquoi ? Parce qu'il permettait aux prisonniers de se mettre en retrait du drame, ne serait-ce que quelques instants.

• La curiosité était également présente, une curiosité au sujet du dénouement du drame. Comme l'humour, elle aidait les déportés à détacher leur esprit de la tragédie et à devenir plus observateurs que victimes. Ah ! magie du questionnement...

• La capacité d'apprécier la moindre chose augmentait sensiblement. Le simple fait de regarder un bel oiseau posé sur la clôture barbelée devenait une expérience bouleversante. Un simple morceau de pain pouvait apporter une joie et un réconfort intenses. La plus petite des chances offrait le plus grand des plaisirs, beaucoup plus que dans ce que les déportés nommaient la « vie normale ».

• La générosité était présente et lumineuse, comme lorsqu'un homme donnait son dernier bout de pain à un compagnon encore plus démuni. Bien sûr, tous les détenus n'étaient pas capables de tels gestes. Seuls ceux qui avaient atteint la part spirituelle d'eux-mêmes, ceux qui vivaient dans le moi supérieur, faisaient montre de cette générosité.

• Frankl a pu observer la force et les ressources du corps humain. Il avait une formation de médecin, mais il a pu voir que la médecine ne savait pas tout. On pouvait avoir très froid sans tomber malade. Côtoyer la maladie sans tomber malade. Dormir très peu sans tomber malade. Recevoir très peu de nourriture sans tomber malade. Ne pas pouvoir se brosser les dents, souffrir d'un gros déficit en vitamines et conserver des gencives saines. Être dans l'impossibilité de nettoyer ses plaies sans attraper d'infection.

• Frankl a appris qu'on pouvait découvrir un bon côté dans toute situation. Par exemple, il succombait parfois à la maladie. Dans ces moments-là, il se retrouvait avec d'autres prisonniers malades, qui étaient entassés côte à côte sur des lits de planches. La plupart des observateurs y verraient une scène de cauchemar. Mais Frankl dit que, en fait, il était heureux, parce qu'il n'était plus dehors à travailler dans le froid et qu'il pouvait se réchauffer à la chaleur humaine de ses compagnons de misère.

• Il a appris à ne juger personne, comprenant que nul ne sait comment il – ou elle – réagirait dans de telles circonstances. Il a simplement noté que certains déportés étaient bons, d'autres épouvantables. Il y avait aussi des gardiens bons et des gardiens épouvantables.

• Frankl a beaucoup appris sur l'amour. Il ne savait pas si sa femme était encore en vie (elle ne l'était plus), mais il a découvert que « l'amour va bien au-delà de la personne physique de l'être aimé [4] ». Il a écrit que rien ne pouvait altérer la force de son amour, que sa femme soit vivante ou non. *

• Et voici l'essentiel : Frankl a appris que si la vie a un sens – ce qu'il croit –, alors *toute cette souffrance a un sens.* La souffrance fait partie de nos vies. Nous avons besoin d'apprendre, de progresser et de trouver notre raison d'être dans l'existence même de la souffrance.

Ce court aperçu des enseignements de Viktor Frankl est impressionnant et suffit à démontrer qu'on peut vivre l'horreur absolue et en sortir doté d'un incroyable réservoir de force, d'enseignement et d'amour. Bien sûr, ces leçons ne veulent pas dire que les détenus n'ont pas connu des périodes de dépression, de désespoir, d'hébétude, d'apathie, de chagrin et d'écœurement. Mais elles indiquent que ceux qui avaient le plus progressé au plan spirituel ont laissé leur force et leur amour intérieurs prendre le contrôle de la situation, et que cela les a sauvés à plusieurs reprises.

Quand nous comprenons que nous possédons tous cette force et cet amour intérieurs, notre confiance en nous grandit, encore et encore, et notre peur passe à l'arrière-plan. Je vous livre cette parole qui pourrait faire la différence dans votre vie, comme elle l'a fait pour moi :

« On peut tout enlever à un homme, excepté une chose : la dernière des libertés humaines ; celle de choisir sa propre attitude en toutes circonstances, celle de choisir son propre chemin [5]. »

---

* Vous serez heureux d'apprendre que si Frankl a perdu son épouse bien aimée, il s'est remarié quelques années après la fin de la guerre. Et pendant plus de cinquante ans il a vécu un mariage très heureux avec sa seconde épouse, jusqu'à sa mort en 1997, à l'âge de quatre-vingt-douze ans.

À chaque instant de la journée, souvenons-nous : même malade, même pauvre, même en plein divorce, quoi que la vie puisse nous envoyer, nous avons le choix de vivre dans un état de bien-être spirituel plutôt que dans un état de malheur. Oui, la souffrance fait partie de notre vie à tous. C'est un élément de la condition humaine. Et le choix le plus avisé que nous puissions faire est d'utiliser cette souffrance comme une opportunité de découvrir la force que nous recelons et les cadeaux que la vie peut nous apporter. En agissant ainsi, nous nous détachons complètement du rôle de victime pour nous lancer avec enthousiasme dans l'étude de la vie.

> Merci, Viktor Frankl, d'avoir découvert, dans des circonstances aussi épouvantables, le meilleur de ce que vous étiez et de nous avoir ainsi donné à suivre un modèle aussi élevé et aussi porteur.

Ram Dass est un autre de mes héros. Pendant des années, il a été un grand formateur pour moi. Aujourd'hui il est devenu mon héros. Ram Dass (de son vrai nom Richard Alpert) est un ancien psychologue devenu un hippie célèbre. Après avoir écrit le best-seller *Be Here Now* *, il est devenu un maître spirituel mondialement connu, doué d'un formidable sens de l'humour.

En 1997, Ram Dass reçoit un immense défi pour l'esprit humain sous la forme d'une attaque invalidante. Pendant quelque temps, il demeure dans un état d'incapacité physique totale. Lui qui était un dispensateur de soins, il est devenu un être entièrement dépendant des soins d'autrui. Ayant perdu l'essentiel de ses fonctions corporelles, il ne peut plus rien faire seul, sinon respirer.

Plusieurs années passent ; il retrouve une bonne partie de ses capacités mais demeure néanmoins partiellement handicapé. Heureusement, son esprit fonctionne toujours et s'est même enrichi. Dans son nouveau livre *Still Here* [6] **, Ram

---

* « Soyez présent, ici et maintenant » (NdT).

** « Toujours présent » (NdT).

Dass nous donne un autre exemple de la façon dont une apparente tragédie peut bouleverser notre vie et comment on peut découvrir les nombreux cadeaux que la situation la plus dramatique est susceptible d'offrir.

Vous vous demandez peut-être quels avantages Ram Dass a pu trouver dans une attaque invalidante. En voici quelques exemples :

- Le fait de s'en sortir vivant l'a délivré d'une partie de sa peur : « L'attaque m'a fait passer au travers d'une de mes peurs profondes, et je suis là pour témoigner que l'unique chose que nous ayons à craindre, c'est la peur elle-même [7]. »

- Ram Dass se voit comme riche de deux incarnations au lieu d'une : « Maintenant, c'est moi, et avant, c'était lui. » Cela lui évite de se lamenter sur les choses qu'il ne peut plus faire du fait de sa paralysie. C'est pour moi une merveilleuse démonstration du principe : de même que nous ne pouvons nous attacher au futur, nous ne pouvons nous attacher au passé.

- Avant son attaque, Ram Dass passait beaucoup de son temps dans les motels, parcourant le monde pour donner des conférences et animer des ateliers. Après son attaque, il a dû cesser de voyager et a découvert un lieu paradisiaque qui s'appelle LA MAISON. Il s'est rendu compte combien son foyer lui avait manqué. Aujourd'hui, il est beaucoup plus satisfait par cette capacité nouvelle d'apprécier paisiblement la beauté de la vie – les arbres, les fleurs, le silence – au lieu d'être en permanence sur le devant de la scène [8].

- Il dit que, même s'il peut aujourd'hui se déplacer avec un déambulateur, il a appris à aimer son fauteuil roulant. « Qui choisirait de marcher quand il peut se faire porter [9] ? » plaisante-t-il. Et ce n'est pas seulement son esprit farfelu qui s'exprime quand il affirme adorer faire la course en fauteuil dans les aéroports en criant « Bip ! Bip ! Bip ! ».

• Avant, sa vie, c'était les mots. Mais l'attaque l'a laissé aphasique, aussi a-t-il des difficultés à trouver ses mots. Malgré son aphasie, il a recommencé à organiser régulièrement retraites et ateliers. Il dit que les mots lui viennent lentement, mais que, à présent, pendant les silences entre les mots, ses étudiants peuvent réfléchir à ce qu'il dit. Lumineux [10] !

• En 1999, au cours d'une conférence, Ram Dass a raconté à son public que, lorsqu'il a eu son attaque, son ego avait été très ébranlé, et qu'il avait pour un temps perdu la foi. Mais, ensuite, son âme a repris le dessus. Il confie : « Mon ego criait : "Au secours ! Chaos ! Souffrance !" » Mais, quand son âme a pris le relais, il s'est mis à voir tout cela comme une nouvelle aventure. « Voilà qui est fort intéressant ! » En plaisantant, il dit que, grâce à cette attaque, son âme s'est bien amusée [11] !

• C'est son hémisphère gauche, la partie plus analytique du cerveau, qui a été lésé. Ram Dass affirme qu'à présent son hémisphère droit a plus de liberté pour jouer ! Vous l'avez peut-être déjà déduit de son affirmation : les individus dont l'hémisphère gauche domine sont plus structurés, plus intellectuels, plus logiques, plus sérieux, etc. Ceux dont l'hémisphère droit domine sont plus intuitifs et plus spontanés et, c'est vrai, plus joueurs.

• Les médecins étaient perplexes parce que Ram Dass était heureux la plupart du temps. Ils s'étonnaient qu'on puisse être heureux après une attaque. Ram Dass a dit à ses médecins qu'il était heureux parce que sa conscience se situait sur un plan spirituel, et non sur un plan matériel. Et que, pour l'âme, « des choses comme l'invalidité, la souffrance, la dépendance sont simplement... poignantes [12] ».

• Ram Dass a appris à « jouer » de nouveaux rôles. Auparavant, il tirait son sentiment de puissance du fait d'aider les autres – il avait d'ailleurs écrit un livre intitulé *How can I help* * ?. S'il devait maintenant rédiger un nouvel ouvrage, il pourrait l'appeler *Comment pouvez-vous m'aider ?* J'aime beaucoup le regard qu'il porte sur les relations de dépendance : « Du point de vue de l'âme, l'assistant et l'assisté sont interdépendants, deux rôles complémentaires dans une danse. Qu'est-ce que les assistants feraient sans nous, les assistés [13] ? »

• Avec son sens de l'humour habituel et sa volonté de découvrir les bienfaits que recèle toute situation, Ram Dass est reconnaissant à son attaque de lui avoir fourni une fin pour le livre qu'il était en train d'écrire... un ouvrage sur le fait de prendre de l'âge ! *Still Here* est en vérité une remarquable réflexion sur le vieillissement. Avant son attaque, Ram Dass était un homme à la soixantaine énergique, très actif physiquement, toujours en mouvement. Il s'est retrouvé dans un fauteuil roulant. Quelle situation pouvait être mieux adaptée à la compréhension du vieillissement ?

• Pour Ram Dass, les difficultés de la vie nous rapprochent de Dieu et d'une conscience supérieure. Voici l'une de ses nombreuses paroles qui m'ont mis les larmes aux yeux :

> « Je n'ai pas été guéri de mon attaque, mais en vérité j'ai été guéri par elle [14]. »

Merci, Ram Dass. Votre sagesse et votre humour nous aident tous. Vous êtes vraiment magnifique [15].

Le simple fait de lire le journal peut nous faire découvrir de nombreux héros. Par exemple, j'ai lu une histoire dans le

---

* « Comment puis-je vous aider ? » (NdT).

Los Angeles Times sur un homme appelé Art Burg [16]. Art Burg est devenu tétraplégique en 1983, après un accident de voiture. Avant l'accident, cet homme athlétique était propriétaire d'une entreprise de construction de courts de tennis et il allait se marier.

Quand les médecins et le personnel de l'hôpital lui ont brutalement annoncé qu'il ne pourrait plus jamais marcher ni accomplir les gestes de la vie quotidienne, Art Burg s'est promis que rien ne l'empêcherait d'avoir une vie magnifiquement active et productive. Bien sûr, il a dû lutter par moments contre la dépression et la souffrance, mais, en fin de compte, rien ne l'a arrêté. Il a pris pour devise :

> Le difficile prend du temps, l'impossible juste un petit peu plus.

Fondamentalement, il a été contraint de recréer sa vie, c'est-à-dire :

> rêver de nouveaux rêves,
> poser de nouvelles questions,
> penser de nouvelles pensées.

Et, par-dessus tout, il a décidé de ne pas se considérer comme une victime, ni de se poser des questions qui n'ont pas de réponse comme : « Pourquoi moi ? »

Comme Viktor Frankl, Art Burg s'est rendu compte qu'il avait le pouvoir de contrôler sa *réaction* face à ses difficultés. La balle était dans son camp : à lui de voir s'il allait considérer sa vie comme une *tragédie* ou comme une *opportunité*. Il a opté pour la seconde solution. Et, comme Ram Dass, il était heureux. Le personnel médical est resté perplexe face à ce bonheur. Sur son dossier était écrit qu'il montrait une « bonne humeur excessive ». Les médecins ont pris cette bonne humeur pour une attitude de déni, comme s'il refusait de comprendre la gravité de sa situation. En réalité, il l'avait plus que reconnue : elle lui donnait de la force !

Quelles que soient les circonstances, Art Burg n'a jamais abandonné. Il lui a fallu une année entière pour réussir à enfiler un pantalon, cinq pour mettre ses chaussettes et ses chaussures. Un chapitre entier ne suffirait pas pour vous dire combien réapprendre les gestes les plus simples de la vie lui a été difficile. Mais malgré les difficultés il a persévéré. Il a fini par apprendre à circuler en fauteuil roulant, à dactylographier avec deux doigts et à répondre au téléphone. Parvenu à ce stade, il a décidé qu'il était temps de reprendre le travail.

Lors de sa recherche d'emploi, il a essuyé de nombreux refus dus à son handicap. Mais il a persévéré et a fini par être embauché comme chargé d'accueil sur une plate-forme téléphonique IBM, où il bat le record de son service. Ensuite, il est devenu vendeur-représentant en informatique et a remporté trois records des ventes. Puis, il s'est mis à son compte et a pris la tête de trois librairies : il a remporté le titre de jeune entrepreneur de l'année. En 1991, il s'est lancé dans des conférences sur le thème de la motivation : « Comment vaincre l'adversité. Comment conserver optimisme et estime de soi », etc. Je le cite :

> « Je remercie Dieu que la vie soit dure... À cause de la souffrance, de la lutte, de la solitude et du rejet, nous commençons à apprendre. Et, en apprenant, nous grandissons ; et, en grandissant, un miracle survient : nous commençons à changer. »

N'est-ce pas incroyable ? Il remercie Dieu que la vie soit dure ! Il dit qu'il parcourt 300 000 kilomètres par an afin d'honorer plus de 150 engagements. Il gagne environ 13 000 dollars par conférence. En 2000, il a reçu 840 demandes de conférences. Il est membre du directoire de la National Speakers Association. Il est un époux comblé et l'heureux père de deux enfants. Devenu un sportif handisports, il prend part à diverses compétitions de haut niveau. Il a lancé le site speakers.com pour mettre en relation conférenciers professionnels et organisateurs de conférences. Il semble que rien ne l'arrête.

Son objectif est clair : montrer au monde qu'on peut faire de belles choses, même quand on vit une situation aussi difficile que la sienne. Il reçoit un important courrier électronique de personnes qui ont vécu le même genre d'expérience et trouve que partager le fardeau d'autrui est une grande joie.

> Merci, Art Burg. Vous êtes un vrai héros et un lumineux exemple pour nous tous. Qu'on vous remarque toujours pour votre « bonheur excessif » ! Et puissions-nous tous vous rejoindre !

Sally Lefkowitz, qui a surmonté d'énormes difficultés physiques, est aussi l'une de mes héroïnes. Je suis admirative des gens qui ne laissent pas un handicap physique faire obstacle à une vie lumineuse ; leur force et leur refus d'être une victime sont pour nous tous une leçon. J'ai rencontré Sally lorsque j'étais directrice adjointe de l'Hôpital flottant. Elle venait de rejoindre le comité de direction. En plus de son rôle d'épouse et de mère, elle s'impliquait activement, offrant son temps, son argent et son énergie à des organisations caritatives pour les personnes démunies et handicapées. Puis, un jour, elle a eu une attaque qui l'a laissée clouée dans un fauteuil roulant.

Je n'oublierai jamais une certaine soirée, peu de temps après son attaque. Comme son nom l'indique, l'Hôpital flottant se trouvait à bord d'un navire. Nous avions une grande soirée de charité, que Sally avait organisée en grande partie avant son accident. Elle avait invité de nombreuses personnes dans l'espoir qu'elles s'impliqueraient dans le soutien à nos nombreuses activités, comme elle-même l'avait fait. Tandis qu'avec l'équipe nous nous préparions à accueillir les invités pour notre croisière nocturne autour de Manhattan, je me sentais très triste qu'elle ne puisse être là pour goûter le fruit de ses efforts.

Au moment où cette pensée me traversait l'esprit, je jetai un coup d'œil vers le bout du quai. Et là, à ma grande surprise et à ma grande joie, je vis Sally, poussée en fauteuil roulant le long du quai par son mari. Je courus vers elle pour l'accueillir, l'embrassai très fort et la remerciai, les larmes aux yeux, d'être venue. Elle s'exprimait avec beaucoup de difficulté (je me réjouis qu'elle ait entièrement retrouvé la parole depuis), mais elle a su me faire comprendre qu'elle désirait accueillir à bord les personnes qu'elle avait invitées afin qu'elles comprennent combien l'Hôpital flottant lui tenait à cœur.

Elle était là... incapable de parler correctement, son visage en partie paralysé, clouée sur son fauteuil, encore secouée et épuisée par son épreuve. Elle n'est pas restée toute la soirée, mais elle a pu accueillir ses invités et donner le ton de l'événement. En accomplissant cet effort inouï, elle nous a fait comprendre que ce que nous étions en train de faire avait une grande importance et a su faire passer ce message aux invités : tout ce qu'ils pouvaient faire pour nous aider était également très important.

Les années ont passé ; Sally a aujourd'hui plus de quatre-vingt-dix ans. Elle est toujours en fauteuil roulant, mais ne laisse pas cette situation dégrader son esprit. Elle a fait face même à la mort de son mari si aimant, quelques années après son attaque. Pendant toute sa vie, elle a eu toutes sortes de maladies : cancer, tuberculose et hémorragie cérébrale, et elle est aujourd'hui menacée de cécité. Mais RIEN ne l'empêche de donner du sens à sa participation au monde.

Tandis que j'écris ce livre, elle assiste toujours aux comités des organisations qu'elle soutient. Elle aide les autres, dans la mesure de ses possibilités. Elle apprécie toujours les promenades dans le parc. Elle déjeune toujours régulièrement dans son restaurant préféré, le *Russian Tea Room*. À mes yeux, elle restera un modèle exemplaire et une héroïne. Je le lui dis souvent, mais je voudrais ici le faire publiquement :

Merci, Sally Lefkowitz. Je vous aime. Vous êtes une vraie héroïne pour moi.

*

Il y a également Elian Gonzalez. Vous trouvez peut-être étonnant que je considère comme un héros ce petit garçon cubain qui quitta son île pour les États-Unis. En effet, il ne remplit pas vraiment les critères que j'ai fixés en début de chapitre ; nous ne savons pas s'il va apprendre à utiliser sa souffrance comme un entraînement spirituel... comme un moyen de progresser, d'enseigner et de dispenser de la lumière, et s'il va dépasser son statut de victime pour prendre sa vie en main.

Je me souviens du jour où ce petit garçon a été découvert en train de dériver sur l'océan. Il a envahi nos écrans de télévision... et nos cœurs. J'étais sidérée, et je ne pouvais pas m'empêcher de ressentir la force de l'esprit humain chaque fois que son image apparaissait sur l'écran de mon téléviseur.

Tandis que tout le monde pensait « pauvre Elian ! » j'ai choisi de penser qu'il avait beaucoup de chance d'apprendre, si jeune dans la vie, à quel point il était capable de survivre. Il a vécu le divorce de ses parents. Il a survécu seul sur la mer, agrippé à une chambre à air, après que les vagues ont emporté sa mère sous ses yeux. Après son sauvetage, il a passé quatre mois au cœur d'une tourmente mêlant son père, sa famille de Miami, les médias, le gouvernement cubain et celui des États-Unis. Puis il a été enlevé en pleine nuit par la brigade anti-gang avant de finalement retrouver son père, qui l'a ramené à Cuba. Et qui sait quelles péripéties l'attendent encore ?

Nous étions nombreux à vouloir qu'il reste à Miami avec sa famille ; nombreux aussi à souhaiter qu'il retrouve son père et rentre chez lui à Cuba. Mais malgré nos divergences d'opinion, nous avons tous été impressionnés par le courage de ce petit garçon.

À l'époque, tant de psychologues affirmaient avec certitude qu'Elian serait traumatisé à vie par les épreuves qu'il avait endurées (ils devraient apprendre la force du « peut-être » et la valeur du doute !). En vérité, ils ont peut-être raison, peut-être tort. Quant à moi, je suis très optimiste : je me plais à imaginer qu'Elian grandira en force et en amour et qu'il s'appuiera sur la capacité à survivre aux épreuves qu'il a développée.

Je répète que je ne sais pas comment cet enfant beau et courageux va intégrer tout ce qui lui est arrivé, ni comment il va l'utiliser lorsqu'il deviendra adolescent, puis adulte. Mais je sais que, dans mon esprit, son statut de héros est fermement établi.

Merci, Elian Gonzalez. Tu es un vrai trésor trouvé dans la mer !

À présent que vous avez rencontré quelques-uns de mes héros, vous avez un avant-goût de tout ce que l'on peut retirer des pires épreuves que la vie puisse offrir. Heureusement, la plupart d'entre nous n'ont pas à affronter des épreuves aussi extrêmes ! En comparaison, celles que nous rencontrons sont faciles. Mais, même si nous n'avons pas à faire face à des expériences aussi dures, nos héros nous enseignent une chose : si eux peuvent apprendre, progresser et découvrir les bienfaits que les épreuves recèlent, alors nous le pouvons aussi.

Je conclurai logiquement ce chapitre par deux exercices conçus pour vous aider à intégrer une « mentalité de héros » et à vous débarrasser de la « mentalité de victime »... un préalable essentiel pour faire face à l'incertitude de notre vie.

L'exercice « Faites la liste de vos héros »

Je vous propose de faire votre propre liste de héros, c'est-à dire des personnes que vous pouvez prendre pour modèle quand les choses vont mal dans votre vie. Il est facile de trouver des histoires de personnes qui ont merveilleusement surmonté des épreuves terribles. Vous en trouverez dans les livres, les journaux, à la télévision, dans les films ou autour de vous.

Pour vous aider dans cette phase de recherche, demandez à votre famille et à vos amis les noms de personnes qu'ils considèrent comme des héros et demandez-leur pourquoi. Vous recueillerez sûrement de bonnes idées. Si vous avez des enfants, faites de cette « recherche de héros » un jeu pour toute la famille.

Pourquoi ne pas ouvrir un carnet où vous feriez une liste de vos héros, en notant ce qu'ils ont retiré de leur expérience ? Ainsi, quand les choses ne vont pas, vous pourriez vous y reporter et trouver le courage d'affronter vos propres épreuves.

> S'ils ont pu, eux, apprendre et progresser à partir de leur expérience, je peux certainement apprendre et progresser à partir des miennes !

Le principe de la liste de héros a remarquablement fonctionné pour moi. En traversant les multiples difficultés de ma vie, je n'avais qu'à penser à l'un de mes héros, par exemple à Viktor Frankl, qui a rencontré des épreuves beaucoup plus dures que les miennes ; j'étais alors en mesure de me dire : « Si lui a été capable d'apprendre et de progresser à partir de son expérience, qui est la pire que je puisse imaginer, alors je peux apprendre et progresser à partir de la mienne. »

Si vous ne réussissez pas à trouver de héros, je vous prête volontiers les miens. Mais continuez à chercher. Il y a beaucoup de héros dans ce monde, qu'ils soient morts ou vivants. Il faut simplement y prêter attention afin de repérer ceux qui vous « parlent », en fonction de vos inquiétudes personnelles au sujet de l'avenir.

L'exercice « Soyez un héros »

Vous ne vous voyez peut-être pas dans la peau d'un héros ? Faites-moi confiance, vous en êtes capable : nous le sommes tous. Vous en êtes peut-être déjà un, et vous ne le savez pas encore ! Quoi qu'il en soit, voici quelques suggestions pour devenir un héros.

1) QUAND LES DIFFICULTÉS SURVIENNENT, REJETEZ SUR-LE-CHAMP LA MENTALITÉ DE VICTIME ET COMMENCEZ À EN RECHERCHER LE BON CÔTÉ. Essayez de repérer les bienfaits cachés

dans toutes les situations que vous rencontrez, qu'il s'agisse d'un petit événement (un embouteillage sur la route) ou d'un grand (une maladie grave). Cette attitude dégage une énergie positive qui vous aide ainsi que votre entourage. Si, au contraire, vous vous agrippez à la mentalité de victime, vous dégagez une énergie terriblement négative qui vous fait du tort, et qui est très pesante pour vos proches.

En jouant au jeu « découvrir les bienfaits », vous serez très étonné d'entrevoir tous les aspects positifs que recèle un événement négatif. Par exemple, j'ai entendu certaines personnes dire, après une période extrêmement difficile :

« Cela m'a rendu plus fort. »
« Cela m'a redonné confiance en moi. »
« Grâce à cette épreuve je suis tourné vers la spiritualité. »
« Avant, j'étais un enfant gâté. Maintenant, je suis beaucoup plus humain et plus attentif aux autres. »

Force, confiance, spiritualité, compassion : vous constatez que, lorsque vous savez voir le bon côté, la vie n'est pas si horrible !

2) PARTAGEZ AVEC D'AUTRES LES « BIENFAITS » QUE VOUS AVEZ REÇUS. Parlez-en ou écrivez à ce sujet. Votre aptitude à retirer des bonnes choses d'un événement perçu comme mauvais peut aider et encourager d'autres personnes. Vous pouvez également rejoindre ou fonder une association qui vient en aide aux autres, en relation avec le malheur que vous avez subi.

Je vous donnerai l'exemple du MADD *, association créée par Candy Lightner et un petit groupe de femmes, après que Candy a subi la perte cruelle de son fils, tué à l'âge de treize

* *Mothers Against Drunken Driving,* Mères contre l'alcool au volant (NdT).

ans par un conducteur en état d'ivresse. MADD a aujourd'hui six cents antennes aux États-Unis. L'association a permis de sauver de nombreuses vies ; voici un magnifique exemple du bien qui peut découler d'un mal.

Citons un autre exemple : la fondation Polly Klaas® [17], fondée par Mark Klaas. En 1993, la fille de Mark Klaas, Polly, âgée de douze ans, est enlevée chez elle, à Petaluma, en Californie, et assassinée. D'abord anéanti, Mark Klaas transforme son désespoir en espoir pour lui et de nombreux autres. Sans expérience antérieure des médias, de la politique ni de la prise de parole en public, il apprend à lutter pour les droits des enfants et à faire évoluer la législation. Finalement, il crée la fondation Polly Klaas®, qui aide de nombreux parents à gérer l'angoisse de la disparition d'un enfant. Cette fondation travaille pour les milliers d'enfants qui disparaissent chaque année ; elle affiche un taux de réussite de 85 %. Par ses programmes éducatifs, elle travaille avec énergie à la prévention de la violence contre les enfants. À partir d'une expérience profondément tragique Mark Klaas a réussi à faire des choses très positives.

Ces personnes sont de véritables héros qui, à partir d'épreuves très douloureuses, ont su créer des choses formidables, et il n'y a aucune raison pour que vous ne puissiez pas les rejoindre dans ce statut de héros.

Dites-vous bien ceci : lorsque, alors que vous êtes en train de traverser une épreuve de la vie, vous rayonnez d'énergie, vous êtes fort et déterminé et tous les êtres qui vous entourent reçoivent cette énergie. Cela ne signifie pas que vous devez pour autant éviter ce que j'appelle le Pays des Larmes [18]. Il y a des moments où le chagrin et les pleurs sont appropriés, et même essentiels. Mais si ce sont des pleurs de héros, et non des pleurs de victime, même ces larmes et ce chagrin peuvent offrir un espoir aux autres.

La manière dont j'ai géré mon cancer du sein, a, aux yeux de certains, fait de moi une héroïne. Quand, il y a des années, j'ai découvert cette réalité, je me suis dit : « Je vais trouver un moyen de tourner ça en bienfait. » Franchement, je ne voyais pas quels avantages on pouvait bien trouver à un cancer du sein. Mais j'étais résolue et, grâce à ma grande détermination, j'en ai trouvé à foison !

Tandis que je faisais le décompte de ces bienfaits, j'ai décidé de partager avec d'autres mon expérience... pour le plus grand bien de tous. J'ai commencé à écrire et à dire en conférence que l'ablation du sein n'était pas la fin du monde. Pour moi, cela a été en vérité une expérience extraordinairement enrichissante. Je raconte en plaisantant que mon mari m'appelle « sa merveille à un téton » ! J'ai même reçu le Spirit of Discovery Award, prix décerné par l'Association pour la recherche sur le cancer du sein, pour avoir partagé mon expérience avec un si grand nombre de femmes [19].

Beaucoup de femmes m'ont écoutée, m'ont entendue, et ont poussé un soupir de soulagement. Encore aujourd'hui, je me réjouis quand je reçois les témoignages de femmes qui me disent que je suis devenue leur héroïne. Tout cela parce que j'ai eu un cancer du sein. Croyez-moi lorsque j'énonce ceci :

> Devenir un héros ne renforce pas seulement les autres, cela vous renforce aussi, sans conteste.

Réfléchissez à tout ce qui vous est arrivé dans la vie, à tout ce qui pourrait vous arriver à l'avenir, et prenez la résolution de tirer quelque chose de grand de tout cela. De cette manière, vous pourrez devenir un héros aux yeux de tous ceux qui vous entourent et – chose plus importante encore – un héros à vos propres yeux.

Nous espérons tous que la vie nous apportera plus de bonnes choses que de mauvaises. Peut-être le fera-t-elle, peut-être pas. Mais si nous prenons conscience que nous pouvons tirer quelque chose de bon d'une situation mauvaise, nous pouvons aussi comprendre qu'EN VÉRITÉ, IL N'Y A RIEN DE MAUVAIS. Il s'agit plutôt d'une succession d'opportunités qui peuvent nous permettre d'améliorer la qualité de notre vie intérieure et de devenir des personnes plus fortes et plus aimantes.

Rappelez-vous toujours que la façon dont chacun vit sa vie est une décision personnelle, qui ne peut être imposée par le monde extérieur. Je vous fais confiance pour décider de

vivre une vie pleine de héros !

C'est là votre défi, votre filet de sécurité, votre assurance, votre sérénité.

CHAPITRE 7
DÉCOUVREZ LE SENS ET L'OBJECTIF DE VOTRE EXISTENCE

Quand on possède le « pourquoi ? » de sa vie, on s'accommode à peu près de tous ses « comment ? » *.

Friedrich Nietzsche

Un jour, un étudiant m'a posé une question essentielle : « Quelle est, à votre avis, notre raison d'être sur terre ? » La vérité, c'est que je n'en ai pas la moindre idée... Ni moi, ni personne. Comment pourrions-nous le savoir ? Nos esprits mortels sont incapables d'appréhender le Grand Projet, le grand mystère qui se cache derrière tout. Nous pouvons échafauder des hypothèses, mais comment pourrions-nous « savoir » ?

Même si je reconnais mon ignorance à ce sujet, je pense qu'il est très important que chacun découvre le sens de son existence sur terre, et je veux vous dire pourquoi. C'est ce qui a fait toute la différence dans ma vie ; je crois qu'elle peut faire toute la différence dans la vôtre.

Pour un trop grand nombre d'entre nous, la vie semble inexplicablement vide. Quels que soient l'ampleur de nos

---

* *Crépuscule des idoles*, Gallimard, coll. « Idées », traduction Jean-Claude Hemery (NdT).

succès, le nombre de personnes aimantes qui nous entourent ou celui des activités auxquelles nous participons, on dirait qu'il nous reste toujours un profond désir d'autre chose. Que recherchons-nous donc ? Mon idée est que ce qui nous manque est le sentiment essentiel de notre propre objectif. Jusqu'à ce que nous le trouvions, notre impression de vacuité perdure.

Mais le sentiment d'avoir un objectif n'est pas suffisant, il doit s'accompagner de celui de trouver du sens... c'est-à-dire de sentir que nous faisons vraiment la différence dans ce monde vaste et formidable, qu'on a besoin de nous, que nous comptons. Voici une affirmation très forte :

> Savoir que l'on compte vraiment est l'information la plus puissante et la plus vitale que l'on puisse jamais avoir.

Cette information nous apporte une dimension entièrement nouvelle : celle de la responsabilité. Ne vous effrayez pas ! Cette forme de responsabilité n'est pas un fardeau. Au contraire, elle nous permet de laisser derrière nous notre *ego* apeuré, pour bondir vers le niveau le plus élevé de ce que nous sommes, d'inventer des actes d'amour qui nous font nous sentir vivant, joyeux, et pour tout dire heureux. De plus, le sentiment du sens de notre vie nous montre la direction à suivre dans toutes les situations.

Pour l'énoncer plus clairement :

> *Ce sentiment d'avoir un sens*, c'est savoir que nous faisons vraiment la différence, qu'on a besoin de nous, que nous sommes important, que notre vie compte.

> *Notre sentiment d'avoir un objectif*, c'est être résolu à agir en cohérence avec notre sentiment profond, avec cette sensation que nous apportons vraiment une différence.

Quand notre sens profond se combine au sentiment d'avoir un objectif, nous avons découvert la formule qui nous ouvre une vie merveilleusement enrichissante.

Malheureusement, notre société ne prête guère d'intérêt au développement, chez l'individu, de cette conscience du sens et de l'objectif de l'existence.

- Nos parents n'y prêtent pas attention quand ils nous surprotègent et faillissent à exiger que nous devenions un participant actif aux tâches domestiques.

- Nos écoles n'y prêtent pas attention quand elles renoncent à nous demander une participation riche de sens, pour créer un environnement stabilisant et aimant pour nos compagnons d'étude.

- Nos employeurs n'y prêtent pas attention quand le système nous demande de dépasser les autres, au lieu de rechercher l'excellence dans le travail pour le bien de tous ceux qui sont impliqués. Le mot d'ordre est alors l'argent, et non le sens.

- La société n'y prête pas attention quand elle prône la compétition au lieu du partenariat, dans tous les domaines de la vie. La compétition fait obstacle à la conscience du sens profond et de l'objectif de la vie ; pour d'éphémères applaudissements, nous perdons de vue ce qui pourrait apporter une joie véritable.

Comme aucune des institutions que je viens de citer ne nous fournit le moindre indice, c'est à chacun d'entre nous qu'il revient de découvrir sa propre raison d'être et son propre objectif. Et c'est important de le faire.

Le sens et l'objectif comblent notre vide intérieur, mais effacent aussi une bonne partie de notre peur par rapport à l'avenir. Ainsi, ils nous aident à faire face à l'incertitude, car ils nous accompagnent où que nous allions, dans les meilleurs moments comme dans les pires. Ce sentiment du sens et de l'objectif nous aide à transcender les tragédies de notre monde, et fait que la vie vaut d'être vécue.

Un très grand nombre de mes idées et de mon expérience à ce sujet dérivent de la logothérapie *, une école de psychologie créée par Viktor Frankl. Nous l'avons vu au chapitre précédent, cet homme remarquable a su découvrir du positif et du sens dans un camp de concentration. Le fait que je vais rapporter est l'un des événements clés qui lui ont servi à élaborer la théorie qui a marqué à jamais ma vie, et qui, j'espère, marquera la vôtre.

Avant d'être déporté, Frankl avait passé son diplôme de médecine. Dans le camp, il essayait de soigner de son mieux ses compagnons. Un jour, un camarade qui avait mis au point un projet d'évasion l'a invité à le rejoindre et à retrouver la liberté dont il rêvait si souvent. Mais comme Frankl était le seul médecin parmi les prisonniers, il avait du mal à abandonner ceux qui avaient besoin de lui. Ayant longuement réfléchi, il est finalement parvenu à cette remarquable conclusion.

> « Tout d'un coup, j'ai décidé de prendre pour une fois mon destin à bras-le-corps. Je suis sorti en courant du baraquement, et j'ai dit à mon ami que je ne pouvais pas partir avec lui. Je lui ai répondu avec fermeté que j'avais pris la décision de rester auprès des malades ; aussitôt, mon sentiment de malaise s'est évanoui. Je ne savais pas ce que les jours suivants allaient m'apporter, mais j'avais gagné une paix intérieure que je n'avais jamais ressentie auparavant [1] ! »

Stupéfiant, non ? À cet instant, Frankl a découvert qu'il existait quelque chose de plus important encore que sa liberté personnelle... la conscience du sens et de l'objectif de sa vie. C'est cette simple prise de conscience qui l'a poussé à créer son école de logothérapie, mot que l'on peut traduire par psychologie du sens et de l'objectif.

---

* Logo vient du grec *logos*, qui au-delà de « langage », « parole », signifie aussi « sens » et « esprit ». La logothérapie a donc un fondement spirituel, et non religieux.

D'après la logothérapie, la motivation principale de l'être humain est le désir profond de trouver un sens à sa vie. C'est une grande découverte à appliquer au domaine de la santé mentale. Frankl pense qu'un grand nombre de troubles mentaux ne sont dus ni à une maladie, ni à une enfance perturbée, mais découlent d'une détresse spirituelle qui apparaît lorsque nous échouons à trouver la moindre parcelle de sens à notre vie. Par définition, l'objectif de la logothérapie est d'aider le patient à trouver un sens à sa vie.

Viktor Frankl nous a fait un cadeau précieux. Il nous a fourni un moyen de nous élever au-dessus de n'importe quelle situation négative. En ayant conscience du sens et de l'objectif de notre vie, *nous sommes capables de retirer un bienfait de toute situation mauvaise.* Forts de cette aptitude, nous ne sommes plus condamnés à rester paralysés par la peur de l'incertain ; nous pouvons nous transposer en ce lieu intérieur où nous savons que, quoi que l'avenir nous réserve, notre conscience du sens et de l'objectif de notre vie nous aidera à voir le bon côté des choses.

J'en porte témoignage : quel que soit le lieu où nous nous trouvons, ce sentiment du sens et de l'objectif de notre vie reste en permanence présent. Il nous suffit d'y prêter attention. Frankl a découvert le sien dans un camp de concentration, et il a en été transformé. Il a découvert une manière de voir le monde qui lui a permis de transcender l'horreur de son environnement. Il a trouvé un moyen de s'élever au-dessus des circonstances et, fait incroyable, d'en retirer des bienfaits.

Je pense que beaucoup de problèmes émotionnels proviennent du manque de sentiment du sens et de l'objectif de notre vie. Par exemple, dans nos civilisations, on constate que de nombreux individus, au moment où ils partent à la retraite, font une dépression, tombent malades ou meurent. Ils sont envahis par un vide intérieur, que les logothérapeutes appellent « vide existentiel ».

Ce vide peut exister à chaque étape de la vie, mais son effrayant visage se montre souvent quand le tohu-bohu de la vie s'apaise. Nous nous retrouvons alors face à un vide qui a toujours existé, mais que le rythme effréné de notre vie nous a empêché de voir.

Ce vide est dû au sentiment que notre vie n'a pas de sens. Si nous développions cette conscience du sens et de l'objectif avant la retraite, nous saurions que nous pouvons l'emporter avec nous ensuite et créer des valeurs pour nous et pour les autres, de façon différente mais tout aussi remarquable. Les retraités qui ont cette conscience du sens et de l'objectif profitent énormément de la vie.

La citation qui suit, du philosophe américain William James, illustre magnifiquement les grandes opportunités que la retraite peut nous offrir. Ajoutons que – fort heureusement – nous n'avons pas besoin d'attendre la retraite pour parvenir à un bien-être aussi magique :

> « J'en ai terminé avec les grandes choses, les grands projets, les grandes institutions et les grandes réussites. Je suis tout à ces infimes et invisibles forces d'amour qui fonctionnent entre un individu et un autre, se faufilant dans tous les petits recoins du monde comme autant de radicelles, telle la progression de l'eau par capillarité qui, si vous lui en laissez le temps, désagrège les monuments d'orgueil les plus résistants. »

J'ai remarqué, moi qui adore observer autrui, combien nous désirons tous ardemment trouver du sens à notre vie. Malheureusement, nous nous méprenons en courant après la réussite matérielle ; toujours insatisfaits, nous sommes nombreux à nous autodétruire par le biais de l'alcool, des drogues ou de la nourriture. La réussite sur le plan matériel n'est pas critiquable si elle est ACCOMPAGNÉE d'un sentiment du sens et de l'objectif de sa vie. Le fait d'avoir conscience du sens et de l'objectif de sa vie a des implications immenses. Réfléchissez-y. Il nous place magistralement dans un rôle de « donneur » plutôt que de « preneur ». Comme le dit Viktor Frankl de son apprentissage :

« Ce n'est pas vraiment ce que nous attendions de la vie qui importait, mais plutôt ce que la vie attendait de nous. »

Le musicien Eric Clapton a fait cette découverte à sa manière. Je l'ai une fois entendu dire qu'une bonne partie de sa vie ne s'était pas passée de la manière qu'il souhaitait :

« La question n'est pas ce que j'attends de ma vie, mais ce que je peux donner. »

Et il sait donner. En plus de sa belle musique, il a créé à Antigua – petite île des Caraïbes orientales – le Crossroads Center, un centre de désintoxication pour alcooliques et toxicomanes du monde entier. Quand on lui demande la raison d'un tel investissement, il répond : « J'ai moi-même été guéri et je veux donner quelque chose en retour [2] ». N'est-ce pas magnifique ? Il a beaucoup souffert, mais, en traversant cette souffrance, il a été capable de découvrir un sens et un objectif à sa vie. Trouver un sens à la souffrance est le niveau le plus élevé que nous puissions atteindre dans la spiritualité.

Voilà qui donne à la vie un tour bien différent, n'est ce pas ? Nous sommes nombreux à nous focaliser uniquement sur ce que nous voulons que la vie nous donne. C'est justement ce mode de pensée qui crée la mentalité de victime, omniprésente dans notre société moderne. Cette mentalité est autodestructrice puisqu'elle affirme, de manière assez pathétique : « Pauvre de moi ! Je n'obtiens pas ce que je désire. » Or nous devons savoir que quand nous jouons le rôle de victime, nous jetons nos forces aux quatre vents. À l'inverse, quand nous endossons le rôle d'une personne dont la vie en ce monde a un sens et un objectif, notre pouvoir est sans limites. Nous agissons alors d'une façon formidable, qui restaure et renforce le sens de notre valeur.

Chacun d'entre nous doit décider pour lui-même des actions spécifiques qu'il doit entreprendre : ces actions émanent directement de la conscience du sens et de l'objectif de sa vie. Cette prise de décisions apaise notre malaise face à l'incertitude. Par exemple, si vous savez que votre existence a un sens et si vous décidez que votre objectif est de dispenser de l'amour, qu'importe le lieu ou la manière ? Si vous perdez votre emploi, vous pouvez toujours dispenser de l'amour. Si vous perdez votre compagnon, vous pouvez toujours dispenser de l'amour. Si vous êtes frappé d'une maladie chronique, vous pouvez toujours dispenser de l'amour. Cette dynamique essentielle explique les actions et les réactions magnifiques des belles âmes dont j'ai parlé dans le chapitre précédent, et de tant d'autres qui se sont servi de leurs difficultés pour venir en aide aux autres. L'événement n'est qu'une tragédie ; le sens et l'objectif nous aident à nous hisser au-dessus de la tragédie.

Maintenant que je vous ai convaincu, vous devez vous demander comment vous allez trouver le sens et l'objectif de votre vie. La réponse n'est pas simple et je suis certaine qu'il existe de nombreuses voies auxquelles je n'ai pas pensé, mais laissez-moi vous proposer des exercices efficaces pour vous aider à trouver la bonne direction. Je pense qu'ensuite vous pourrez rebondir !

L'exercice « Que me demande-t-on de faire ? »

Comme nous faisons tous partie du Grand Projet au sens cosmique du terme, je crois qu'il est demandé à chacun d'entre nous, en tant qu'être humain, de faire quelque chose pour apporter son aide au monde. Comment découvrir ce qu'on nous demande de faire ? Un jour, j'ai entendu dire :

> « Reste debout là où tu es, trace un cercle, vois ce qu'il y a à faire et fais-le. »

Me prenant moi-même pour cobaye, j'ai tracé un cercle (imaginaire) et j'ai vu que j'étais appelée à apprendre et à enseigner, et plus spécifiquement à apprendre à regarder le monde avec les yeux du moi supérieur, et à partager avec les autres ce que j'avais appris. Par conséquent, aujourd'hui, je consacre mon temps à apprendre à vivre au niveau du moi supérieur. Tous les épisodes de ma vie alimentent mon enseignement. Bons ou mauvais, tous possèdent une valeur intrinsèque que je peux aider les autres à découvrir. Je vous l'ai dit, mon cancer du sein a été une expérience précieuse, puisqu'elle m'a offert l'opportunité d'aider d'autres femmes à affronter la peur du cancer.

En traçant votre propre cercle pour repérer ce que vous avez à faire, appuyez-vous sur ce que vous aimez faire. Souvent, nos goûts personnels sont en harmonie avec le Grand Projet. Ainsi, ils nous poussent dans la bonne direction, nous indiquant la manière dont nous pouvons nourrir le sens et l'objectif de notre vie. Alors nous viennent ces questions :

> Qu'est-ce que j'aime faire ? Comment puis-je me servir de ce que j'aime faire pour aider le monde autour de moi ?

Si vous adorez faire la cuisine, vous pouvez contribuer à la subsistance du monde. Vous pouvez nourrir votre famille et vos amis. Ouvrir un restaurant qui donnera du plaisir aux gens. Aider les déshérités dans un restaurant du cœur – ou tout cela à la fois. Si vous aimez les enfants, vous pouvez apporter un bienfait éducatif au monde comme enseignant, mentor et/ou parent. Si vous aimez le jardinage, vous pouvez donner de la beauté au monde partout où vous allez, à toutes les personnes que vous rencontrez. Si votre goût va vers le développement de technologies nouvelles, vous pouvez offrir de magnifiques apports d'énergie au monde, en trouvant des moyens de l'enrichir au lieu de le détruire. Quelles que soient vos activités préférées, il n'y a pas de limite à ce que vous pouvez faire pour aider les autres.

Il est important de garder à l'esprit que ce qui est attendu de nous va varier en fonction des circonstances de la vie. Il ne serait pas très rationnel de se contenter d'une seule façon de faire profiter le monde du sens et de l'objectif profonds de notre vie. Cela peut prendre toutes sortes de formes, mais il y a toujours quelque chose de formidable à faire.

Il y a aussi des choses que nous sommes TOUS censés faire au quotidien. Celui qui a découvert le sens et l'objectif de sa vie ne jette pas de déchets par terre, règle le volume sonore chez lui pour ne pas gêner les voisins, propose ses services, est attentif au confort des autres, etc. Vous avez compris. Nous devenons des individus réfléchis, aimants, respectueux des sentiments des autres, et agissons en conséquence. Voulez-vous une contre-épreuve ? La voici :

> Quand vous voyez des gens agir de manière irresponsable, sans égards pour leur entourage, vous pouvez être sûrs qu'ils ne possèdent aucun sentiment du sens et de l'objectif de leur vie.

Le conférencier Zig Ziglar, expert en motivation, fait preuve de grande sagesse lorsqu'il remarque : « Chaque action détestable est un appel au secours. » Je crois que cela est vrai. Cela peut nous aider à avoir de la compassion pour les moins éclairés d'entre nous.

Vous vous demandez peut-être : « Comment savoir que l'objectif que je me fixe est le bon ? » Don Juan, guerrier indien yaqui, a donné à son disciple Carlos Castaneda un enseignement qui réchauffe le cœur et guide dans la bonne direction :

> « Ce chemin a-t-il un cœur ? S'il en a un, alors il est bon. S'il n'en a pas, alors il n'est d'aucune utilité. Les deux chemins ne mènent nulle part ; mais l'un des deux possède un cœur ; l'autre, non. L'un des deux garantit un voyage joyeux ; tant que tu le suis, tu te sens en harmonie avec lui. L'autre te fera maudire ton existence. L'un te rend fort ; l'autre t'affaiblit [3]. »

Quand je perds mon sentiment de joie, je sais que je m'écarte du chemin par rapport à l'objectif de ma vie. Lorsque je retrouve le « sentier-avec-un-cœur » que j'ai créé pour moi, la joie revient. Je cesse de m'affoler des tracasseries de la vie et je retrouve la paix.

Une phrase de la citation de Don Juan m'intrigue pourtant : « Les deux chemins ne mènent nulle part. » Qu'est-ce que cela signifie ? J'imagine plusieurs interprétations possibles, mais je penche pour celle qui indiquerait que nous sommes tous en train de faire le même Voyage. Voulons-nous être malheureux ou au contraire être heureux ? Quand nous suivons le chemin-avec-un-cœur, le bonheur est notre compagnon de route. C'est ainsi.

Ce qui est très encourageant, c'est que, quelle que soit l'étape de la vie que nous traversons – à l'école, responsable de famille, au travail, à la retraite, etc. –, il y a toujours un objectif à remplir. Notre raison d'être nous suit tout au long de notre existence. Quand nos enfants quittent le foyer pour créer leur propre vie, quand nous prenons notre retraite, quand nous devenons un ancien plein de sagesse, il reste toujours quelqu'un ou quelque chose au monde qui a absolument besoin de nous, de manière tout à fait spécifique. Notre mission est simplement de regarder autour de nous pour trouver ce quelqu'un ou ce quelque chose, et de passer à l'action. *Il n'existe pas de moment où nous n'ayons rien à faire.*

Laissez-moi vous rappeler une belle histoire que j'ai déjà racontée dans *Tremblez, mais osez*. Après une vie particulièrement active, une femme qui habitait New York s'est retrouvée grabataire. Elle s'est demandé : « Comment puis-je apporter une aide à qui que ce soit, alors que je ne peux même pas quitter mon lit ? » Elle a trouvé une réponse. Elle s'est procuré les numéros de téléphone d'autres personnes alitées comme elle et s'est créé un travail : elle les appelle tous les jours, simplement pour leur faire savoir que quelqu'un leur porte attention. Elle s'est fait des compagnons de téléphone et a apporté beaucoup de joie.

Certains d'entre nous ont le problème inverse. Nous avons trop à faire ! Nous sommes débordés, stressés, occupés à gagner de l'argent, à élever nos enfants selon des règles strictes au lieu de faire confiance à notre instinct, mais il y a une chose que NOUS OUBLIONS DE FAIRE, nous ne voyons pas à quel point nous comptons pour notre entourage. Ainsi, nous passons à côté des satisfactions d'une vie bien vécue et nous sommes souvent pleins d'amertume.

Mais si, à l'inverse, nous prêtons attention au fait que notre vie a un sens et un objectif, nos efforts semblent en valoir la peine. Et nous sommes reconnaissants de pouvoir jouer un rôle aussi conséquent.

Tracez donc votre cercle ; voyez ce que vous avez à faire ; et faites-le, avec excellence et intégrité. Soyez fier et reconnaissant de faire vraiment la différence dans ce monde puisque c'est une réalité dont vous êtes à la fois l'artisan et le bénéficiaire.

L'exercice « Faire comme si »

Peut-être n'avez-vous pas encore, au plus profond de vous, la conscience que votre vie fait vraiment la différence dans ce monde. Peut-être agissez-vous de manière aimante et accomplissez des merveilles sans pour autant vous sentir important. En jouant au jeu du « faire comme si », vous pouvez modifier cette perception erronée de vous-même. Le jeu consiste à vous demander, à chaque étape de votre Voyage :

> « Si je faisais vraiment la différence en ce monde, qu'est-ce que je serais en train de faire ? »
>
> « Si je faisais vraiment la différence en ce monde, comment pourrais-je être plus aimant(e) ? »
>
> « Si je faisais vraiment la différence en ce monde, comment pourrais-je créer plus d'harmonie autour de moi ? »

Ensuite, pour chaque situation, dressez une liste de toutes les actions que vous pourriez entreprendre, et mettez-les en œuvre. Par exemple :

Si je faisais vraiment la différence en ce monde, qu'est-ce que je ferais par rapport à mon travail ? Comment pourrais-je être plus aimant(e) et créer plus d'harmonie autour de moi ?

1. J'arriverais à l'heure.
2. Je prendrais des initiatives qui feraient avancer les objectifs de mon entreprise.
3. Je serais amical(e) avec mes collègues.

4. Je reconnaîtrais leurs qualités lorsqu'ils accomplissent une tâche pleine de sens.

Et ainsi de suite. Après, vous agiriez en fonction de ces hypothèses. Les réponses que je propose sont plutôt banales et évidentes, mais je vous fais confiance pour être plus créatif ! Il s'agit de créer un environnement porteur pour vous-même et pour votre entourage. Le niveau auquel vous intervenez dans l'entreprise, que vous soyez au bas de l'échelle ou tout en haut, n'a aucune importance : où que vous vous trouviez, c'est le soin que vous apportez qui est important.

Ce jeu du « faire comme si » est à appliquer dans tous les domaines de votre vie : en famille, avec vos amis, dans votre travail, dans votre vie sociale. Et n'oubliez pas de vous offrir aussi à vous-même amour et attention. Sans vous, vous ne pouvez pas faire grand-chose !

C'est en fait très simple, mais cela demande un investissement permanent : se poser les questions importantes, être à l'écoute des réponses en provenance de la partie la plus élevée de ce que vous êtes, puis entreprendre des actions qui génèrent une énergie apaisante à l'intérieur de vous et autour de vous. Le défi consiste à vous poser ces questions en toutes circonstances.

Si vous perdez votre emploi
Si vous êtes promu
Si vous tombez malade
Si vous êtes en bonne santé
Si vous êtes au travail
Si vous marchez dans la rue
Si vous êtes au volant
Si vous êtes heureux
Si vous êtes triste
Si vous êtes en train de faire les courses
Si vous perdez en Bourse
Si vous gagnez en Bourse
Si votre conjoint vous quitte

Si votre conjoint reste
Si...

Laissez vos actions découler des réponses obtenues. Ce qui est très encourageant, c'est que, en faisant délibérément et patiemment l'exercice du « faire comme si », comme un support de vie, nous finissons par vivre de l'intérieur la conscience formidable de la grande différence que nos actions apportent au monde.

Nous apprenons que, dans l'espace clos de notre foyer ou à l'extérieur, dans le vaste monde, chacun de nos actes contribue à déterminer si ce monde est plein de haine et de conflits, ou au contraire plein d'amour et de paix.

En chemin, nous remarquerons peut-être que la colère et la souffrance laissées par les blessures passées et présentes peuvent contrarier l'action positive. Quand notre cœur est empli de colère et de souffrance, il est difficile, voire impossible, de dispenser une énergie de paix et d'amour. À ces moments-là, regardons-nous dans un miroir au lieu de contempler notre souffrance à la loupe. Et puisons des forces en nous demandant :

« Comment puis-je soigner la blessure qui est en moi ? »

« Comment puis-je changer ce qui ne va pas dans ma vie ? »

« Comment puis-je me transposer dans cet espace de l'être où tout est amour ? »

Une fois de plus, nous nous en remettons à notre moi supérieur pour trouver les réponses. C'est un peu comme l'amateur de puzzle, qui place les pièces en laissant échapper au fur et à mesure des « Mais oui ! ». Vue ainsi, la vie devient un passionnant voyage de découvertes, au lieu d'être une suite d'événements qui blessent et rendent malheureux.

Cela ne fonctionnera pas toujours, mais, de plus en plus, vous ressentirez la joie d'être une source d'apaisement et d'amour. Vous pouvez accélérer le processus en affirmant chaque jour, de nombreuses fois :

> « Je suis une personne forte et aimante, qui a tant à donner au monde ! J'apporte paix et amour partout où je vais. »

Que vous croyiez ou non en ces paroles, leur répétition fait surgir la puissante énergie d'amour qui se trouve en vous. Je peux vous assurer que si vous « faites comme si » sur une durée suffisante, la grandeur de l'être humain que vous êtes va finir par s'imposer à vous. Ce jour-là, vous pleurerez des larmes de joie en ressentant ce nouveau et profond sentiment de vous-même. C'est en tout cas ce que j'ai vécu, il y a de nombreuses années, quand j'ai pris conscience que ma vie faisait la différence. Mon espoir est que vous le viviez aussi.

L'exercice « Trouver un sens à la souffrance »

On ne peut contester que la vie comprend à la fois des joies et des peines. Comme vous l'avez déjà appris, notre souffrance est allégée quand nous pouvons découvrir le sens et la raison d'être des épreuves. Chacun des héros du chapitre précédent a découvert du sens dans chaque événement « inimaginable » de sa vie et, en cela, sa souffrance est devenue un précieux cadeau.

Je suis sûre que vous pouvez retrouver de nombreux autres « héros » qui, à partir de leur souffrance, ont tous été en mesure de nous donner l'assurance suivante : « Ne vous inquiétez pas, ça va. Quoi qu'il arrive, on peut en tirer du bien. » Quel cadeau de leur part ! Lorsque nous pouvons découvrir du sens dans l'épreuve, nous en retirons un sentiment de gratitude qui remplace une impression de malaise.

Cela ne veut pas dire que nous ne vivons pas des moments de souffrance, d'angoisse et de désarroi lorsque l'épreuve survient. Il est sage en ce cas d'entrer dans le remarquable Pays des Larmes déjà évoqué [4]. Mais, parvenus à un certain point, nous nous disons : « Bon, j'ai assez souffert. Voyons comment je peux utiliser cette expérience pour créer un monde meilleur autour de moi, pour moi et pour tous ceux qui m'entourent. »

Nous « souffrons » tous de toutes sortes de manières : migraines, difficultés financières, enfants difficiles, perte d'êtres chers, maladies, etc. Aussi mauvaises que les choses puissent paraître, j'oserai dire que nous pouvons toujours tourner ce qui nous arrive en quelque chose de positif.

Dans cet exercice, votre tâche est donc :

1. d'établir une liste de tout ce qui va mal dans votre vie, de tout ce qui vous fait souffrir, et de décider que vous allez trouver une façon d'en découvrir les bienfaits ;

2. de rechercher les manières d'exprimer le sens profond de votre vie, votre raison d'être à travers l'épreuve. Vous découvrirez de nombreuses façons de le faire.

Il est essentiel de prêter attention à ce que la vie vous apporte dans l'épreuve que vous traversez. Si vous n'y faites pas attention, vous manquerez l'opportunité qu'elle recèle ; si au contraire vous êtes attentif, vous découvrirez tous les bienfaits cachés qui vont enrichir votre vie et celle de beaucoup d'autres.

L'exercice « Apprenez aux enfants »

Regardons les enfants du monde occidental actuel ; il est évident que la plupart d'entre eux n'ont reçu aucune indication du sens et de l'objectif de leur vie. En témoignant l'augmentation de la violence et de l'impolitesse, le manque d'attention à autrui, l'absence du sens des responsabilités, le nombre accru des dépressions, et même des suicides. Je pense qu'il y aurait beaucoup moins de comportements de ce type *si les enfants comprenaient qu'ils apportent leur différence au monde.* Alors, comment pouvons-nous leur apprendre qu'ils sont importants, qu'ils ont un sens et une raison d'être sur terre ?

Je vous répondrai par le biais d'un article que j'ai rédigé, il y a quelque temps, pour mon site Internet. Si le message qu'il contient pouvait marquer le début d'une chaîne où nos enfants se mettraient à agir avec amour, il bouleverserait le monde !

> « Jeff, le beau-fils de dix-sept ans d'une de mes amies, Karen, lui a demandé si elle pouvait l'aider à trouver quelque chose qui sorte de l'ordinaire pour fêter la Saint-Valentin avec sa petite amie, en plus du dîner romantique traditionnel. Karen y a réfléchi un moment et a proposé : “Pourquoi n'irais-tu pas au supermarché acheter cinquante roses ? Après, tu te rendrais dans une maison de retraite, et tu offrirais une rose à tous les pensionnaires. Ce serait un vrai geste d'amour. Et puis, en ce moment, il y a une promotion sur les roses.” Jeff ne s'attendait pas à ce genre de suggestion mais il a décidé de la suivre.
>
> Karen a alors appelé une des maisons de retraite de la ville et a demandé si cela ne posait pas de problème que Jeff vienne avec son amie offrir des roses. L'infirmière qui a répondu à l'appel s'est montrée plus qu'enthousiaste ; elle était aux anges ! Elle s'est écriée : “Personne n'a jamais rien fait de pareil pour nous ! Nos pensionnaires vont être si heureuses !”
>
> Un peu nerveux, Jeff et son amie sont arrivés à l'heure convenue, ne sachant pas trop à quoi s'attendre. Mais ils se sont vite pris au jeu, parcourant la maison pour offrir leurs roses, avec un sourire, un petit mot, donnant à chacune des personnes âgées le sentiment que quelqu'un faisait attention à elle. Jeff est rentré chez lui débordant d'enthousiasme, heureux de l'accueil formidable qu'il avait reçu et de s'être senti si utile. »

Quand Karen m'a raconté l'histoire, j'étais si émue que j'en ai pleuré ! J'ai aussi pensé que la petite amie de Jeff devait être tombée amoureuse de lui pour la vie !

Je pense que mon amie Karen a découvert comment guérir les maux dont souffrent les enfants d'aujourd'hui. On demande si rarement aux jeunes de donner un coup de main à leur entourage ! Notre société se focalise sur l'importance de gagner, ce qui est très aliénant, et ne s'attache pas à l'importance du don, qui est amour. En conséquence, nos enfants deviennent égocentriques et ne se rendent pas compte que leur vie peut faire la différence. Peut-être la chose la plus importante que nous puissions enseigner à nos enfants, c'est qu'ils FONT VRAIMENT la différence. La seule façon dont ils puissent l'apprendre, c'est de les confronter à des situations dans lesquelles ils peuvent donner quelque chose au monde qui les entoure. J'ajouterai que nous devons féliciter Jeff d'avoir accepté de faire quelque chose de très différent de la traditionnelle Saint-Valentin.

À l'occasion de cette anecdote, je me suis souvenu d'une autre histoire que m'avait racontée Mélanie, une participante à l'un de mes ateliers. C'était à Noël. Après avoir déballé un monceau de cadeaux, tout ce que sa fille de six ans a trouvé à dire, c'est : « C'est tout ? » Exaspérée, Mélanie a réfléchi à un stratagème qui a opéré un miracle. Dès le mois de janvier suivant, elle et sa fille ont commencé à préparer des cadeaux, pour les distribuer aux patients de l'hôpital au prochain Noël. Les mois passant, sa fille est devenue de plus en plus enthousiaste à l'idée du prochain Noël... non à cause de ce qu'elle allait RECEVOIR, mais à cause de ce qu'elle allait DONNER. Mes enfants ont eu de la chance. Pendant les dix années où j'ai travaillé à l'Hôpital flottant, ils ont été exposés à la joie du don, proposant bénévolement leur aide chaque fois qu'ils le pouvaient. Aujourd'hui encore, ils sont engagés dans différentes associations d'aide aux plus démunis et de sauvegarde de l'environnement. Je les félicite de prendre si grand soin du monde. Chaque fois que ma fille a une difficulté dans la vie, elle a une solution toute simple : elle sort de chez elle et trouve un moyen d'aider les autres. Cela marche à tous les coups : elle se rend compte de l'importance de sa vie pour les autres.

La conclusion de tout cela est simple et évidente. Pour construire l'estime de soi chez nos enfants, nous devons leur apprendre à faire des actions qui bâtissent cette estime ! Répéter aux enfants combien ils sont formidables ne leur fait pas sentir qu'ils le sont. *Leur montrer comment agir d'une manière qui aide le monde autour d'eux les fait vraiment se sentir formidables.* C'est peut-être aussi une bonne leçon pour nous, les adultes.

Après cet article, j'ai reçu un courrier fantastique. Beaucoup de personnes ont compris que *nous devons attendre plus de nos enfants* et ce, dès leur plus jeune âge. Dans notre monde excessivement centré sur les enfants, nos jeunes sont trop choyés. Nous devons aussi alléger notre désir de voir nos enfants réussir et insister davantage sur la joie ressentie à aider les autres. Nous devons mettre en valeur la beauté du don. Sur ce dernier point, j'ai été ravie de découvrir une association formidable.

L'International Youth Hall of Fame * a découvert un moyen de récompenser les enfants qui font du bien à leur communauté. L'idée consiste à donner, encore et toujours. Pour éviter toute compétition, les enfants sont sélectionnés en grand secret. S'ils le souhaitent, ces jeunes *peuvent choisir* d'être honorés en faisant publiquement le vœu d'encadrer et d'encourager un autre jeune, pour faire équipe avec lui dans un projet de service à la communauté. Quand leur projet est réalisé, ils deviennent des lauréats officiels. On leur propose de créer un message personnel, en mots et/ou en images. Il est ensuite inscrit sur des carreaux de céramique de 20 cm de côté, qui vont décorer des murs d'Hommage à la jeunesse : ces jeunes sont assurés de laisser un héritage de valeur aux générations futures.

Que vous ayez ou non des enfants, creusez-vous un peu la tête et réfléchissez aux façons de créer des programmes qui aideraient les jeunes à découvrir le sens de leur vie, leur raison d'être. Pour moi, c'est très clair :

---

* Association pour un « Panthéon de la jeunesse mondiale » (NdT).

Il faut cesser d'élever autour de nos enfants des barrières contre le potentiel de force, d'amour et de sens profond que, tous, ils représentent !

Peut-être n'êtes-vous pas d'accord avec moi, mais je vous assure que c'est exactement ce que nous faisons quand nous leur donnons tout sans rien attendre en retour. C'est ce que nous faisons quand nous leur demandons de concourir les uns contre les autres, de façon malsaine, pour gagner à n'importe quel prix, et négligeons de leur apprendre qu'ils font la différence quand il s'agit de faire de notre monde un monde plus aimant.

Si nous pensons que la compétition est si importante pour nos enfants (il semble bien que ce soit le cas pour nombre d'entre nous), pourquoi alors ne pas les lancer dans le concours de celui qui donnera le plus ? Oui, marquer un but ou gagner une course peut avoir de la valeur dans le cadre d'une saine compétition, mais je ne crois pas que cela puisse aussi efficacement construire l'estime de soi qu'aider à nourrir les plus démunis, faire la lecture à un aveugle ou servir de guide à un plus jeune. Quand on y pense, c'est merveilleux de pouvoir apprendre aux enfants qu'ils comptent vraiment, qu'ils font la différence dans ce monde, que leur vie a de l'importance. La plus grande opportunité de l'éducation est peut-être de faire découvrir à nos enfants qu'ils ont une façon bien à eux d'apporter leur aide au monde.

L'exercice « Se donner pour les autres »

Comme je l'ai suggéré précédemment, le fondement d'une vie heureuse n'est pas la réussite matérielle. Nous avons récemment eu une extraordinaire occasion de voir une multitude de personnes se donner aux autres : je parle ici, une fois de plus, de tous les actes de suprême générosité qui ont suivi les attaques terroristes du 11 septembre.

Jeunes et moins jeunes se sont « donnés » en s'investissant dans une mission d'aide : jeunes enfants tenant des stands de limonade, artistes, hommes d'affaires, vedettes du sport, sommités médicales et gens ordinaires sont devenus extraordinaires, en donnant d'eux-mêmes pour collecter des fonds et aider ceux qui étaient dans le besoin. Nous avons vu pompiers, policiers et volontaires risquer – et parfois perdre – leur vie pour venir au secours d'autrui. Des êtres humains magnifiques ont préféré sacrifier leur vie plutôt que de laisser d'autres personnes, parfois de parfaits étrangers, mourir seuls dans ces tours qui se sont transformées en montagnes de gravats.

Heureusement, nos vies ne sont habituellement pas dominées par des événements aussi tragiques, mais nous gardons toujours la possibilité de nous « donner » au cours de la vie quotidienne. Je vous propose un petit entraînement pour vous servir de cette merveilleuse partie de vous-même qu'est l'aptitude au don. Rappelez-vous que l'accent n'est pas mis sur « je vais faire cela pour me rendre heureux », mais sur « je vais faire cela pour rendre quelqu'un d'autre heureux ». Essayez la méthode qui suit, vous verrez ce qui en découle.

Dans l'exercice précédent, j'ai parlé de cinquante roses. Maintenant, je vous donne symboliquement cinquante roses et je vous demande :

« À qui allez-vous donner ces roses ? »

Je vous demande de les donner, sous forme d'actions aimantes. Faites une liste de ce que vous faites pour les autres, jusqu'à atteindre le chiffre cinquante. Je vous donnerai alors cinquante autres roses. Mais je ne crois pas que vous aurez besoin de moi pour vous encourager à poursuivre. Vous vous sentirez tellement bien en voyant la joie que vous apportez aux autres que vous découvrirez assez de roses à donner pour le restant de vos jours.

Pour moi, la rose est un symbole de l'éveil de l'être humain aux besoins, à la souffrance, aux espoirs, aux sentiments des autres. Une rose ouvre les cœurs... pas seulement celui de l'autre, mais le vôtre aussi. Donner vos cinquante roses, c'est vous engager, devenir un élément du rêve, laisser derrière vous votre *ego* craintif pour bondir vers la partie de vous-même qui sait vraiment la différence que vous apportez. C'est mettre fin à l'attente et à la mélancolie. C'est tenir la promesse de ce que vous êtes en tant qu'être humain.

Alors commencez à donner ces cinquante roses. Vous n'aurez jamais à vous demander si c'est la saison des roses : l'amour est toujours de saison. Une fois que vous aurez commencé à planter de l'amour, le jardin poussera, encore et toujours, superbe !

CHAPITRE 8
FAIRE FACE À L'INCERTITUDE ULTIME

Personne ne connaît la mort et ne sait si elle n'est pas le plus grand de tous les biens. Cependant, tout le monde la craint comme si l'on savait de manière certaine qu'elle est le plus grand de tous les maux.

Socrate [1]

Ce chapitre concerne la mort. Je suis sûre que vous êtes nombreux à redouter ce sujet en apparence très sombre. Mais comment pourrais-je écrire un livre sur l'incertitude en évitant de parler de la mort ? Après tout, qu'y a-t-il de plus incertain ? Je veux dire : nous sommes tous certains de mourir un jour, mais la mort est pour nous la plus grande des incertitudes.

Ne trouvez-vous pas étrange que les êtres humains détournent leur regard de quelque chose qui arrive à chacun d'entre eux ? Personne n'en est exclu. Je crois plutôt que nous devrions « mettre les pieds dans le plat » et essayer d'apprendre tout ce que nous pouvons sur le processus de la mort. Nous découvririons alors qu'il est possible de penser par avance à notre propre mort – et même à la mort de ceux que nous aimons – avec tristesse, bien sûr, mais aussi avec un sentiment serein d'interrogation et de paix.

En vérité, nous manquons de sagesse en envisageant la mort comme quelque chose à craindre. Aussi, la plupart d'entre nous préfèrent ne pas y penser du tout, surtout quand nous sommes jeunes, pleins de vie, et gourmands d'une longue existence qui s'étend devant nous. Mais que l'on soit jeune ou vieux, il est utile de pouvoir « regarder son corbillard », d'« être tout à fait en paix face à la perspective de la mort, tout en vivant chaque jour dans la joie et le plus pleinement possible ».

Je citerai Jean de La Fontaine, qui apporte à cette question une dimension importante :

> « La mort ne surprend point le sage,
> Il est toujours prêt à partir [2]. »

Oui, faire face à la mort, c'est aussi être prêt à partir. Peut-être vous demandez-vous comment être prêt à partir ? J'ai beaucoup réfléchi moi-même à cette question et elle pourrait, à elle seule, faire l'objet d'un livre. Laissez-moi cependant vous confier quelques idées et quelques exercices qui pourront vous mettre sur la voie, vous aider à mieux accepter quelque chose que nous-mêmes, et ceux que nous aimons, sommes appelés à vivre, tôt ou tard.

L'exercice « Sauter dedans à pieds joints »

L'une des manières de « se préparer à partir », qu'on ait neuf ans ou quatre-vingt-dix-neuf ans, n'est pas d'éviter de regarder la mort en face, mais plutôt de sauter à pieds joints dans la question et de la garder tout le temps en perspective. Ce n'est pas une préoccupation morbide, mais un rappel qu'il faut vivre notre vie MAINTENANT plutôt que de la remettre à une date ultérieure qui pourrait – ou non – advenir. Voici quelques indications pour « sauter dedans à pieds joints » :

1a) On m'a raconté que certains maîtres spirituels tibétains ont pour habitude de poser leur bol à thé à l'envers le soir avant de se coucher, pour se souvenir que la vie n'est pas permanente. En se réveillant le matin, ils retournent leur bol avec cette pensée joyeuse : « Je suis encore là ! » Ce geste simple est un merveilleux rappel qui permet de célébrer chaque instant de la journée.

Nous avons tous certainement besoin de rappels pour nous dire que nous sommes privilégiés d'être en vie, que la vie est courte, que nous devons en profiter au maximum. Malheureusement, la plupart d'entre nous se réveillent et laissent leur bol renversé (c'est une image), subissent leur journée, remettent la vie à plus tard, pensant qu'ils vont vivre éternellement, mais agissant comme s'ils étaient déjà morts ! « Pas de joie aujourd'hui. Une autre fois, peut-être ? »

Je vous propose d'ouvrir une page du livret d'instructions des maîtres tibétains et d'avoir votre propre rituel du bol. Posez une tasse avec sa soucoupe auprès de votre lit. Puis, faites comme faisaient les maîtres tibétains, retournez la tasse sur la soucoupe tous les soirs avant de vous coucher. Au réveil, remettez-la à l'endroit, avec dans le cœur un grand merci pour le don de la vie.

> Nous avons besoin de nous rappeler constamment que la vie est courte et que nous devons apprécier chaque instant dont nous disposons.

1b) Une autre manière facile de « sauter dedans » est de revenir à une petite prière toute simple de notre enfance, que nous sommes sûrement nombreux à avoir oubliée. Elle permet d'effacer toute inquiétude, en nous remettant à une Puissance supérieure. En voici l'esprit :

> Maintenant je vais dormir.
> Je prie le Seigneur de veiller sur mon âme.
> Si je meurs avant de m'éveiller,
> Je prie le Seigneur de la prendre.

J'aime beaucoup cette prière, mais certains m'ont confié qu'elle leur faisait peur quand ils étaient enfants, et qu'elle les fait toujours frissonner. Peut-être pourrait-on alors admettre qu'il ne faut pas la proposer aux enfants * ! Mais je trouve que c'est une remarquable prière pour les adultes, plus aptes peut-être à faire face aux réalités de la vie et de la mort. Ce genre de prière permet vraiment de lâcher prise, sans aucune crainte et sans la moindre attente de vivre éternellement. Elle reconnaît paisiblement que la mort est toujours une possibilité. Que nous soyons en bonne santé, malade, jeune ou vieux, elle exprime que nous sommes prêts à partir.

Vous pouvez fort bien ne pas croire au « Seigneur » ou, d'ailleurs, en tout autre forme de Puissance supérieure. Que vous y croyiez ou non n'a pas d'importance. Cette prière dit simplement : « Univers, prends le relais. » À vous d'interpréter le terme Univers de la manière qui vous convient le mieux.

Donc, en allant vous coucher, vous pouvez répéter cette petite prière, encore et encore, jusqu'à ce qu'elle vous vienne automatiquement à l'esprit. En faisant cela, vous ressentirez une sensation de paix et de confiance au moment de vous endormir. Le lendemain, vous vous réveillerez plein de gratitude pour une belle journée de vie en plus.

2) Une manière beaucoup plus forte et participative de « sauter dedans » est de fréquenter des personnes proches de leur mort. Vous apprendrez tant de choses ! Notamment que si de nombreuses personnes craignent de mourir, elles sont nombreuses aussi à ne pas avoir peur. En fait, beaucoup de gens sont tout à fait prêts à partir quand leur heure est venue. Ils ne résistent pas à la mort, ils l'accueillent, ils en tirent une expérience, ils sont en paix avec elle. Il en est même qui en plaisantent.

Un de mes héros quand je pense à la mort est Rob Eichberg, mort il y a quelques années de complications liées au

---

* Si cette prière a sur vous un effet négatif, vos pouvez toujours en trouver une autre qui vous donne la paix de l'esprit. Référez-vous à l'exercice de la « Prière parfaite », p. 197.

sida. Il avait écrit un ouvrage intitulé *Coming Out*, qui a aidé de nombreuses personnes à gérer les difficultés liées à l'homosexualité. Quand la nouvelle de sa mort prochaine s'est répandue, son répondeur téléphonique a été inondé de messages de gens qui le remerciaient de tout ce qu'il avait fait pour améliorer leur vie. Cela lui a apporté un grand réconfort.

Mark et moi avons « sauté dedans » et passé beaucoup de temps avec Rob, surtout les deux dernières semaines de sa vie. Au départ, nous pensions que passer du temps auprès de quelqu'un d'aussi jeune et d'aussi malade serait très pénible à vivre. Mais nous avons fini par chérir chaque instant partagé. Nous étions venus pour aider Rob, et c'est lui qui nous a aidés, de mille façons. Étant près de mourir, il avait bien sûr une part de tristesse, parce qu'il sentait qu'il avait encore tant de choses à donner au monde ; mais il avait aussi de la joie, celle d'avoir vécu une vie riche et pleine. Il était aussi plein d'humour.

Voici un exemple de la façon dont Rob m'a aidée ; étant lui-même un maniaque du contrôle, il m'a priée de l'aider à « lâcher prise ». Un jour, alors qu'il discutait les arrangements prévus par sa mère pour son enterrement *, je lui ai dit d'une voix ferme et posée, le visage impassible : « Rob, tu ne lâches pas prise. » Nous avons tous deux éclaté de rire en prenant conscience qu'il voulait tout contrôler, même ce qui se passerait après sa mort.

La veille de la mort de Rob, mon mari et moi avons dû quitter la ville pour plusieurs semaines ; avant de partir, nous sommes allés lui dire au revoir. Alors que nous quittions sa chambre, il nous a dit : « Bon voyage ! » Je l'ai regardé dans les yeux, me rendant compte que sa fin était très proche et que je ne le reverrais sans doute jamais. Je lui ai dit avec amour et tendresse : « Bon voyage à toi aussi, Rob ! » C'était un moment très beau et très poignant, et nous en avons tous deux pris la mesure. Puis il a répondu, avec son courage et

* Shirley, la mère de Rob, est une femme forte et aimante. Avec un grand sens de l'humour et de la dignité, elle a su gérer le désir de contrôle de son fils et affronter sa mort. Elle est pour nous tous une source d'inspiration.

son humour merveilleux : « Ça me ferait suer d'être encore là à votre retour ! » Et sa chambre à nouveau a retenti de rires.

C'est le dernier souvenir qui me reste de Rob... riant, acceptant son sort, plein d'amour. Je suis certaine qu'il a dû faire face à bien des sentiments pénibles, y compris la peur, avant d'en arriver à ce merveilleux état d'acceptation. Mais, au moment de sa mort, il était tout à fait préparé à « faire face au corbillard ».

> Savoir que de nombreuses personnes tirent une richesse du processus de leur mort nous donne à tous un sentiment de liberté face à notre propre mort, et même face à celle de ceux que nous aimons.

Afin de comprendre de manière plus concrète qu'il peut y avoir de la beauté dans le processus de la mort, vous pouvez vous porter bénévole dans une institution qui soigne des mourants, par exemple un centre de gériatrie. Ces lieux recèlent d'incroyables opportunités de développement spirituel. Approcher avec amour ce qu'on abordait auparavant avec crainte donne naissance à des sentiments très forts. Beaucoup de malades incurables peuvent nous apprendre que, en dépit de la douleur,

> on peut soigner l'âme, même quand le corps ne peut pas être guéri... être en paix... rire... se sentir béni... être libéré de la souffrance des émotions... envisager sereinement la prochaine grande aventure.

Donc, tout n'est pas perdu quand nous, ou ceux qui nous sont chers, sommes face à la mort. Il y a tant de choses à gagner en apprenant à « faire face au corbillard ».

L'exercice « Qu'est-ce qui vient après ? »

Une spiritualité profonde peut nous aider à transcender la peur de la mort. Avoir le sentiment que l'essence de ce que nous sommes n'est pas notre corps, mais un esprit transcendant, nous permet de penser que la mort ne prend pas la totalité de notre être. Le meilleur de nous-même est libre de poursuivre son chemin. J'aime beaucoup ces paroles que John Quincy Adams, sixième président des États-Unis, a prononcées trois jours avant sa mort, en 1848 :

> « John Quincy Adams va bien, mais la maison qu'il occupe en ce moment est bien décrépite. Elle vacille sur ses fondations. Le temps et les saisons l'ont presque détruite. Son toit est pratiquement hors d'usage. Ses murs détériorés tremblent au moindre souffle de vent. Je pense que John Quincy Adams va devoir la quitter rapidement. Mais lui-même se porte fort bien, merci ! »

John Quincy Adams exprime que son corps ne contient que très temporairement la personne qu'il est, et qu'il va bientôt changer d'adresse. C'est une façon très apaisante de considérer la mort.

Ram Dass, un de mes héros du chapitre 6, parle souvent d'un esprit désincarné, Emmanuel, qui s'exprime par l'intermédiaire de Pat Rodegast. Ram Dass a dit à Emmanuel qu'il s'occupait de personnes proches de la mort, et lui a demandé s'il pouvait leur dire quelque chose qui apaiserait leur esprit. Emmanuel a répondu : « Ram Dass, dis-leur qu'il n'y a aucun danger dans la mort. C'est comme si on enlevait une chaussure trop étroite [4]. » Quelle image ! Voir la mort comme une libération, dans son sens le plus confortable !

Les personnes qui rédigent les entrées de dictionnaire n'ont rien de rassurant à nous raconter sur la mort. Ils la définissent comme « la fin de la vie ». Qu'en savent-ils ? Il est regrettable qu'ils aient oublié d'ajouter ce mot si puissant : PEUT-ÊTRE. En vérité, nous ne savons pas vraiment ce qui arrive à l'esprit quand une personne quitte son corps. Mais nous avons des indices qui montrent qu'il passe vraiment à une autre dimension de la vie. Ces indices nous sont fournis par ceux qui sont « revenus » de la mort. Je vais vous entretenir un peu des états à la frontière de la mort, ou expériences de mort imminente, EMI ou NDE * pour faire court.

On a beaucoup écrit sur les EMI, définies comme *l'expérience de ceux qui ont été déclarés « cliniquement morts » et sont pourtant revenus à la vie.* Ils sont nombreux à « revenir » avec un récit stupéfiant et enrichissant. Un petit nombre dit que l'expérience était mauvaise, et qu'ils avaient hâte de retrouver leur corps, mais la grande majorité confie qu'elle a été sublime.

Il n'y a pas deux EMI pareilles, mais elles présentent des similarités frappantes. La plupart reprennent un ou plusieurs des éléments suivants :

- Un tunnel avec/ou une lumière radieuse.

- Une grande résistance à revenir à la vie. Ceux qui sont en état de mort clinique découvrent un sentiment de paix suprême, d'amour, d'absence de souffrance, de joie, et l'impression d'être un élément de tout l'Univers.

- Beaucoup racontent qu'ils sont revenus à la vie à reculons, après avoir reçu le message que le moment de partir n'était pas venu. Ils auraient préféré aller de l'avant, dans la lumière. D'autres disent qu'ils ne sont revenus que sous l'effet d'un motif puissant : ils avaient encore trop à faire ici-bas, par exemple élever leurs enfants. Mais cette expérience leur a entièrement ôté la peur de la mort à venir.

Au vu de ces témoignages, on se plaît à imaginer que ceux qui ont effectué tout le parcours de la mort ont progressé vers un lieu d'amour et de paix.

- Certaines personnes hospitalisées ont rapporté qu'elles se voyaient flotter au-dessus de leur corps alors qu'elles étaient en état de mort clinique. Le personnel soignant était

* *Near Death Experiences.*

stupéfait de les entendre décrire des événements survenus pendant qu'elles étaient cliniquement mortes, qu'elles n'auraient pu connaître que si *elles étaient effectivement « au-dessus » de la situation, en train de la contempler.* Extraordinaire !

• Quand ils reviennent à la vie, la plupart de ceux qui ont vécu une EMI sont devenus plus enclins à la compassion, plus généreux et plus optimistes. Ils sont moins attachés aux biens matériels. Ils ont une meilleure santé et sont moins stressés. Ils ont plus d'humour et de légèreté. Et ils n'ont plus peur de la mort !

• Les enfants qui ont été déclarés cliniquement morts disent les mêmes choses que les adultes. Le pédiatre Melvin Morse, qui en a interrogé un grand nombre, note qu'ils lui ont raconté, maintes et maintes fois, avec leurs mots à eux, que la fin de la vie telle que nous pouvons la connaître est sereine, joyeuse, et pas du tout à redouter [5]. Il croit que les récits rapportés par ces enfants sont extrêmement fiables, parce que, du fait de leurs connaissances moins vastes, ils sont moins influencés que les adultes. Cette information devrait pouvoir réconforter ceux qui ont perdu un enfant bien-aimé.

Les EMI sont de plus en plus étudiées. Il existe même une association qui leur est entièrement consacrée, IANDS [6], basée à l'université du Connecticut.

Peut-être souhaitez-vous aller un peu plus loin. Tous les travaux de recherche que j'ai consultés montrent que les EMI ne sont influencées ni par la culture, ni par la religion, ni par l'origine ethnique, ni par le système de croyances, ni par l'âge de la personne, ni apparemment par quoi que ce soit d'autre. Cela peut arriver à n'importe qui, religieux ou non, croyant ou non. L'IANDS cite un sondage Gallup de 1982 estimant qu'environ huit millions d'adultes ont vécu une EMI, rien qu'aux États-Unis. Ce chiffre ne tient compte ni des enfants ni des personnes qui ont trouvé l'expérience trop « bizarre » pour souhaiter en parler. Quand on pense à la mort comme à une chose terrible, tous ces récits devraient nous donner à réfléchir : la mort est peut-être une expérience magnifique.

Il y a bien sûr les sceptiques, qui pensent que les EMI sont des élucubrations. Ils ont peut-être raison, ils ont peut-être tort. Je préfère penser qu'il y a là quelque chose de sublime, au-delà de notre compréhension humaine. Comme le dit le guide spirituel Hugh Prather :

> « Pourquoi choisir d'avoir raison au lieu d'être heureux, alors qu'il n'y a pas de moyen d'avoir raison [7] ? »

Bonne question ! La connaissance des EMI peut sûrement apaiser nos esprits face à l'incertitude de la mort, et alléger notre souffrance quand nous perdons un être cher. Penser que nous entrons en mourant dans un lieu de paix, d'amour et de bien total peut apporter un immense réconfort.

Bien que n'ayant jamais vécu moi-même de EMI, j'ai assurément connu des « expériences limites » très similaires au descriptif des EMI. Il m'est arrivé, à certains moments, alors que j'étais debout seule au bord de l'océan, ou face à une vue splendide, d'avoir l'impression de me « fondre dans la lumière universelle ». J'ai ressenti alors un sentiment indescriptible de paix et de sécurité. Ce vécu me fait dire qu'il y a réellement autre chose que ce qu'on perçoit au premier abord, et que nous avons beaucoup à attendre de la vie... et au-delà.

L'exercice « J'ai eu cela »

Nous sommes nombreux à craindre la perspective de la mort parce que nous avons l'impression que la vie se déroule sans nous et que nous n'avons pas encore vraiment vécu. Qui voudrait mourir avant d'avoir vécu ? Ni vous, ni moi ! Pour me donner la conscience que la vie ne se passe pas sans moi, j'ai pris l'habitude de me dire, lorsque je ressens la plus simple des joies de l'existence : « J'ai eu cela. » Pour moi, cela signifie : « La vie NE SE PASSE PAS SANS MOI. J'ai beaucoup aimé cela. J'ai vécu cela. J'AI EU CELA. » Par exemple :

En faisant une promenade par une journée magnifique, je m'arrête un instant pour profiter de la vue. Puis je me dis : « J'ai eu cela. »

En partageant un repas avec mon merveilleux époux, je me dis : « J'ai eu cela. »

En appréciant la chaleur délicieuse du feu de ma cheminée, je me dis : « J'ai eu cela. »

En sortant de la salle de cinéma après avoir vu un beau film, je me dis : « J'ai eu cela. »

En passant une journée en compagnie de ma famille si aimante, je me dis : « J'ai eu cela. »

En récoltant ces moments, je m'emplis de la joie d'une vie bien vécue. Et ma crainte de la mort est grandement diminuée. Je vis avec la pensée que, si je meurs demain, j'aurai eu tous ces merveilleux moments.

Votre tâche consiste donc à commencer votre récolte de moments « j'ai eu cela ». En prêtant attention à tous les merveilleux instants de votre vie, dites-vous simplement : « J'ai eu cela. » Quel qu'en soit le motif – une réussite dans votre travail, le sentiment de joie que vous avez quand vous donnez à autrui, une période de complicité avec ceux que vous aimez, un moment de plaisir devant la beauté de la nature –, dites-vous : « J'ai eu cela. » Et appréciez pleinement la beauté de l'instant.

Peut-être voudrez-vous ouvrir un bocal de « j'ai eu cela ». Notez sur un morceau de papier chacun de vos instants « j'ai eu cela » et mettez-les dans un bocal en verre, juste pour vous en souvenir. En regardant vos bouts de papier s'accumuler, vous aurez le sentiment d'une vie bien vécue et saurez que la vie ne se passe pas sans vous. Vous avancez avec elle, en récoltant tout ce qu'elle offre.

L'exercice « Faites-le maintenant »

Même si vous viviez cent cinquante ans, la vie resterait courte. Il est donc important d'utiliser la perspective de la mort comme un merveilleux rappel de vivre MAINTENANT. Nous sommes si nombreux à remettre à plus tard les choses que nous désirons vraiment faire dans notre vie, qu'elles concernent la carrière, les loisirs, les amis, notre conjoint, nos enfants, notre contribution à ce vaste et formidable monde, nos centres d'intérêt, quels qu'ils soient. Notre excuse ? Nous le ferons plus tard... quand nous aurons plus de temps. Mais le temps passe... et il semble que nous n'ayons jamais assez de temps ! Certains d'entre nous finissent même par oublier ces projets toujours repoussés.

Nous savons tous que l'avenir est incertain. C'est pourquoi il est grand temps de déterminer ce que nous voulons faire de notre vie, et de commencer à le faire MAINTENANT, pas plus tard ! Cela signifie :

> Faites une liste avec pour en-tête « VOICI CE QUE JE VEUX VIVRE AU COURS DE MA VIE » et FONCEZ... COMMENCEZ TOUT DE SUITE !

Peu importe que vous soyez jeune ou âgé. Maintenant, votre tâche est de faire de la place dans votre vie pour tout ce que vous avez vraiment envie de faire. C'est vrai, nous avons tous dans notre vie certaines responsabilités. Mais malgré ces contraintes, nous pouvons nous occuper de notre propre besoin de vivre notre vie MAINTENANT !

Il est aussi urgent pour moi que pour vous de nous y mettre. Je me sers toujours de mon travail comme excuse pour ne pas faire d'autres choses que j'aime beaucoup... danser, passer plus de temps avec mes amis et ma famille, me détendre plus, lire des romans policiers frivoles, consacrer des journées à mes loisirs. Je suis certaine que vous êtes nombreux à faire comme moi ! (Je traiterai plus amplement de ce sujet dans le prochain chapitre).

Il est temps pour nous de rompre avec l'habitude de remettre à plus tard nos rêves et nos envies. Je vous demande : « QU'EST-CE QU'ON ATTEND ? »

L'exercice des « Obsèques joyeuses »

Peut-être êtes-vous choqué de voir ces deux mots accolés. J'ai assisté à un certain nombre d'enterrements, et je trouve fascinant de voir les différentes façons dont les familles les organisent et les vivent. Certaines cérémonies sont morbides et déprimantes, d'autres au contraire sont joyeuses et légères, pleines du sentiment d'une vie bien vécue.

Ma sœur et moi avons choisi de faire de l'enterrement de notre mère un moment de lumière et de joie. À la grande surprise du responsable des pompes funèbres et des habitants de la petite ville dans laquelle nous avons grandi, nous avons célébré la vie de notre mère et entretenu une ambiance de légèreté et de gaîté pendant toute la cérémonie. J'ai fait un discours plein d'amour et d'humour qui a fait rire avec tendresse tous ses amis, en souvenir d'elle. Je pense que tous sont rentrés chez eux plus heureux qu'à leur arrivée... et c'est une bonne chose. Ils avaient tellement l'habitude des cérémonies tristes et marquées par la mort.

Par la suite, j'ai assisté à plusieurs « obsèques joyeuses ». Elles n'empêchaient ni les larmes ni la tristesse, mais elles étaient remplies de joie, grâce aux récits touchants, aux rires, aux remerciements, à l'évocation d'une vie bien remplie... et même aux ballons qui accompagnaient le défunt à sa dernière demeure. Bien sûr, quand un être cher meurt, nous devons tous traverser l'épreuve du deuil, indispensable pour accéder au processus de guérison. Mais l'enterrement peut vraiment être une célébration joyeuse du souvenir, un très bel adieu à l'âme d'une personne aimée, quand elle part vers une autre dimension de la vie.

Si vous devez un jour organiser les funérailles d'une personne que vous aimez, gardez à l'esprit ces « obsèques joyeuses ». Rien ne vous empêche de « sauter dedans » et de décider à quoi votre propre enterrement ressemblera. Après, faites en sorte que vos proches connaissent vos souhaits. Vous pouvez dire quelque chose de ce genre :

> « Quand je mourrai, j'aimerais qu'on organise la plus belle fête à laquelle j'aie jamais participé. J'ai l'intention d'être présent par l'esprit, et j'aimerais passer un bon moment ! Je veux entendre des rires, des compliments, et voir beaucoup de couleurs... j'interdis le noir, et je veux plein de ballons. »

C'est ce que j'ai dit aux gens que j'aime... Je compte sur eux pour respecter mon souhait !

L'exercice « Remerciez-les maintenant »

Il y a une foule de choses que nous devons accomplir avant de nous sentir en paix face à notre propre mort ou à la mort de ceux que nous aimons. Une des plus importantes est de panser les plaies et de remercier les personnes qui comptent dans notre vie. Quand mon père est décédé brutalement à l'âge précoce de cinquante-trois ans, j'ai été anéantie. Ce qui rendait cette perte particulièrement douloureuse, c'est le sentiment de ne pas lui avoir dit combien je l'aimais, et combien j'avais apprécié tout ce qu'il m'avait donné tout au long de ma vie. Je voulais qu'il sache ce que je ressentais et, à l'époque, j'avais l'impression qu'il était trop tard *.

J'en ai tiré une leçon. Ma mère était encore en vie, et je ne voulais pas refaire la même erreur. Après la mort de mon père, j'ai donc commencé à exprimer souvent ma gratitude à ma mère, et à lui faire savoir combien j'appréciais tout ce qu'elle avait fait pour moi. Elle a vécu encore trente ans. Mes remerciements se sont ajoutés les uns aux autres, et cela nous

---

* Je me rends compte aujourd'hui qu'il n'était pas trop tard. Je sens souvent sa présence, et lui répète souvent combien je l'aime et combien j'apprécie tout ce qu'il m'a apporté dans la vie. Cela me donne un sentiment de paix.

a fait beaucoup de bien à toutes les deux. Ne vous méprenez pas, ma relation avec ma mère n'a pas toujours été idyllique, mais j'ai toujours mis l'accent sur les bonnes choses. Quand elle est morte, j'ai ressenti une immense impression de paix. Je lui avais confirmé sa valeur. Je lui avais dit combien elle comptait pour moi. Rien n'était resté sous silence de l'amour que j'avais pour elle.

Je sais que beaucoup d'entre vous penseront : « Pourquoi remercierais-je mes parents ? Ils sont odieux ! » Gardez à l'esprit que vous êtes là parce qu'ils vous ont mis au monde ; ne serait-ce que pour cette raison, ils méritent votre gratitude. Les parents font du mieux qu'ils peuvent, en fonction de ce qu'ils sont. Je ne cherche pas à trouver des excuses aux parents indifférents, violents ou négligents. Mais je pense que si nous gardons à l'esprit que nos parents traversent la vie avec leurs propres peurs, leur propre sentiment d'insécurité et leur propre souffrance – émotions qui peuvent être à l'origine de leur comportement odieux –, nous aurons peut-être un peu de compassion pour eux. La compassion prépare le terrain pour la gratitude.

Je vous suggère de faire la liste de tous ceux qui, d'une façon ou d'une autre, ont apporté une contribution à votre vie sur terre, et de les remercier. Si vous mourez « avant de vous réveiller », comme le dit la prière que j'ai citée, ou bien si eux meurent avant leur réveil, vous aurez un sentiment de paix, car vous aurez contribué de manière significative à leur vie.

Si vous avez une relation difficile avec quelqu'un, il serait sage de l'améliorer. Si cela n'intéresse pas du tout l'autre personne, vous pouvez le faire seul, à distance, en fermant les yeux et en lui envoyant mentalement, de façon répétée, une belle lumière, estampillée de la pensée « je t'aime ». Même si vous ne ressentez aucun amour pour cette personne, le simple fait de répéter ainsi la parole « je t'aime » agira pour panser vos plaies. Il vous faudra peut-être y recourir plusieurs fois avant que votre colère disparaisse, mais si vous le faites assez souvent, ce sentiment s'évanouira et votre amour prendra le relais. Que la personne puisse accueillir ou non une telle énergie d'amour n'a pas d'importance. Vous avez envoyé votre amour ; la paix de votre esprit est contenue dans ce geste.

Je ne peux pas fournir d'explication scientifique au fait que la répétition des mots « je t'aime » peut faire une telle différence. Mais je connais leur puissance de guérison. Peut-être ce processus transforme-t-il l'énergie négative qui est en nous en énergie positive. Les paroles « je t'aime » nous font abandonner la colère du moi inférieur pour gagner le domaine du moi supérieur, où règne toujours la beauté. Quand, dans ma propre vie, je ressens de la colère envers quelqu'un, je ferme simplement les yeux et je l'imagine debout devant moi. Tandis que je répète les mots « je t'aime », je sens la colère qui s'évanouit peu à peu et mon cœur qui s'ouvre. C'est magnifique !

Il reste bien sûr les cas où nous ne pouvons pas guérir le corps... que ce soit le nôtre ou celui d'un être cher. Mais rien ne peut nous empêcher de mettre l'esprit à contribution pour guérir le cœur. Parvenus à ce niveau, nous pouvons trouver de la joie au milieu de toutes les souffrances que la vie peut nous apporter.

Voilà, à peu près, ce que l'on peut dire sur la mort. Cela n'a pas été si dur, qu'en pensez-vous ? J'espère vous avoir fait rire un peu, et surtout vous avoir donné du courage pour « faire face à votre corbillard », en prenant conscience que la mort peut être un moment de paix et d'amour, une extension de la vie, et une grande opportunité d'enseignement et de guérison.

Il y aurait sans doute encore beaucoup à dire sur la mort, et je vous engage à étudier davantage la question. Mon souhait était de supprimer une partie de votre résistance à explorer ce grand sujet et, de cette façon, de vous aider à aller vers une meilleure compréhension et vers un plus grand confort. Une fois que vous aurez fait de la mort votre amie, je crois que vous aurez bien avancé sur le chemin pour faire face à votre vie et à toute l'incertitude qu'elle contient.

La vie et la mort peuvent être si douces !

CHAPITRE 9
PROFITEZ DE LA FÊTE !

Regarde ! Voici ton monde ! Tu ne peux pas ne pas regarder ! Il n'y a pas d'autre monde. Voici ton monde ; voici ta fête. Tu as hérité de cela ; tu as hérité de ces deux yeux ; tu as hérité de ce monde de couleur. Regarde la grandeur de tout cela. Regarde ! N'hésite pas, regarde ! Ouvre les yeux, ne cligne pas des paupières et regarde, regarde... regarde plus loin.

Chögyam Trungpa [1]

Certaines paroles ne touchent pas seulement notre cœur, elles nous réveillent et nous obligent à prêter attention. Cette citation en fait partie. Nous sommes nombreux à ne pas voir « la grandeur de tout cela ». Il suffit de regarder autour de nous pour nous rendre compte que tant nous est donné... mais que nous apprécions si peu.

Dans *End the Struggle and Dance with Life*, j'expose plusieurs façons d'apprendre à intégrer tous les bienfaits de ce monde. Je vous engage vivement à étudier et à utiliser ce que j'ai écrit dans cet ougrave. Bien sûr, il y a de nombreuses choses à dire sur un sujet de cette importance, et une multitude de façons d'accroître notre puissance d'émerveillement. Mon but dans ce chapitre est de vous aider à REGARDER, REGARDER, REGARDER plus loin... de préférence dans la bonne direction.

L'exercice « Concentrez-vous sur les richesses »

Oui, la vie est incertaine, mais je peux vous affirmer avec la plus grande des certitudes qu'il existe partout des bienfaits à découvrir. La difficulté, c'est que nous avons tellement l'habitude de nous focaliser sur les mauvaises choses qu'il n'y a plus assez d'espace dans notre cerveau pour voir les bonnes ! Tout ce que vous avez à faire, c'est de choisir de regarder le bon plutôt que le mauvais : cela fera une différence impressionnante dans votre vie. C'est à cela que je faisais allusion quand je disais « regarder dans la bonne direction ».

Chaque fois que mon père essayait de m'apprendre quelque chose que je ne comprenais pas tout à fait, il disait en riant : « Je vais te faire un dessin. » Alors, au cas où vous ne comprendriez pas, voici un dessin qui représente votre vie si vous vous attachez presque uniquement au MAUVAIS, au MOROSE et au MISÉRABLE (M), en ne gardant que quelques petits moments de BON, de BIEN et de BEAU (—) :

VOTRE VIE
MMM—MMMMMMMMMMMMMMM—MMMM
MMMMMMMMMMMMMMMMMMMMMM—MM
MMMMM—MMMMMMMMMMM—MMMMMMM
MMMM—MMMMMMMMMMMMMMM—MMMM
M—MMMMMMMMMMMMMMMMMMMMM—M
MMMMM—MMMMMMMMMMM—MMMMMMMM

Hé oui, quelques bons moments apparaissent timidement, mais la vie semble vraiment MAUVAISE, MOROSE et MISÉRABLE. Maintenant, laissez-moi vous faire le dessin de ce qui se passe quand on inverse le processus et que l'on commence à se concentrer sur le BON, le BIEN et le BEAU :

VOTRE VIE
————M——————————M
——————M——————————

M——M————————————————————M
——————M———M——————————
———M——————————————————
M——————M————————————M——

La différence est grande ! (Vous voyez que je m'amuse bien en écrivant ce livre.) Ne vous méprenez pas :

Votre vécu reflète ce à quoi vous prêtez attention.

Si vous vous attachez essentiellement au MAUVAIS, au MOROSE, au MISÉRABLE, votre vécu reflète une existence qui ne vaut pas la peine d'être vécue. Si vous prêtez surtout attention au BON, au BIEN et au BEAU, votre vécu reflète une belle vie. Et ne vous y trompez pas : ce à quoi vous prêtez attention ne dépend strictement que de vous.

Bien sûr, pour nous concentrer sur les bonnes choses au lieu des mauvaises, nous devons tous fournir un effort conscient. Cela demande parfois des trésors de créativité parce que de nombreux moments semblent n'avoir pas grand-chose de bon à offrir. Mais, comme vous l'avez déjà appris, aussi mauvaise que la vie puisse paraître, il y a TOUJOURS du bien à découvrir. Et puis vous n'avez peut-être pas pris toute la mesure d'une autre donnée très intéressante :

MÊME LORSQUE NOTRE VIE EST BONNE NOUS NE PRENONS TOUJOURS PAS CONSCIENCE DES BIENFAITS DE CE MONDE.

C'est ainsi qu'on gâche une belle vie !

Dans le chapitre précédent, pour vous rendre plus apte à « faire face au corbillard », je vous proposais d'ouvrir un bocal « j'ai eu cela » et de le remplir des menus événements qui font prendre conscience que la vie ne se déroule PAS SANS VOUS. Ce même exercice aide aussi à « regarder les bienfaits en face ». Donc, quoi qu'il advienne dans votre vie, souvenez-vous :

COMMENCEZ À PRÊTER ATTENTION AUX BIENFAITS.

Tout au long de la journée :

NOTEZ LES BIENFAITS SUR DES BOUTS DE PAPIER.

Puis, en fin de journée :

DÉPOSEZ CES BOUTS DE PAPIER DANS VOTRE BOCAL « J'AI EU CELA ».

Que pourraient être ces menus bienfaits ?

de bonnes choses à manger
un toit sur votre tête
une journée ensoleillée
un jour de pluie
des amis
du travail
la télévision
des livres
des fleurs
une voiture
des vêtements
des sourires
des compliments
de délicieux moments de silence
des gestes de bonté envers les autres
le téléphone
la nature
l'ordinateur
l'eau chaude
la vie
du fromage
des bougies
des couvertures chaudes
des chaussures

l'ascenseur
un anniversaire
la peinture
la musique
le dentifrice
un massage
etc.

Vous allez devoir bientôt changer le bocal pour un plus gros... ce qui signifie beaucoup de plaisir dans votre vie !

Rappelez-vous que vous ne pouvez obtenir ni plus ni moins que ce que vous retirez vous-même de l'instant. Je vous demande : qu'allez-vous en tirer ? Votre vie va-t-elle ressembler à du MAUVAIS, à du MOROSE et à du MISÉRABLE (M)... ou bien à du BON, à du BIEN et à du BEAU (__) ? La balle est entièrement dans votre camp.

L'exercice « Devenez hédoniste »

L'hédonisme a malheureusement mauvaise presse. La faute en incombe notamment à Aristote, qui considérait la joie hédoniste comme « un idéal vulgaire, faisant des humains les esclaves de leurs désirs [2] ». Pourtant le Grand Larousse définit l'hédonisme comme un « système philosophique qui fait du plaisir le but de la vie ». Voilà une doctrine qui n'existe plus dans le monde occidental ! On pourrait discuter en disant que l'hédonisme ne peut, à lui seul, représenter la plus haute valeur. Mais intégrer le plaisir est assurément un des éléments clés d'une vie bien vécue.

Par plaisir j'entends notre aptitude à prendre le temps de profiter, d'apprécier, de savourer, d'apprécier la saveur de toute la beauté qui nous entoure. Dans notre monde actuel, cette aptitude semble absente parce que nous ne prenons pas le temps de l'exercer. J'ai découvert, sous la plume du journaliste Christopher Caldwell, un mot pour décrire l'état psychique de notre société contemporaine : l'« anhédonie » (étymologiquement « sans plaisir ») [3].

Une étrange ironie veut que, dans notre société moderne, plus nous possédons de choses, moins nous semblons en profiter. L'excès de travail fait partie de ce syndrome destructeur de vie.

> Lorsque nous travaillons trop, nous ne pouvons, par définition, apprécier pleinement la vie.

Cela ne signifie pas que notre travail ne peut nous apporter de plaisir, mais que l'EXCÈS de travail nous prive du temps nécessaire à la détente, aux amusements purs et simples et à une vie plus équilibrée. Comme le dit une de ces victimes du travail, l'anhédonie « enlève toute joie de la plupart des choses qui font que la vie vaut la peine d'être vécue [4] ».

Quand je travaillais pour les habitants défavorisés de New York, je n'ai pas pu m'empêcher de remarquer combien beaucoup d'entre eux appréciaient les plus petites choses. On dirait que, mieux nous sommes lotis sur le plan matériel, plus nous prenons les choses comme allant de soi. Cette attitude me fait penser à des invités à un banquet qui mourraient de faim parce qu'ils ne verraient pas les plats. Je crois vraiment que, au-delà d'un certain stade, la satisfaction n'augmente pas avec l'accumulation des biens. À partir d'un certain point, amasser plus d'argent n'accroît pas le bonheur. Cela peut même le diminuer si nous sommes dévorés par des charges croissantes.

Il y a une raison évidente à cela. Plus nous passons de temps à travailler pour gagner plus, moins nous en avons pour profiter de la vie : passer du temps avec nos amis ; nous asseoir confortablement avec un bon livre ; nous investir dans une œuvre caritative ; profiter de la nature ou de tout autre plaisir personnel. Par définition, travailler excessivement nous éloigne des vraies joies de l'existence.

Alors, comment perdre cette mauvaise habitude et faire entrer plus de plaisir dans nos vies ? Pour moi, c'est une question de VOLONTÉ. Les « drogués du travail » n'ont par définition aucun mal à exercer leur volonté quand ils travaillent sans relâche. De fait, l'excès de travail est devenu une habitude. À présent, il s'agit d'exercer notre volonté pour dégager du temps, afin de nous divertir et de prendre du plaisir. Ce n'est pas facile à faire, mais il est essentiel de s'y mettre. N'est-il pas étrange que dégager du temps pour le plaisir demande tant d'effort ? Mon ami Stewart Copeland avait raison quand il affirmait : « Le travail, c'est plus facile que la vie ! » À méditer...

Voici quelques exemples tirés de ma propre expérience, qui montrent que « l'on enseigne le mieux ce qu'on a besoin d'apprendre le plus ». Vous savez peut-être que je suis une droguée du travail. Un jour, alors que j'étais en pleine rédaction de ce chapitre, mon amie Donna m'a appelée pour me dire qu'elle prenait le café avec une autre amie, et qu'elle m'invitait à les rejoindre. Je lui ai répondu que je ne pouvais venir parce que j'étais en pleine rédaction d'un chapitre important. Elle m'a demandé de quoi il parlait. Je lui ai répondu qu'il traitait de la nécessité de dégager du temps pour aller prendre un café avec ses amies ! Inutile de dire que nous avons bien ri... mais je ne suis pas allée la rejoindre – ou comment ne pas joindre l'acte à la parole...

À peine une heure plus tard, en consultant mon agenda, j'ai vu que j'avais prévu de rencontrer le surlendemain Jerry, un de mes bons amis. Nous prenons parfois le temps de boire un café et de discuter entre seize et dix-huit heures, dans le cadre d'une splendide réserve naturelle juste à côté de chez moi. Mon souci de terminer ce livre a pris le dessus, et j'ai envoyé ce message à Jerry :

> Cher Jerry,
>
> Excuse-moi, mais je dois annuler notre moment de détente de mercredi. Je suis en retard pour terminer mon livre, et j'ai besoin de toute ma concentration. Dans quelques semaines, j'aurai avancé et serai moins inquiète au sujet du délai de remise du manuscrit. Je t'assure que je préférerais mille fois m'amuser en ta compagnie !
>
> Bises,
>
> Susan

Jerry ne savait pas que j'étais en train de rédiger le chapitre sur l'importance de dégager du temps pour des « plaisirs hédonistes ». Voici sa réponse, à l'intuition étonnante :

> Chère Susan,
>
> OK. Je comprends. D'un autre côté, j'ai envie d'être un vrai ami et de te dire FAIS-MOI CONFIANCE, de te bousculer un peu et te rappeler que c'est ta vie (là, tout de suite !) qui passe. C'est important de prendre un peu de temps pour soi, surtout deux ou trois heures en fin de journée. Cela te fera le plus grand bien (et à moi aussi !). Cela te ressourcera et rendra ton travail plus productif. Cela dit, je comprendrai si tu as besoin de décommander.
>
> Réponds-moi tout de suite par 1, 2 ou 3.
>
> 1. OK, ça va me faire du bien ; on se voit à 16 h.
> 2. OK, mais on se voit entre 17 h et 18 h.
> 3. Je dois vraiment annuler.
>
> Bises en attendant,
>
> Jer

Vous voulez connaître ma réponse ? Vous pouvez me féliciter : j'ai choisi le 1. Admirez, d'ailleurs, je m'applaudis moi-même ! Si mon livre doit être en retard, et bien... il sera en retard. Alors que si je ne passe pas du temps avec mes amis, je perds l'équilibre dont j'ai vraiment besoin pour avoir une vie bien vécue.

Comprenez bien que cela a été un grand pas pour moi ! Il m'est très facile de m'asseoir devant mon ordinateur et de travailler. Rompre mon habitude de travail et faire entrer un peu de pur plaisir dans ma vie m'a demandé un effort de volonté. Vous voyez, lecteur, que ce n'est pas facile... même pour moi. Absurde, non ? Mais aujourd'hui, si vous vous rendez compte à quel point la balance penche du côté du travail, vous devez réorienter votre vie vers le domaine qui vous convient, là où l'existence est riche, pleine, équilibrée.

Je comprends bien que certains ne peuvent quitter leur bureau en plein après-midi, surtout s'ils sont salariés. Mais il existe de nombreuses manières de consacrer du temps aux choses qui comptent vraiment. Un jour, une jeune femme m'a écrit pour me poser la question suivante :

> « Mon fiancé et moi-même avons des métiers très exigeants, et, du coup, nous nous voyons très peu en ce moment. Comment nous retrouver ? »

Même nos relations les plus personnelles sont compromises quand nous mettons trop l'accent sur le travail. Voici donc ce que j'ai répondu :

> « C'est une plainte récurrente dans notre monde actif moderne. Les couples doivent se montrer vraiment très créatifs pour maintenir leur amour vivant !
>
> « Premièrement, vous devez tous les deux vous demander : "Est-ce que j'ai vraiment besoin de travailler tant, ou est-ce que je n'arrive pas à dire NON quand on me donne des tâches supplémentaires ?" S'il s'agit de la deuxième situation, alors TREMBLEZ, MAIS OSEZ DIRE NON ! Si votre emploi suppose que vous ayez en permanence une surcharge de travail, peut-être pourriez-vous envisager de changer d'emploi.
>
> « Deuxièmement, devenez romantique ! Il existe de nombreuses façons de se rencontrer, même quand on est séparés. Par exemple, vous pouvez utiliser le courrier électronique pour favoriser vos amours. Tous les jours... oui, tous les jours... mon mari et moi échangeons des courriels romantiques pour exprimer notre amour et notre gratitude. Mon cœur exulte chaque fois que j'en reçois un ! Trouvez des moyens créatifs de faire savoir à votre amoureux qu'il reste dans votre cœur, même quand vous êtes séparés.
>
> « Troisièmement, réservez vos week-ends à votre couple. Bien sûr, nous devons parfois faire certaines tâches le week-end, mais trop de couples s'égaillent dans des directions différentes, même quand ils ont la possibilité d'être ensemble. De temps à autre, organisez un week-end spécial rien que pour vous deux. Si vous voulez que votre relation

réussisse, faites qu'elle devienne la priorité numéro un de votre vie.

« Quatrièmement, quand vous êtes ensemble, concentrez-vous sur les bonnes choses. Ne gaspillez pas votre temps en reproches, en disputes ou en récriminations. Concentrez-vous sur ce qui est beau. Maintenez un haut degré de romantisme : bains éclairés à la bougie, longues promenades, discussions intimes, moments d'intimité... C'est cela, votre but : faire que votre vie à deux soit si merveilleuse que vous aurez naturellement envie de passer encore plus de temps ensemble. »

Je le répète, tout cela n'est pas facile à faire quand on a perdu l'habitude de se concentrer sur autre chose que le travail (être parent au foyer fait partie du travail). Mais une fois que nous avons pris le goût d'activités porteuses de plaisir, nous fuyons nos vieilles habitudes et souhaitons un mode de vie plus équilibré.

Certaines personnes diront que ce qui importe le plus n'est pas le plaisir, mais le bien-être qui vient de la conscience du sens et de l'objectif de leur vie. Heureusement, nous n'avons pas à choisir ! Nous pouvons nous offrir les deux... un temps pour le plaisir, et un temps pour jouir d'une belle conscience du sens et de l'objectif de notre vie. Les DEUX sont essentiels à une vie bien vécue.

Donc, voici le projet :

D'ABORD, PROGRAMMEZ DU TEMPS POUR VOTRE PLAISIR.

ENSUITE, EXERCEZ VOTRE VOLONTÉ POUR TENIR CE PROGRAMME. INTERDICTION DE DÉCOMMANDER !

Peu à peu, en rééquilibrant nos vies, nous allons supprimer le « AN » d'« ANHÉDONIE » pour parvenir à un mode quasi divin et délibérément hédoniste d'être au monde.

L'exercice « Savourez »

Il faut réserver du temps pour le plaisir, mais nous devons aussi apprendre à vraiment profiter des choses. Nous sommes nombreux à avoir oublié comment ! J'ai récemment parlé avec une femme qui avait quitté son emploi trop prenant. Elle me décrivait la difficulté qu'elle avait à décompresser. Elle avait oublié comment profiter de la vie. Elle m'a dit que cela lui avait demandé du temps, ne serait-ce que pour VOIR à nouveau la beauté des choses. Par exemple, à l'époque où elle était surmenée, elle se ruait chez le fleuriste, prenait ce dont elle avait besoin et se précipitait dehors. Maintenant qu'elle est moins pressée, elle recommence à VOIR vraiment les couleurs, à SENTIR les parfums, à APPRÉCIER toute cette splendeur. Son expérience lui a appris le coût exorbitant du « succès » dans notre société, et elle est bien décidée à ne plus jamais laisser sa joie se faire asphyxier à ce point.

Alors, comment augmenter notre sens du plaisir quand nous avons une crise d'« anhédonie » aiguë ? Nous devons accroître notre aptitude à savourer. Voici quelques suggestions pour amorcer le processus :

a) « Mmmmm » est le son qui va avec cette idée de savourer. Imaginez l'instant délicieux où votre bouche découvre un aliment sublime : vos cordes vocales produisent ce « mmmmm ». Quel merveilleux exemple pour le projet de savourer... d'intégrer, dans tous les sens du terme, tout le plaisir. Nous pouvons développer notre aptitude de base à savourer dans tous les domaines de la vie : un baiser amoureux, un beau coucher de soleil, une journée de congé... et ainsi de suite, à volonté. Nous ne savourons pas assez la vie et sommes beaucoup trop sous pression. Nous devons renverser la tendance. Je veux entendre chacun de mes lecteurs faire « mmmmm ».

b) « Ouaouh ! » exprime la joie de savourer. Pour nous, ce cri de joie est réservé aux enfants. C'est bien dommage ! Sauraient-ils mieux goûter la vie que nous ? Dans ce cas, ils ont quelque chose à nous apprendre ! Intégrez donc ce « ouaouh ! » dans votre vocabulaire. Essayez aussi d'intégrer la sensation qui va avec...

Ouaouh ! Regarde ce coucher de soleil !
Ouaouh ! Quel repas délicieux !
Ouaouh ! Mes amis sont formidables !
Ouaouh ! Je me sens bien mieux aujourd'hui !

Inutile d'attendre l'événement sensationnel ou glorieux : laissez les plus petites joies envahir votre être. Rappelez-vous ceci : c'est notre appréciation qui permet de rendre bien réelle toute cette richesse.

J'ai une question : ne serait-ce pas merveilleux d'entendre un concert de « mmmmm » et de « ouaouh ! » faisant le tour de notre Terre ? Je vous demande d'apporter votre contribution pour que cela devienne une réalité.

OUAOUH !

Tout cela est formidable !

L'exercice « Toujours moins »

J'ai été très impressionnée par la réponse du comédien Jerry Seinfeld, à qui l'on demandait s'il regrettait de quitter son show télévisé à grand succès après tant d'années :

> « Pourquoi regretter quelque chose d'aussi beau ? Il y a un moment où on tourne la page pour passer à autre chose. Pourquoi cette obsession du « "toujours plus" ? »

C'est une bonne question. Nous sommes fascinés par le « toujours plus » quand nous pensons au plaisir que peuvent procurer toutes les richesses qui nous attendent. Mais une bonne partie de la morosité de notre vie vient précisément de notre besoin de « toujours plus » sur le plan matériel.

Sommes-nous vraiment plus heureux de conduire des voitures de luxe au lieu d'engins plus économiques ? Pas si nous nous tuons à la tâche pour les payer ! Si nous sommes surchargés de travail, il est clair que nous avons besoin de renverser la tendance vers le « toujours moins ».

Mon mari et moi-même avons récemment décidé que nous voulions avoir moins de besoins et mieux profiter des choses. Le mot qui nous aide beaucoup est « SUFFISAMMENT ». Dans un autre chapitre, j'ai parlé du pouvoir du mot « PEUT-ÊTRE » ; à présent, ajoutons le terme « SUFFISAMMENT » à notre liste de mots-force.

Donc, Mark et moi réduisons nos besoins de nombreuses manières. Par exemple, nous vidons nos armoires des choses que nous n'utilisons pas, et ne les REMPLAÇONS PAS par d'autres que nous n'utiliserions pas. Nous avons décidé que, au lieu de nous offrir des objets pour nos anniversaires ou d'autres occasions, nous allons nous offrir des moments de vie, c'est-à-dire des activités que nous pouvons faire ensemble pour augmenter notre lien et notre plaisir de vivre.

J'ai découvert que pour nous tous, et indépendamment du niveau économique, le désir du « toujours plus » détruit notre aptitude à jouir de l'existence. Nous devrions essayer de dévier notre tendance et d'apprécier pleinement ce qui est déjà à notre portée, au propre comme au figuré. Je sais que dans notre époque de consumérisme forcené, il est difficile d'atténuer notre soif de biens matériels. Mais en travaillant moins et en appréciant plus, nous comprenons la sagesse du mot « SUFFISAMMENT ».

Étrangement, notre capacité à diminuer nos besoins accroît notre aptitude à mieux apprécier les choses.

Lorsque nous courons d'une chose à une autre, lorsque nous travaillons beaucoup pour acheter toujours plus, nous réduisons notre capacité à apprécier ce que la vie nous offre.

Alors, voici votre mission : pas à pas, créez-vous un monde de « toujours moins », afin de pouvoir apprécier votre vie encore et toujours plus.

L'exercice « Faites le vide dans votre esprit »

Notre cerveau pensant a une très grande valeur. Il nous rend d'excellents services, mais il y a aussi des moments où il nous déborde et nous rend fou au point que nous voulons hurler : « Tais-toi ! Tu me tortures ! » La tradition hindoue compare l'esprit instable à un singe ivre. Dans *Tremblez, mais osez*, je suis plus nuancée, appelant « voix intérieure » cette voix incessante qui ne cesse ses bavardages et nous donne la migraine.

Si seulement la « voix intérieure » parlait d'amour, de lumière, d'abondance et de beauté, ce serait superbe ! Mais non, elle débite en permanence des messages de drame, de consternation et de stress qui font que nous ne pouvons plus penser avec clarté, fluidité et bonheur. Et elle nous empêche de nous créer un monde de BON, de BIEN et de BEAU (__).

Quand la « voix intérieure » jacasse, nous avons le sentiment d'avoir l'esprit très encombré. Ce fatras contribue fortement à nous désorienter. Le désordre de nos placards, de nos bureaux, de nos cuisines peut parfois nous déstabiliser, mais le désordre dans notre tête est sans conteste le plus débilitant ! Cette affirmation d'un vieux sage occidental le résume joliment :

> Je pense, donc je suis désorienté [5].

Comment avoir le sentiment d'apprécier quelque chose si le bavardage incessant de notre cerveau nous donne l'impression d'être vulnérable, peu sûr de nous, perturbé ? Notre pouvoir de décision s'embrouille et nous ne ressentons pas de joie dans notre vie. Cela vient du fait qu'il n'y a pas assez de place dans notre cerveau pour intégrer toute cette abondance qui nous entoure. Et si nous n'apprécions pas la richesse de l'instant, notre inquiétude grandit à l'idée de voir la vie nous laisser de côté... ce qu'elle fait !

Pour nous aider à faire face à toute l'incertitude de notre vie, nous devons apprendre à interrompre cette forme négative d'hyperactivité pour passer à un mode de pause, de sérénité, de clarté. Je suis sûre que vous savez déjà que ce n'est pas facile. C'est d'ailleurs si difficile que la recherche de ce mode de fonctionnement est la base d'au moins trois philosophies orientales : le confucianisme, le bouddhisme et le taoïsme [6]. J'ai pris de nombreuses idées dans ces philosophies et je vous invite à piocher dedans, vous aussi.

Beaucoup des outils présentés dans mes premiers livres sont d'un grand secours pour déblayer le fouillis de l'esprit. Je vous en propose un de plus qui vous aidera à vider votre tête et à être pleinement présent dans l'instant.

J'ai « inventé » cet exercice en faisant une magnifique promenade près de chez moi, en Californie du Sud. J'étais entourée de merveilles mais je ne les appréciais pas vraiment ; mon cerveau n'était qu'un maelström d'idées confuses : contrats, dates-butoir, décisions à prendre, etc. Heureusement, j'ai pris conscience de cet encombrement de mon esprit. C'était comme si tout un fatras m'empêchait de voir, d'entendre, de faire quoi que ce fût lucidement. Je faisais une promenade magnifique, mais mon cerveau n'en profitait pas.

J'ai fini par me demander ce qui se passerait si je me débarrassais de tout ce fatras qui tournoyait dans ma tête. Et si je laissais simplement tout retomber, comme les flocons de neige qui papillonnent ? Est-ce que cela m'aiderait ? Alors, tout en marchant, j'ai imaginé mon tourbillon de pensées comme de la neige en train de se déposer, jusqu'à ce que ma tête soit tout à fait claire... entièrement vide. Je me suis imaginée avec une tête en verre, entièrement vide. Quel soulagement ! Le tourbillon a laissé place à l'apaisement.

Tout d'un coup, j'ai fait partie du splendide paysage qui m'entourait : l'océan à perte de vue, le temps magnifique, le coloris des fleurs, le contour fantastique des nuages, le parfum des eucalyptus, les palmiers qui me saluaient sous la brise, les coureurs, les promeneurs, les planchistes et les cyclistes qui profitaient de cette belle journée. Au lieu de me sentir en dehors de la scène, ce qui arrive quand on a le cerveau encombré, j'en ai fait totalement partie. En réalité, cette scène se déroulait à travers mon esprit libéré... Toute cette beauté m'a presque submergée ; mes yeux se sont emplis de larmes de gratitude. Qu'avais-je fait pour créer ce miracle, cette vision ? J'avais tout simplement libéré de la place dans ma tête pour intégrer ce qui se passait autour de moi.

Après cette expérience, l'image qui m'est restée est celle de ces « boules à neige », ces petits dômes transparents que l'on secoue pour faire virevolter des flocons semblables à de la neige. Quand on cesse de les secouer, peu à peu les flocons se déposent et la boule redevient transparente. Laissez-moi vous faire un autre dessin (mon père serait fier de moi !) :

ESPRIT TROUBLÉ ESPRIT EN VOIE D'APAISEMENT ESPRIT CLAIR

Vous voyez qu'il ne reste guère de place dans un esprit troublé pour accueillir quoi que ce soit. L'esprit en voie d'apaisement est en train de faire de la place pour permettre à de nouvelles visions, idées et émotions de venir. L'esprit clair est prêt à intégrer l'instant présent.

La prochaine fois que votre esprit vous emporte loin du présent, essayez donc ce petit exercice. Quand vous prenez conscience que la voix intérieure vous rend fou, imaginez simplement que votre tête est une boule de verre, pleine de flocons de « pensées ». Puis imaginez ces flocons en train de se déposer lentement jusqu'à ce que vous ayez l'esprit clair. Voici quelques exemples :

> Vous regardez un bon film, mais votre esprit est encombré des pensées de ce que vous avez à faire pour la fête que vous organisez la semaine suivante. Laissez-les retomber et REGARDEZ vraiment votre film, vous pourriez bien l'aimer beaucoup !
>
> Vous prenez un bon bain chaud, mais votre esprit tourne autour des difficultés d'un de vos enfants à l'école. Laissez-les retomber, prenez conscience de la chaleur du bain apaisant votre corps, du parfum des sels aux belles couleurs que vous avez mis dans l'eau, et concentrez-vous

simplement sur cet instant de paix. Vous vous occuperez mieux des problèmes de votre enfant avec l'esprit serein.

Invité à un dîner, vous êtes préoccupé de l'impression que vous donnez aux autres convives. Vous vous inquiétez de votre apparence, de vos manières à table, de votre conversation. Laissez retomber ces pensées qui vous enferment, jusqu'à ce que votre esprit soit dégagé. Alors vous serez en mesure d'entendre ce que les autres disent, vous pourrez apprécier les talents déployés par votre hôte ou votre hôtesse pour leur belle soirée, vous pourrez offrir votre temps et votre attention à ceux qui vous entourent et vous serez vraiment en mesure d'y participer et d'y prendre plaisir.

Ces exemples montrent comment vous pouvez transformer votre vécu en vous vidant la tête et en vous autorisant à être plus présent et plus vivant. Cela me rappelle l'histoire bien connue de l'homme en quête spirituelle qui se rend chez un maître pour apprendre le zen. Le maître invite l'homme pour le thé. L'homme arrive avec la tête remplie de pensées, d'idées, de notions préconçues, qu'il commence à déverser avec enthousiasme devant le maître. Bientôt, le maître commence à verser le thé. Il continue à verser jusqu'à ce que le bol déborde. L'homme, voyant ce qui se passe, crie : « Arrêtez ! Le bol est déjà plein ! » Le maître zen explique alors à l'homme que son esprit est comme ce bol qui déborde. Comment recevoir quoi que ce soit si son esprit est déjà plein ? L'image est parlante, n'est-ce pas ?

Je le répète, nous avons besoin de pense-bêtes pour utiliser les outils qui nous aident efficacement à transformer notre vie. Peut-être pourriez-vous vous offrir une de ces « boules à neige » (tous les moyens sont bons !) pour vous rappeler combien il est facile de se vider la tête... Secouez la souvent, pour vous rappeler comment le désordre des pensées gêne notre vision, et combien la clarté d'esprit l'ouvre à nouveau, nous permettant d'être merveilleusement présent au monde.

L'exercice du « Boudha rieur »

Vous le savez peut-être, je suis une adoratrice du « Bouddha rieur ». Les représentations solennelles du Bouddha ne me touchent pas autant que le Bouddha rieur. Vraiment, nous prenons la vie trop au sérieux ! Cet amour du Bouddha rieur m'en a fait placer plusieurs dans ma maison, pour me rappeler d'être gaie et de profiter de la vie.

J'en ai posé un en bois sur ma table de nuit, à côté d'une photo de mon mari en train de rire (lui aussi, c'est un Bouddha rieur !) ; un en quartz rose, superbe, sur mon bureau ; un magnifique, en ambre, sur le bureau de Mark ; et enfin un très grand, en pierre, dans la cour, devant la fenêtre de la cuisine. La seule chose qu'ils ont en commun, c'est qu'ils ont appris à « profiter de la fête » et qu'ils n'ont pas de souci de l'avenir.

Mon Bouddha rieur d'extérieur m'impressionne toujours. Il rit quand la pluie ruisselle sur lui. Il rit quand le soleil luit. Il rit quand on l'affuble d'un bonnet de Père Noël pour les fêtes. Rien ne lui enlève son rire. Je sais que, même si un arbre lui tombait dessus et le fracassait en mille morceaux, il continuerait de rire. Moi, j'en pleurerais, mais lui, il rirait toujours. De toute évidence, le Bouddha rieur a appris que « tout se passe parfaitement ». L'esprit qui émane de son rire est un esprit de confiance, d'appréciation, de joie intérieure.

Je crois que le Bouddha rieur représente cette intelligence intérieure qui vit au fond de chacun d'entre nous. Il représente la part de nous qui est en harmonie avec le Grand Projet. Il ne cherche pas à contrôler le chaos mais il écoute et se meut avec aisance au milieu du tourbillon, tandis que la vie se déroule autour de lui. Il reste ouvert à un flux constant de « survie joyeuse », par opposition à la « survie perturbée ». Il nous fait prendre conscience qu'il nous est impossible d'éviter le chaos, mais que ses turbulences peuvent nous rendre créatifs. Nous sommes tous créateurs de la façon dont nous voulons voir ce monde.

Toujours à titre de pense-bête, je vous suggère d'acheter un Bouddha rieur. On en trouve de toutes les tailles. Un petit fera l'affaire, que vous placerez sur votre bureau ou votre table de chevet. Comprenez bien qu'il ne s'agit pas d'un symbole religieux ; le bouddhisme n'est pas considéré comme une religion par de nombreuses personnes, qui apprécient ses enseignements et en bénéficient. C'est davantage une philosophie ou une façon de voir le monde qui peut aider chacun à donner plus de sens à sa vie. Des juifs, des catholiques, des protestants et des athées accueillent les enseignements du bouddhisme.

Une fois que vous avez votre Bouddha rieur, prenez-le dans votre main chaque fois que vous avez un souci. Demandez-vous ce qu'il vous dirait. Je sais que vous trouverez une réponse qui vous sortira de votre malaise et vous élèvera vers une dimension plus cosmique. Personnellement, c'est l'effet que me fait le Bouddha rieur.

Pour aller un peu plus loin, vous pouvez imaginer que vous êtes vous-même le Bouddha rieur. Mon époux Mark a rencontré des difficultés avec des collègues pour un de ses projets. Il a décidé qu'au lieu de se laisser abattre, il irait au travail tel un Bouddha rieur, c'est-à-dire en irradiant une énergie joyeuse et aimante, quoi qu'il se passe au bureau. Il a rédigé une liste de ses « affirmations joyeuses » préférées et il les répétait plusieurs fois par jour. Il m'envoyait aussi des courriers électroniques signés « Bouddha rieur ».

Ce petit jeu est devenu notre *private joke*, mais ses effets sur la vie de Mark au travail ont été très apaisants. Il a vraiment pu se protéger des influences négatives de ses collègues et intégrer la nature joyeuse du Bouddha rieur. Ainsi, il a pu interagir avec chacun de manière beaucoup plus positive. Son comportement a tellement changé que son assistante lui a demandé en riant quels dopants il prenait ! Mark s'est contenté de sourire.

Tous, nous pouvons jouer au jeu du « Bouddha rieur », dans tous les domaines de la vie. Chaque fois que nous y jouons, il nous montre comment nous maintenir au plus haut niveau de ce que nous sommes, pour des périodes de plus en plus longues. C'est un outil puissant, très gratifiant et très amusant.

Il est clair qu'apprécier l'instant est l'un des moyens les plus efficaces pour nous aider à faire face au lendemain. Alors profitez bien de tout. Quand vous y parviendrez, vous serez stupéfait de tout ce que vous avez manqué dans la vie. J'en reviens toujours aux mots évocateurs d'Emily Dickinson :

Comme si je demandais une banale Aumône
Et qu'un Étranger dans ma main tendue
Vienne déposer un Royaume
Et que j'en reste sidérée *.

Ces vers magnifiques nous disent que si nous ouvrons enfin les yeux, nous restons sidérés devant les richesses qui s'offrent à nous.

La vie est belle... ouvrez vos yeux et vous verrez tout.

* *Le paradis est au choix*, traduit et présenté par Patrick Reumaux (Librairie Élisabeth Brunet, Rouen, 1998, p. 105) [NdT].

Chapitre 10
Laissez Dieu s'en soucier !

Bonjour, ici Dieu. Aujourd'hui, c'est moi qui vais gérer vos problèmes. Je n'ai pas besoin de votre aide. Bonne journée !

Dieu [1]

Mon petit doigt me dit que, même si nous recevions ce message directement de la Source dans toute sa Gloire, nous nous sentirions malgré tout obligés de nous en mêler et de reprendre le contrôle, obsédés que nous sommes... Ah, ne serait-ce pas merveilleux de croire que Dieu, du haut du ciel, va gérer nos problèmes aujourd'hui et tous les jours de notre vie ?

Et vous, croyez-vous en Dieu ? Si vous êtes comme beaucoup des étudiants américains qui ont suivi mes séminaires « Vaincre la peur », vous répondrez à la question par un « Oui ! » franc et massif. Alors, ma prochaine question sera : « Si vous croyez vraiment en Dieu, pourquoi avez-vous peur ? » Là encore, si vous êtes comme beaucoup de mes étudiants, vous aurez l'air bien embarrassé.

Une formulation plus éclairante serait : « Avez-vous confiance en Dieu ? » Je ne pense pas que j'obtiendrais autant de réponses affirmatives dans l'assistance ! En vérité, même si sur le billet d'un dollar américain figure cette devise : « Nous avons confiance en Dieu », très peu d'Américains – et, d'ailleurs, très peu d'habitants du monde occidental – placent réellement toute leur confiance en Dieu. Croyance et confiance sont deux choses très différentes.

Il se peut, bien entendu, que vous ne croyiez en aucun Dieu. C'est le cas de beaucoup de gens. Ce n'est ni bien ni mal. Mais je ne peux m'empêcher de penser que de croire en quelque chose de « plus grand » que vous et de lui faire confiance vous ôterait un grand poids. Je ne connais personne qui n'aimerait pas bénéficier d'un « soutien supérieur » dans sa traversée du labyrinthe fascinant mais souvent difficile qu'est l'existence. Et, entre nous, quand nous regardons autour de nous, comment nier l'existence de *quelque chose* au-delà – Puissance supérieure, Force, Lumière ou Intelligence universelle – qui créerait le miracle de ce monde et le miracle même de la vie ? Rumi, philosophe du XIIIe siècle, observe :

> « Quand nous parlons de Dieu, nous sommes tels un banc de poissons discutant de l'existence possible de l'océan [2]. »

Il existe trop d'éléments qui nous nourrissent et nous soutiennent pour nier l'existence de quelque chose... quel qu'il soit. Avoir confiance dans une Puissance supérieure n'est pas indispensable pour avoir une belle vie, mais c'est un élément précieux pour faire face à toute l'incertitude que nous rencontrons dans l'existence.

Avant de vous proposer des moyens d'accroître votre aptitude à « laisser Dieu s'en soucier », permettez-moi de vous dire ce que je pense des religions organisées. Vous pouvez ne pas être d'accord avec mon propos, mais j'ai le sentiment que cela aidera à comprendre pourquoi, ces dernières années, tant de personnes se sont détachées de ces religions.

La diminution de la fréquentation des lieux de culte est sans doute due au sentiment que Dieu en est absent. Trop de responsables religieux pensent qu'il n'y a qu'une seule manière d'approcher Dieu : LA LEUR. Ce mode de pensée engendre préjugés, jugement, colère et exclusion, parfaits ingrédients de l'aliénation et de la réaction hostile. *Un Dieu aimant ne serait pas du tout d'accord !*

Au XVIIe siècle, le philosophe et mathématicien Pascal a dit :

> « Les hommes ne font jamais le mal si complètement et joyeusement que lorsqu'ils le font par conviction religieuse. »

C'est effrayant, mais c'est malheureusement vrai. Et les années qui passent n'y ont pas changé grand-chose. Les dogmes religieux continuent d'alimenter une très grande part du malheur de notre monde. Je pense que si TOUTES les confessions devenaient plus tolérantes, aimantes, compréhensives, accueillantes, attentives et respectueuses de ceux qui croient différemment, beaucoup de ceux qui les ont abandonnées y reviendraient avec enthousiasme.

Laissez-moi vous raconter l'histoire d'un prêtre responsable d'une paroisse à Manhattan. Catastrophé à la vue des bancs vides dans son église, il a fait paraître un encart dans le *New York Times* pour inviter les chrétiens qui se sentaient maltraités par leur Église à venir en discuter un mardi soir. Il espérait au moins 30 participants ; il en est venu 450 [3] ! J'ai le sentiment que plus une religion – quelle qu'elle soit – diffusera de l'amour, plus elle aura de succès.

Parlons de la Bible. Elle a été rédigée par des hommes qui manifestement avaient de nombreux préjugés. Elle est pleine d'histoires qui, *dans leur contexte*, peuvent aider le lecteur à apprendre de précieuses leçons. Malheureusement, certains les prennent à la lettre, et cela peut être très dangereux.

À titre d'illustration, j'ai reçu de source inconnue, *via* Internet, une « lettre ouverte » pleine d'humour mais très significative. Elle traitait du conflit entre le Dr Laura Schlessinger, célèbre animatrice de radio, et la communauté homosexuelle. Laura Schlessinger, que l'on décrit comme une « juive orthodoxe pratiquante », est d'accord avec ceux, nombreux dans la communauté chrétienne intégriste, qui s'appuient sur la Bible (Lévitique XVIII, 22) pour dire que l'homosexualité est une abomination qui ne devrait en aucune circonstance être tolérée. Voici quelques extraits de cette lettre ouverte, qui est une réponse aux déclarations de L. Schlessinger sur l'homosexualité et la Bible :

« Chère Dr Schlessinger,

« Merci de faire tant pour éduquer les gens à la Loi de Dieu. J'ai beaucoup appris grâce à votre émission radiophonique, et j'essaie de partager ces connaissances avec le plus grand nombre de personnes possible. Quand, par exemple, quelqu'un cherche à défendre le mode de vie homosexuel, je lui rappelle simplement qu'il est clairement dit dans le Lévitique XVIII, 22 que c'est une abomination. Fin du débat. »

« Cependant j'ai besoin de vos conseils sur certaines lois bibliques et leur application. »

« Je voudrais vendre ma fille comme esclave, comme en parle le livre de l'Exode (XXI, 7). Quel serait à votre avis le prix correct pour elle, aujourd'hui ? Elle a dix-huit ans et entre à l'université. Est-ce que la loi oblige l'acheteur à payer ses études ? »

« Je sais que tout commerce avec une femme m'est interdit quand elle est en menstruation, et donc impure (Lv XV, 19-24). Mais comment le savoir ? J'ai essayé de leur poser la question, mais la plupart des femmes s'en offusquent. »

« Il est dit (Lv XXI, 20) que je ne dois pas m'approcher de l'autel de Dieu si j'ai un défaut de la vision. Je dois confesser que je porte des lunettes. Est-ce que je dois avoir une vision de 10 sur 10 ou est-ce qu'il y a une marge de tolérance ? Est-ce que les lentilles sont une solution ? »

« La plupart de mes amis hommes se font couper les cheveux, y compris autour des tempes, alors que Lv XIX, 27 l'interdit formellement. Comment devront-ils mourir ? »

L'auteur du courrier poursuit en donnant un certain nombre d'autres exemples, et termine ainsi :

« Je sais que vous avez étudié en profondeur toutes ces choses, et je suis certain que vous pouvez m'aider. Merci encore de nous rappeler que la parole de Dieu est éternelle et immuable. »

C'est ce qu'on appelle prendre la Bible au pied de la lettre ! J'espère que cela vous donne envie de rire ! Je crois que ce courrier est un moyen, plein d'humour, de démontrer combien il est dangereux d'associer le nom de Dieu à un ouvrage rédigé il y a tant d'années par les hommes.

Soyons clairs : loin de moi l'idée de décourager ou d'insulter ceux qui croient en Dieu et fréquentent les lieux de culte. La religion et la Bible ont aidé tellement de gens à supporter tant d'épreuves ! Si vous en retirez de la joie, de l'amour, du sens, du réconfort et, plus que tout, un sentiment de confiance, c'est formidable. Continuez ainsi. La religion et la Bible vous servent bien.

Gardez à l'esprit que vous pourriez aussi servir votre religion en devenant une force de changement positif. Par exemple, si vous entendez vos responsables religieux parler sans amour des croyances des autres, faites-leur part de votre sentiment. Lorsque les responsables seront contraints par leurs fidèles de cesser de se comporter de manière peu aimante, donc peu en accord avec Dieu, les gens reviendront nombreux et avec enthousiasme dans les lieux de culte. Pour moi,

S'il ne s'agit pas d'amour, il ne s'agit pas de Dieu.

Vous vous demandez sans doute comment je peux savoir si Dieu est aimant ou non. Bonne question. Je n'en sais vraiment rien... ni personne d'ailleurs ! Mais quand je pense à un Dieu d'amour et de générosité, je trouve un grand réconfort et un grand soutien. Citons à nouveau Hugh Prather : « Pourquoi choisir d'avoir raison au lieu d'être heureux, alors qu'il n'y a pas de moyen d'avoir raison [4] ? » C'est vrai, quand nous pensons à Dieu, il n'y a pas de moyen d'avoir raison. Mais il y a un moyen d'être heureux.

Maintenant que je vous ai dit ce que je pensais de la religion et de la Bible, voyons le vrai sujet de ce chapitre qui est comment intégrer une Puissance supérieure, en laquelle nous placerons notre confiance et qui pourra nous aider à faire face à toute l'incertitude de la vie. Même si vous n'avez pas la foi en Dieu au sens traditionnel, j'aimerais vous présenter différentes manières de faire confiance à une Puissance supérieure, dans l'espoir que cela apaisera vos inquiétudes et vous réconfortera.

L'exercice « Puisez dans la lumière »

Peut-être vous demandez-vous quelle est ma conception personnelle d'une Puissance supérieure ? Je vous dois quelques précisions : je suis juive, mais à l'adolescence, je me suis détachée de ma religion à cause des préjugés et de l'attitude suffisante que je constatais chez certains juifs pratiquants. J'avais également remarqué que ces préjugés n'étaient pas réservés à ceux qui pratiquent cette religion, mais concernaient aussi les autres confessions. En me détachant, je me suis trouvée libre d'embrasser le côté le plus aimant de toutes les philosophies et religions, et de laisser le reste.

Même si je ne suis pas une personne religieuse, j'ai une foi solide en une Puissance supérieure. Je la vois comme une Lumière radieuse et apaisante qui entoure le monde. Cette Lumière universelle est toujours là pour que je puisse m'y ressourcer. Alors j'attire en moi l'énergie la plus positive que l'on puisse imaginer, et avec cette puissante énergie, je n'ai rien à craindre. Manifestement, penser à puiser constamment dans la Lumière universelle me rend grand service !

Comment suis-je parvenue à ressentir ainsi une Puissance supérieure ? Quand j'étais enfant, j'imaginais Dieu comme un homme vêtu d'une grande robe blanche, avec une longue barbe blanche, qui était là pour répondre à mes prières. Je dois avouer qu'il était très peu fiable : parfois il répondait à ma prière, parfois non ! Ce manque de fiabilité me laissait une impression de confusion pénible. À l'âge adulte, je n'étais plus sûre de croire en Dieu. Pourtant, un jour, il s'est passé quelque chose qui m'a convaincue que Dieu était là, sans conteste, présent pour moi, mais pas sous la forme que j'avais imaginée jusque-là.

Je venais de me séparer de mon premier mari et j'avais décidé de partir en vacances en Espagne pour me changer les idées. J'avais été très dépendante de lui, et j'étais très inquiète à l'idée de voyager seule, mais j'ai tremblé et osé malgré tout (bien longtemps avant d'avoir écrit le livre). Un matin, alors que j'étais seule dans les jardins de l'Alhambra et que je regardais les merveilles qui m'entouraient, je me suis soudain trouvée inondée d'une Lumière radieuse qui semblait ne venir de nulle part. J'ai eu le sentiment extraordinaire de me fondre dans l'unicité de l'Univers et j'ai ressenti une impression sublime de paix et de sécurité. C'était comme si la Lumière m'avait embrassée en me disant que je n'avais rien à craindre.

Cette expérience mystique n'a duré que quelques instants, mais je savais que j'avais atteint une nouvelle dimension de mon être, une partie de moi qui était capable de se connecter avec une Puissance supérieure... et mon voyage spirituel a commencé. Je n'imaginais plus Dieu comme un homme en robe blanche avec une longue barbe blanche, qui était là pour répondre à mes prières. Depuis ce jour, je le vois comme une puissante Lumière apaisante, qui est toujours là quand je veux y puiser. Chaque fois que je me sens enlisée dans les pensées du moi inférieur, je ferme les yeux et imagine la Lumière, autour et à l'intérieur de moi. Immédiatement, je suis transportée dans l'état d'esprit du moi supérieur, et tout va bien. Le paradis !

Par curiosité, j'ai demandé à une amie très chère, au cours d'un déjeuner, comment elle voyait Dieu. Elle m'a répondu qu'elle le voyait comme un père bienveillant qui veille sur nous et emplit le monde de beauté. Mais elle restait perplexe au sujet des horreurs qui se passent dans le monde. Comment Dieu peut-il accepter l'existence de pareilles atrocités ?

Manifestement, elle n'est pas la seule à être perturbée. Beaucoup de gens ont du mal à croire en Dieu à cause de toutes les horreurs du monde. J'ai lu récemment un article satirique qui donnait une explication : Dieu est CERTAINEMENT maniaco-dépressif[5] ! Le syndrome maniaco-dépressif est une affection psychiatrique grave, caractérisée par des périodes de dépression, atroces pour le malade et son entourage, suivies de périodes d'euphorie, merveilleuses pour le malade et son entourage. Le tableau clinique est clair !

J'ai parlé de cet article à mon amie. Nous avons bien ri toutes deux. Puis je lui ai parlé de ma conception de Dieu... Pour moi, Dieu ne descend pas vers nous pour nous guider ; c'est à nous d'aller vers le haut, de tirer tout notre être vers la paix, la force, l'amour et la connaissance afin de nous y ressourcer.

J'aimerais partager avec vous un des moyens que j'ai inventés pour aller puiser dans la Lumière. La seule chose dont vous ayez besoin pour cet exercice est la puissance de votre imagination.

> D'abord, fermez les yeux.
>
> Puis, dans votre for intérieur, imaginez une lumière magnifique et immense, rayonnante comme un soleil, enveloppant toute la Terre. Imaginez que c'est une Lumière universelle d'apaisement, de bien-être, d'amour, de joie...
>
> Puis inspirez profondément et, au lieu d'expirer par le nez ou la bouche, refoulez votre souffle par une grande ouverture imaginaire au sommet de votre tête. Visualisez-le jaillissant vers le haut, se connectant avec le rayonnement de la Lumière universelle. Puis visualisez-vous en train d'inspirer cette magnifique Lumière, toujours par le sommet de votre tête. Sentez-la remplir tout votre corps et irradier par vos pores pour toucher le monde autour de vous.
>
> Répétez l'opération jusqu'à ressentir une impression de paix, de force et d'amour.

Mon amie a essayé l'exercice et l'a beaucoup apprécié. Je vous propose de le faire. Quelque chose me dit que, vous aussi, vous allez aimer la sensation de cette lumière rayonnante de l'Univers qui coule à travers votre être. Cette sensation qui apporte la confiance et permet de faire face à tout ce que la vie peut apporter. Il est très rassurant de savoir que la Lumière est là pour que vous y puisiez. La plupart des êtres circulent avec un nuage gris au-dessus de la tête. À présent, l'heure est venue de circuler avec une aura de lumière autour de nous et en nous. Cela fera toute la différence dans ce monde.

L'exercice « Envoyez la lumière »

Si nous accueillons en nous et autour de nous la lumière d'une Puissance supérieure, nous pouvons aussi envoyer cette lumière apaisante à d'autres. Je le fais sans cesse. J'envoie de la lumière à ceux qui sont malades ou qui souffrent, à des étrangers qui semblent en difficulté, à ceux que j'aime, à ceux qui m'ont fâchée – et très vite je ne ressens plus de colère. Quand j'envoie de la lumière aux autres, j'ai un sentiment de proximité et de lien. Imaginez que tous les habitants de la planète s'envoient de la lumière les uns aux autres ? Ce serait magnifique !

Comment envoyer de la lumière aux autres ? Il suffit de modifier le premier exercice comme suit :

> Fermez les yeux.
>
> Puis, dans votre for intérieur, imaginez une lumière magnifique, immense, rayonnante comme un soleil, enveloppant toute la Terre. Imaginez que c'est une Lumière universelle d'apaisement, de bien-être, d'amour, de joie...
>
> Puis inspirez profondément et, au lieu d'expirer par le nez ou la bouche, refoulez votre souffle par une grande ouverture imaginaire au sommet de votre tête. Visualisez-le jaillissant vers le haut, se connectant avec le rayonnement de la Lumière universelle.
>
> Puis visualisez-vous en train d'inspirer cette magnifique Lumière, toujours par le sommet de votre tête. Sentez-la remplir tout votre corps et irradier par vos pores jusqu'à toucher la personne de votre choix.

Dans votre for intérieur, voyez la lumière qui vous enveloppe tous deux, créant un sentiment d'apaisement, d'amour et d'attention à l'autre.

Baignez ensemble dans cette incroyable Lumière. Regardez l'amour grandir et s'effondrer les murs qui pouvaient exister entre vous.

Vous pouvez vous imaginer à distance, ou enlacés, ou en train de pleurer. Dans tous les cas, un merveilleux sentiment de lien s'établit.

J'ai découvert que ce procédé d'envoyer de la lumière rayonnante aux autres est quelque chose de très apaisant. Je ne sais si cela apaise les autres, mais cela me calme, moi, assurément ! Je crois que vous aussi pouvez y trouver de la sérénité. Donc, que vous croyiez ou non en cette forme de Puissance supérieure, je vous incite à essayer d'envoyer de la lumière aux autres.

À la longue, vous pourrez faire cet exercice les yeux grands ouverts. En entrant dans une pièce emplie d'étrangers, au cours d'un repas de famille, en marchant dans la rue, pendant un entretien... partout vous serez en train d'envoyer de la lumière ! Je trouve très utile d'envoyer cette lumière chaleureuse à mon public quand je commence un atelier ; ainsi suis-je immédiatement reliée aux participants. Ce merveilleux sentiment de lien est mille fois plus agréable que celui qui m'assaillait quand j'étais tétanisée par le trac ! Essayez vous aussi d'envoyer cette lumière apaisante à ceux qui vous entourent. C'est une formidable façon de créer du lien.

L'exercice « Passez le relais »

Cet exercice aide à bâtir notre confiance en une Puissance supérieure. Comme je viens de le dire, croire ne suffit pas. Apprendre à faire confiance est primordial. C'est là, en général, que nous trébuchons.

Si nous cherchons à tout contrôler par nous-même – ce qui est impossible –, nous nous épuisons, nous nous décourageons et prenons peur. À partir du moment où nous avons assez de confiance pour transmettre nos soucis à une Puissance supérieure (quelle qu'en soit la forme, pourvu qu'elle nous convienne), nous sentons le poids du monde s'alléger sur nos épaules. Nous devons dire : « Prends le relais, Dieu, j'ai confiance et je sais que tout se passera parfaitement bien. » Nous admettons ainsi que nous n'avons pas la vision de l'image globale – le Grand Projet – ni de réel contrôle sur les événements survenant dans notre vie. Ce genre d'« abdication » procure un immense soulagement.

Voici comment j'utilise cet exercice. Quand je me surprends à m'inquiéter à propos d'un sujet quelconque – l'argent, un engagement pour une conférence, un problème avec un de mes enfants, prendre l'avion, les événements du monde... –, très vite je m'aperçois que j'oublie de confier mes problèmes à une Puissance supérieure. Quand je m'en rends compte, je procède de la façon suivante :

Je ferme les yeux.

Je coupe le cordon imaginaire qui m'attache à ce qui me cause du souci.

Je dis en moi-même : « D'accord, Dieu. Je fais de mon mieux. Je te passe le relais maintenant. »

Je prends une profonde inspiration et je me sens en train de lâcher prise (cette étape est essentielle).

En passant ainsi le relais de mes difficultés, je ressens une impression de soulagement immédiat.

La clé, ici, c'est de penser à passer le relais. C'est pourquoi j'insiste toujours sur la répétition des exercices que je vous présente. L'objectif final est de garder en mémoire l'exercice en amont, dès que nous commençons à nous inquiéter : au moment où le problème surgit dans notre esprit, coupons tout de suite le cordon qui nous y relie, et « laissons Dieu s'en soucier ».

Si nous sommes nombreux à réussir à transmettre nos soucis, nous sommes aussi nombreux à nous empresser de les reprendre... et l'inquiétude revient. Pour éviter cet écueil, nous devons nous rappeler, autant de fois qu'il le faut, qu'il est temps de laisser Dieu s'en soucier au lieu de permettre à ce problème de nous obséder.

Autre écueil : nous avons une confiance sélective. « Je fais confiance à Dieu sur tel point, mais non sur tel autre. Je lui fais confiance pour me trouver un conjoint, mais non pour l'argent... ah non ! » Nous devons ici apprendre à aller jusqu'au bout pour trouver la paix de l'esprit que nous recherchons.

Il nous faut donc nous entraîner sans relâche jusqu'à ce que passer le relais devienne un automatisme. Et même à ce stade, n'arrêtons jamais l'entraînement. Il reste toujours une part de nous-mêmes – le moi inférieur – qui cherche à reprendre le contrôle.

Le moi inférieur ne fait pour rien confiance à personne, y compris à lui-même : c'est pourquoi il se fait tant de souci. Notre capacité de confiance se trouve dans le moi supérieur. Et quand le moi supérieur rencontre une Puissance supérieure, nous entrons alors en contact avec l'incroyable force dont nous disposons pour faire face à tout ce que la vie nous réserve. Il n'existe pas de sécurité plus grande.

Chaque matin, avant même d'ouvrir les yeux, avant de commencer à nous sentir malmenés par les difficultés, décider de « passer le relais » nous rend à tous grand service. Cette aptitude dégage beaucoup de place dans notre esprit pour une pensée courageuse, aimante, gratifiante et joyeuse. C'est plutôt une bonne façon de vivre sa journée !

L'exercice de la « Prière parfaite »

La prière est un moyen précieux pour nous aider à faire face à l'incertitude. Je vous invite donc vivement à l'essayer. Plusieurs études scientifiques [6] ont recensé ses effets apaisants, même pour ceux qui ne croient pas en Dieu. Donc, si vous êtes athée, priez l'Esprit, le moi supérieur ou simplement le Grand Mystère du monde, mais ne vous privez pas de l'influence potentielle de la prière sur votre vie.

Peut-être la prière vous a-t-elle déçu dans le passé. Si c'est le cas, c'est sans doute parce que vos prières étaient du genre « pétition »... elles demandaient que quelque chose se déroule d'une certaine façon... la vôtre, et non celle de Dieu. Parfois, ce genre de prière obtient une réponse, mais le plus souvent il ne se passe rien. Par exemple, quand j'étais petite, je priais pour que mes parents vivent toujours. Bien entendu, cette prière ne pouvait être exaucée. Mes parents vivent toujours dans l'Esprit et dans mon souvenir, mais je voulais alors qu'ils soient toujours présents physiquement, que je puisse les embrasser. Vœu inutile et insensé.

Apprenons à prier non pas en étant motivés par un vœu, par un espoir, par une envie, par un droit, mais par un sentiment de confiance, de gratitude et de sens. Si vous ne connaissez pas de prière de ce genre, lisez celle que je vous propose ici – je l'avais déjà évoquée dans *End the Struggle and Dance with Life* [7]. Elle ne vous laissera jamais tomber. Lisez-la lentement, à voix haute, et sentez les mots pénétrer tout votre être :

> « Cher Dieu, je te fais confiance : quoi qu'il m'arrive dans la vie, c'est pour mon bien supérieur. Quoi qu'il arrive dans la vie de ceux que j'aime, c'est pour leur bien supérieur. À travers toutes ces choses que tu mets sur notre chemin, nous deviendrons plus forts, et plus aimants. Je te suis reconnaissant(e) de toute la beauté et de toutes les opportunités que tu apportes dans ma vie. Et dans tout ce que je fais, je chercherai à être un canal de ton amour. »

Comment pourriez-vous jamais être déçu par une telle prière ? Elle ne comporte aucune attente mais exprime seulement un sentiment de confiance, de gratitude et de sens. Si l'on commençait et finissait chaque journée par cette prière et si on la « vivait » tout au long de la journée, la qualité de notre existence en serait améliorée de manière spectaculaire.

Je vous propose de mettre un exemplaire de cette prière dans votre portefeuille, sur votre table de chevet ou sur votre bureau, partout où vous pourrez la voir. Répétez-la simplement jusqu'à la mémoriser. Elle vous apportera la paix.

L'exercice « Connexion d'amour »

Si vous voulez vraiment RESSENTIR le sens du divin – que vous croyiez en Dieu ou non –, prenez note de ce que vous RESSENTEZ quand vous agissez de manière aimante. Ce sentiment à nul autre pareil touche au sublime, car c'est un sentiment très pur de lien et de joie. Sur le plan symbolique, il s'agit d'intégrer la lumière d'une Puissance supérieure et de la laisser vous traverser pour toucher d'autres personnes.

Laissez-moi vous raconter ce qui m'est arrivé récemment. De manière impulsive, j'ai fait une chose très aimante pour une personne étrangère qui était dans le besoin. Elle m'a regardée, surprise, comme choquée, et m'a demandé : « Êtes-vous un ange ? Je sais simplement que c'est Dieu qui vous envoie. » J'ai répondu : « Non, je ne suis pas un ange, mais peut-être Dieu m'a-t-il vraiment envoyée à vous. Après tout, comment se fait-il que je sois arrivée juste au moment où vous aviez besoin de moi ? » Et je me suis dit : pourquoi suis-je arrivée juste au bon moment ? Est-ce une coïncidence ? Peut-être, peut-être pas ! Lorsque nous agissons avec amour, la lumière d'une Puissance supérieure œuvre à travers nous. Et ce que l'on ressent est tout à fait sublime. Alors, même si vous ne croyez pas en Dieu au sens traditionnel, peut-être pourrez-vous intégrer ce concept de Dieu : l'amour passe par notre intermédiaire. Pour moi, divinité et amour sont deux concepts interchangeables.

Je ne doute pas que tout ce qui entoure le cérémonial et le rite – cloches, cercles sacrés, habits, statues, encens ou gongs – de nos lieux de culte crée une atmosphère fascinante. Et la tradition qui nous fait aller à l'église, au temple ou à la mosquée une fois par semaine, ou plus, peut être un grand rappel de l'idée qui se trouve derrière (oui, nous avons besoin de rappels !). Mais au milieu de tout ce décorum, il est important de ne pas perdre de vue POURQUOI nous sommes venus nous asseoir dans ce lieu : pour nous aider à rester sur le chemin de l'amour.

Bien sûr, nous n'avons pas besoin de lieu de culte pour rester sur le chemin de l'amour, ainsi, que vous apparteniez ou non à une religion organisée, posez-vous la question suivante en traversant chacune de vos journées :

« Là, tout de suite, comment puis-je être plus aimant ? »

Évidemment, vous poursuivrez la journée en agissant en conséquence. En emplissant votre conscience de pensées d'amour, en agissant avec amour, vous permettrez à l'amour de Dieu, à la Force, à la Lumière de passer à travers vous. En vivant l'expérience de ce courant d'amour, vous découvrirez un sentiment de paix et de plénitude différent de tout ce que vous avez vécu jusque-là.

Permettez-moi de clore ce chapitre en disant que tout ce que je viens d'écrire sont des idées et des suggestions inspirées par ma propre expérience. Il n'existe pas de bonne ou de mauvaise manière de croire en Dieu. Il nous faut tous prendre (ou pas) conscience d'une Puissance supérieure de la manière la plus confortable et la plus rassurante pour nous. Si c'est sous la forme d'un vieil homme à barbe blanche dans une toge flottant au vent, très bien. Si c'est sous la forme d'une femme irradiant le monde entier d'une énergie d'amour, très bien. Si c'est sous la forme d'une Énergie universelle, d'une Lumière cosmique, du Grand Projet, de la Force, ou sous toute autre forme, c'est très bien aussi.

Mais que vous croyiez en une Puissance supérieure ou non, je vous invite à contempler, émerveillé, le Grand Mystère du monde, empli de gratitude et d'admiration.

Chapitre 11
Créer un monde de bonnes nouvelles

Donnez-nous une histoire qui finit bien : nous écrirons un nouveau scénario catastrophe.

Barry Glasner [1]

Nous vivons dans un monde de mauvaises nouvelles, cela ne fait aucun doute. Nous sommes constamment assaillis de dangers imminents, sur des thèmes variés :

- péril alimentaire
- enragés du volant
- récession économique
- maladies mortelles
- violences policières
- violences criminelles
- tueurs en série
- attentats terroristes
- enfants assassins
- eau contaminée
- hécatombe routière
- armée impuissante
- fin du monde
- etc.

Je suis certaine qu'à cette liste vous pourriez ajouter quelques-unes de vos inquiétudes les plus courantes. Il n'est pas étonnant que nous ayons du mal à faire face à l'incertitude... le danger pointe à chaque détour du chemin !

Tous les problèmes cités exigent une réponse adéquate. Mais je ferai la remarque suivante :

> Ces menaces mortelles sont fortement exagérées et/ou incorrectement traitées par les médias.

Comme vous le savez déjà, j'ai peut-être raison, j'ai peut-être tort. Seul l'avenir le dira. En attendant, je refuse d'abandonner ma capacité à découvrir le bon côté des choses. Certes, il est sage de se protéger de certaines menaces, mais il faut aussi comprendre que ces menaces ne sont que des hypothèses. Alors, pourquoi ne pas envisager des bonnes nouvelles au lieu des mauvaises ?

Observons qui nous apporte toutes ces mauvaises nouvelles : les médias, les politiciens, les publicitaires, les groupes de pression, bref tous ceux qui savent que *plus nous aurons peur, plus nous serons tentés de soutenir leur cause, leur notoriété et/ou leur compte en banque.* J'ai reçu récemment un prospectus pour un guide pratique de santé. La couverture portait ce slogan : « LISEZ CECI OU VOUS ÊTES MORT ! » Inutile de dire que je ne l'ai pas lu et que je ne suis pas morte.

Peut-être cet ouvrage était-il d'une efficacité remarquable, mais que signifie cette stratégie de la frayeur ? Quelques jours plus tard, je reçois une publicité pour un ouvrage financier. Elle proclamait : « LISEZ CECI OU VOUS ÊTES RUINÉ ! » (je ne serais pas surprise d'apprendre que les deux éditeurs ont la même agence de publicité !). Quand je reçois ce genre de message qui joue sur la peur, j'ai pour habitude de le jeter immédiatement à la poubelle. Pourquoi ? Parce que mon instinct me dit qu'une énergie aussi négative ne peut pas m'être bénéfique !

Je pense également que le journal télévisé est terriblement agressif. Comme le dit Barry Glassner, les producteurs de nouvelles locales s'appuient sur le slogan : « Si ça saigne, ça baigne [2] ». On constate un besoin vital de faire de la tragédie à partir du banal, dans l'espoir d'accrocher le public. Les reporters du journal du soir passent d'un récit cauchemardesque à un autre. On peut se nourrir de catastrophes 24 heures sur 24 grâce aux chaînes de journaux télévisés non-stop. Nous devrions être fiers d'avoir le courage de mettre le nez dehors !

Mais passons à ce que je pense être le pire agresseur de tous. La palme du Pire Agresseur revient aux... MAUVAISES NOUVELLES DANS NOTRE TÊTE ! Comme les producteurs des journaux régionaux, nos cerveaux fonctionnent aussi avec le slogan : « Si ça saigne, ça baigne. » Avec la télévision, au moins, il nous suffit d'appuyer sur la télécommande. Mais il n'existe pas de télécommande pour interrompre les mauvaises nouvelles dans notre cerveau. Notre esprit bavarde sans cesse, évoquant toutes sortes de scénarios-catastrophe qui nous conduisent à l'échec. Nous n'avons manifestement pas suivi le conseil du grand sage :

> Vous voulez savoir si votre vie fonctionne bien ? Placez un miroir sous votre nez. S'il se forme de la buée, ça marche !

J'aime cette approche. Elle rend la vie plus simple. Nous sommes trop nombreux à choisir une approche trop complexe, à être convaincus que la vie n'est qu'une succession de malheurs et de drames. Nous prêtons seulement attention au mauvais côté et jamais au bon. Même si c'est une évidence, je tiens à dire que les mauvaises nouvelles dans notre tête nous privent d'une grande part de notre joie de vivre.

Je suis curieuse de savoir où sont parties toutes les bonnes nouvelles, que ce soit dans les médias ou dans notre tête. Faites-moi confiance, elles sont là, il y en a partout autour de nous. Mais les mauvaises semblent retenir toute l'attention. Il est grand temps de les reléguer à l'arrière-plan et de ramener les bonnes au premier plan. Nous pourrions commencer en nous répétant une vérité essentielle :

Dans notre société occidentale, nous vivons des vies particulièrement formidables ! Je vous en donne un aperçu :

• Nous mangeons à notre faim, nous mangeons même trop si l'on en croit notre obsession des régimes !

• Notre durée de vie est la plus longue jamais enregistrée.

• Nous contrôlons efficacement de nombreuses maladies grâce à la médecine moderne et aux médecines parallèles.

• Nous vivons, pour la plupart, dans une société démocratique.

• Notre univers s'est largement ouvert grâce aux miracles de la technologie.

• Nous voyageons dans le monde entier pour découvrir notre vaste et belle planète.

• Chaque jour, des fleurs s'ouvrent, des montagnes dressent leurs cimes, le ciel nous offre un chef-d'œuvre changeant.

• Chaque jour, des millions de personnes accomplissent des gestes magnifiques, généreux, aimants et attentifs pour les autres.

• Et le plus encourageant : le monde est rempli d'opportunités merveilleuses, dont celle, perpétuelle, de changer les mauvaises nouvelles en bonnes !

Là encore, je suis certaine que vous pourriez ajouter à cette liste vos idées réconfortantes préférées. Êtes-vous capable de voir que dans beaucoup de domaines, LES CHOSES SE

PASSENT BIEN ? Il y a beaucoup de bonnes nouvelles mais il faut Y PRÊTER ATTENTION.

Il est vrai que nous ne pouvons contrôler les mauvaises nouvelles dont nous abreuvent les nombreuses sources du monde extérieur. Mais nous pouvons assurément contrôler celles que nous laissons pénétrer dans notre esprit. Nous pouvons choisir de négliger ce qui est – ou pourrait être – mauvais et de privilégier ce qui est – ou pourrait être – bon. Cela devrait être très facile à faire ; pourquoi s'attacher au mauvais côté, quand il est tellement agréable de se concentrer sur le bon ?

Mais peu de gens veulent vraiment faire cette démarche. Et se créer un monde de bonnes nouvelles dans la tête n'est pas aussi facile qu'on le pense. En fait, cela demande une période d'entraînement intensif. Nos cerveaux sont comme « accros » aux mauvaises nouvelles, et cette dépendance est difficile à vaincre. *Notre tâche consiste désormais à devenir « accro » aux bonnes nouvelles.* Comme nous ne trouverons guère d'aide à l'extérieur, nous devons nous aider nous-mêmes.

J'ai un autre argument à vous donner pour que cette tâche devienne une grande priorité dans votre vie. De plus en plus, nous cherchons le moyen de maintenir notre corps en bonne santé. Or il est démontré que :

> Les bonnes nouvelles de notre cerveau génèrent de bonnes nouvelles dans notre corps. À l'inverse, les mauvaises en génèrent… de mauvaises.

Le Dr Renata Mihalic m'a beaucoup appris sur la relation entre le corps et l'esprit [3]. Elle a une formation de chiropraticienne mais c'est en douceur que ses mains guérisseuses détendent les muscles crispés qui causent les problèmes de cou, de dos ou dans tout le corps. Très souvent, ce sont les mauvaises nouvelles dans notre tête qui sont à l'origine de la tension musculaire. Quand les muscles se détendent, la souffrance disparaît, l'énergie corporelle recommence à circuler, le système immunitaire est stimulé et bientôt « LES CHOSES SE PASSENT BIEN » pour le corps, pour l'esprit et pour l'âme [4].

Nous sommes nombreux à croire que la pensée négative n'affecte que notre santé mentale, ce qui en soi suffit amplement, car cela nous ôte le goût de la vie ! Mais nous ne nous rendons pas compte que notre pensée négative affecte aussi notre santé physique. Nous ne comprenons pas que les mauvaises nouvelles qui envahissent notre esprit peuvent engendrer torticolis, maux d'estomac, migraines, et que parfois ces maux s'installent pour longtemps. Nos muscles se tendent, notre estomac se noue et notre système immunitaire est compromis par les « urgences » que crée notre pensée.

On peut comprendre que le corps réagisse au stress physique. Par exemple, quand on trébuche, un réflexe « antichute » s'enclenche immédiatement. Une suite de réactions – poussée d'adrénaline, tension des bras pour amortir la chute, déclenchement des autres réflexes de protection – destinées à protéger le corps se déclenche. Une fois l'équilibre retrouvé, le stress disparaît, le corps reprend son rythme de croisière [5]. C'est sain et normal.

Le Dr Mihalic nous explique que le corps réagit aussi physiquement au stress mental. Imaginons : vous êtes perturbé par une dispute avec votre conjoint. Un réflexe de type antichute s'active, générant un stress physique. Puis vous embrassez votre conjoint et vous vous réconciliez avec lui. Au moment où vous retrouvez votre équilibre émotionnel, le stress disparaît et votre corps reprend son rythme normal.

Imaginons maintenant que le souvenir de la dispute vous poursuive toute la journée, vous vous inquiétez au sujet de votre couple et passez tout le jour dans un stress mental et physique que vous emportez avec vous dans votre sommeil. Votre réflexe antichute continue à :

mouliner mouliner mouliner mouliner mouliner
mouliner mouliner mouliner mouliner mouliner
mouliner mouliner mouliner mouliner mouliner
mouliner mouliner mouliner mouliner mouliner

Vous vous sentez fatigué ? Effectivement, si vous maintenez longtemps ce stress émotionnel, le corps se fatigue énormément et votre santé physique finit par être compromise.

Heureusement notre corps est bien équipé pour gérer les périodes courtes de stress – physique ou mental – que nous vivons régulièrement. Inutile donc de redouter les courts moments de « mauvaises nouvelles » que nous vivons tous les jours. Le bon et le mauvais font simplement partie de la vie. En revanche, nous devons traiter les longues périodes de mauvaises nouvelles.

Récemment, je parlais avec une femme que son mari avait quittée dix ans auparavant. Il est évident qu'un divorce est un événement difficile et douloureux, qu'il faut traverser une période de deuil, qu'il faut gérer de nombreux problèmes stressants, avant d'accepter de tourner la page et d'avancer. De toute évidence, cette femme n'avait jamais commencé à avancer. Sa qualité de vie – et son corps – en avaient beaucoup souffert. Elle avait passé dix ans sans imaginer d'issue à sa souffrance et son corps avait dû subir son stress, sa colère et sa tristesse pendant toute cette période. Elle n'avait manifestement pas appris la précieuse leçon que, tous, nous avons besoin d'apprendre :

La meilleure revanche, c'est le bonheur !

Il se trouve que c'est aussi le meilleur remède pour le corps.

Observez le corps de quelqu'un qui vient d'apprendre une excellente nouvelle. Il est comme tiré vers le haut, on dirait qu'il danse, il rayonne de joie et d'énergie. Son corps est d'évidence affecté positivement. Observez maintenant le corps d'une personne qui vient d'apprendre une mauvaise nouvelle : le tableau est bien différent. Son corps semble « aller vers le bas ». Il se contracte, sa parole peut se ralentir, devenir confuse. Le corps est visiblement affecté de manière négative.

Nous ne pouvons pas contrôler le monde qui nous entoure, mais nous pouvons assurément apprendre à réagir à tout – oui je dis bien à TOUT – d'une manière qui soit bénéfique à la santé. Nous avons le pouvoir de nous créer une vie de ressentis positifs au lieu d'une vie de ressentis négatifs, et ce, malgré les événements réels de la vie et du monde. Il est normal de vivre des périodes de stress temporaire. Mais au fur et à mesure que nous observons les événements et découvrons les bienfaits cachés dans toute chose, le stress disparaît. Lorsque nous apprenons à trouver ces bienfaits partout, nous sommes, par définition, plus heureux, plus attirés par la vie, plus ouverts au changement, plus enthousiastes face à l'avenir. J'espère vous avoir convaincu de l'intérêt suprême qu'il y a à créer un monde de bonnes nouvelles. Dans le cas contraire, relisez ces lignes, encore et encore.

On dit « qui se ressemble s'assemble ». Avec cette idée en tête, voulons-nous vraiment traverser la vie en diffusant et en recevant l'énergie négative d'un monde de mauvaises nouvelles ? Je ne le crois pas. Dans tous mes livres, je parle du champ énergétique parce que c'est un élément essentiel qui aide à devenir un être humain fort et aimant. Comme vous venez de l'apprendre, c'est aussi un élément essentiel pour conserver un corps en bonne santé.

J'ai inventé les exercices qui suivent, comme tous ceux de cet ouvrage, pour vous aider à créer votre « Habitude des bonnes nouvelles ». Je sais que certains vous paraîtront trop simples, voire un peu bêtes, pour être efficaces. Essayez-les quand même, vous verrez qu'ils sont puissants. Le grand défi, c'est de se souvenir de les faire ! Eh oui ! Nous oublions si vite...

L'exercice du « Filtre protecteur »

a) À une époque de ma vie où je cherchais à améliorer ma perception de l'existence, j'ai réduit de façon draconienne la quantité de nouvelles négatives que je regardais à la télévision ou que je lisais dans la presse. Cela m'a énormément aidée à devenir quelqu'un de plus positif.

Puis, j'ai pu inventer de simples « astuces », des protections qui me permettent de regarder les mauvaises nouvelles du monde sans mettre à mal ma sérénité. C'était important pour moi, car j'aime sentir que je fais partie du monde... ce qui est difficile si l'on n'a aucune idée de ce qui s'y passe ! Une de ces astuces est l'exercice du « Filtre protecteur », qui marie les qualités du verre à celles de l'imagination. Cet exercice simple me permet de participer à tout sans être déstabilisée. Je vous explique :

Le verre est un produit étonnant. Ainsi les fenêtres des maisons ou des voitures nous protègent du bruit, du froid, du vent, de la pluie, de la grêle, de la neige... de tous les éléments négatifs. Elles améliorent notre vie en nous protégeant des « mauvaises nouvelles » du dehors, mais elles font aussi entrer les « bonnes nouvelles » : la lumière, le soleil, le paysage. Le verre est vraiment un produit miracle !

Un autre produit miracle est l'imagination. Correctement utilisée, elle nous permet d'inventer toutes sortes de moyens pour nous protéger des mauvaises nouvelles et pour faire entrer les bonnes. Bien entendu, si on l'utilise mal, elle produit l'inverse. Mais nous possédons le contrôle de notre imagination. Il nous faut apprendre à l'employer de manière constructive et non destructrice.

Dans cet exercice, j'associe ces deux miracles : verre et imagination, d'une façon qui me permet de regarder les nouvelles en « mode protégé ». D'abord, j'imagine un bouclier de verre entre moi et la télévision. Puis, tandis que défilent sans fin les mauvaises nouvelles, j'imagine que ce bouclier arrête la négativité, tout en laissant filtrer l'essentiel de l'information. Il laisse aussi passer les rares bonnes nouvelles. Réfléchissez-y. Grâce au léger secours d'un bouclier de verre forgé par mon esprit, je peux rester en ouverture, tout en me protégeant des mauvaises nouvelles qui ne demandent qu'à m'aissaillir.

Peut-être êtes-vous sceptique, mais essayez et vous verrez. Utilisez ce verre imaginaire pour vous protéger des ondes négatives dégagées par n'importe quelle situation de la vie : pas seulement par la télévision... pendant une dispute familiale, au volant, au téléphone, en lisant les journaux, en marchant dans la rue, etc.

b) Voici une variante : si l'image du bouclier de verre ne fonctionne pas pour vous, ou si vous voulez en changer, vous pouvez prendre celle d'une bulle de lumière protectrice. Je m'en sers aussi souvent. Fermez un instant les yeux et, dans votre for intérieur, voyez si vous pouvez créer une magnifique bulle de lumière entourant tout votre corps. C'est beau, n'est-ce pas ? Dès que vous en avez besoin, imaginez ce magnifique bouclier de lumière autour de vous, vous protégeant des mauvaises choses et ne laissant passer que les bonnes.

Si ni la bulle ni le bouclier ne vous inspirent, laissez votre imagination inventer votre image protectrice idéale. L'essentiel, c'est d'avoir le contrôle sur ce qui pénètre votre champ énergétique. Comme me le rappelle sans cesse le Dr Mihalic :

> « Si vous prenez soin de votre champ énergétique, votre champ énergétique prendra soin de vous. »

L'exercice du « Filtre protecteur » n'est qu'une façon parmi d'autres de prendre soin de son champ énergétique.

L'exercice du « Perpétuel étudiant »

Il est important de bien saisir le concept d'« observateur » ou de « témoin ». Quand nous devenons un observateur, nous prenons du recul par rapport à la tragédie. Devenir un observateur nous permet aussi d'abandonner nos attentes et de remplacer la peur de l'avenir par un questionnement ouvert. Cela nous permet également de devenir un perpétuel étudiant, toujours en apprentissage et en progrès.

Je vous donne un exemple : imaginons que nous soyons bombardés d'informations sur un désastre écologique potentiel. Au lieu de nous laisser emporter par la crise, nous pouvons nous donner le rôle d'un étudiant observant ses causes et ses conséquences. Nous pouvons aussi examiner ce que nous pouvons faire pour apporter notre aide, par exemple en modifiant notre mode de vie pour améliorer la situation.

Donc, à la place de : « Au secours ! J'espère que ce désastre ne ME touchera pas ! », on aura : « Mmmm. Je me demande ce qui va sortir de tout cela, et si je peux y apporter quelque chose. » Vous pouvez constater la différence en matière de stress sur votre propre corps. (Eh oui ! La magie du questionnement !)

La première réaction est une fermeture, une tension des muscles générée par un sentiment de désarroi. La seconde est une ouverture, le choix d'apprendre et de progresser... et d'apporter sa contribution à la solution.

Voilà qui est sain, pour nous comme pour notre environnement. Si nous considérons chaque événement comme une opportunité d'enseignement et de participation, notre esprit peut fonctionner de manière beaucoup plus constructive. Enseignement et participation remplacent frayeur et frustration.

Alors, devenez l'étudiant du monde qui vous entoure : la vie deviendra passionnante et sera un vrai défi, riche de sens et d'objectifs.

L'exercice « Diffusez les bonnes nouvelles »

L'une des manières de construire un champ énergétique vigoureux et fiable, et de le faire croître, est d'être soi-même un diffuseur de bonnes nouvelles. En plus, vous êtes ainsi assuré de ne jamais passer à côté des bonnes nouvelles ! Voici quelques pistes pour une application quotidienne de ce remède miracle :

a) *Affirmez votre intention de diffuser les bonnes nouvelles.* Voici quelques affirmations merveilleusement efficaces :

> Partout où je vais, je rayonne d'amour et de lumière.
> Dans toute chose, je vois le bon côté.
> Mes actions apportent une énergie apaisante au monde.

Si vous les répétez, ces affirmations vont :

1) s'imprimer dans votre esprit ;

2) prendre la place des pensées négatives que vous pouviez avoir ;

3) augmenter votre confiance en vous ;

4) vous rappeler d'être le messager des bonnes nouvelles ;

5) vous aider à créer une énergie positive qui touchera tous ceux qui croiseront votre route.

Ce résultat s'obtient simplement en répétant très souvent de belles paroles ! Comme je l'ai dit plus haut, je trouve que l'affirmation est un outil très puissant quand il s'agit de modifier ce qui ne va pas dans ma vie.

b) Remerciez les autres diffuseurs de « bonnes nouvelles »... tous ceux qui le font, qu'ils soient serveur, médecin, balayeur municipal, politicien, ami... tous ceux qui vous ont aidé, d'une façon ou d'une autre, ou qui fournissent l'exemple de quelqu'un d'aimant et d'attentif aux autres. Téléphonez-leur. Écrivez-leur. Faites-leur savoir combien ils sont remarquables. Si c'est concevable, faites-le savoir à leur patron. On est tellement habitué à entendre les gens se plaindre ! Un compliment est un vrai cadeau. Diffuser au monde vos remerciements est une manière formidable de diffuser des bonnes nouvelles.

L'exercice « Joie à l'horizon ! »

Cela ne fait pas de doute, le monde vous envoie le message DANGER À L'HORIZON ! Je parierais que vous n'avez jamais eu droit au message JOIE À L'HORIZON ! Alors, c'est à nous de créer ce scénario, pour nous. Nous devrions mettre des panneaux partout où on peut les voir :

JOIE À L'HORIZON !

On nous informe sur LE DANGER du terrain de football de notre enfant, LE DANGER des aliments que nous consommons, LE DANGER de la nature, LE DANGER de l'avion... que du DANGER !

Et pourquoi ne pas parler de la JOIE du terrain de football de notre enfant, de LA JOIE des aliments que nous consommons, de LA JOIE dans la nature, de LA JOIE de l'avion ? Quelle approche différente de la vie !

Je vous propose de substituer le mot JOIE au mot DANGER partout où vous le pouvez. Bien entendu, il y a des cas où il est vital de prêter attention au panneau DANGER, par exemple quand il nous annonce un problème sur la route. Mais nous devrions être emplis de JOIE que quelqu'un ait pris soin de le placer pour nous prévenir ! Vous voyez qu'on peut créer des bonnes nouvelles à partir de tout.

Nous nous sabordons quand nous avançons dans la vie avec, dans la tête, un panneau DANGER À L'HORIZON ! En réalité, la plupart des choses qui nous inquiètent n'arrivent jamais. Et même si une « mauvaise chose » survient, nous savons que nous pouvons la gérer avec une attitude « bonne nouvelle », célébrant la vie. Je suis sûre que vous pouvez nommer beaucoup de gens qui ont vécu de grandes difficultés, voire des tragédies, et qui, grâce à leur attitude positive, ont pu tourner les mauvaises nouvelles en bonnes. Ils ont appris que, quoi qu'il arrive, nous pouvons créer pour nous-même un monde de JOIE À L'HORIZON... et ça, c'est vraiment une bonne nouvelle.

L'exercice « Et s'il y avait du bon à en tirer ? »

C'est en réalité une extension du concept JOIE À L'HORIZON ! Quand nous envisageons l'avenir, la majeure partie de nos peurs est générée par le caractère négatif de notre mentalité « Et si... ». Ce n'est pas que « Et si... » soit une mauvaise question. L'ennui, c'est que ces « Et si... » ne prévoient jamais rien de bon ! En voici quelques exemples typiques :

Et si je perds mon emploi ?
Et si je tombe malade ?
Et si je dois divorcer ?
Et s'il fait un temps de chien ?
Et si on s'ennuie ?
Et si la cuisine est mauvaise ?

Jamais on n'entend, s'agissant de l'avenir :

Et si j'aime mon emploi ?
Et si je suis en pleine forme ?

Et si j'ai un mariage heureux ?
Et s'il fait un temps magnifique ?
Et si on passe un excellent moment ?
Et si c'est délicieux ?

Bien sûr, il est sage de préparer l'avenir, afin de ne pas être pris au dépourvu par les virages que l'existence ouvre parfois devant nous, mais cela peut se faire d'une façon qui soit célébration de vie, génératrice de force. Pourquoi ne pas imaginer le meilleur, puisque nous savons que nous pouvons faire face à tout ce qui se passera... bon ou mauvais ? Si vous êtes du genre « Et si », faites résonner vos « Et si » de merveilleuses opportunités. Débarrassez-vous de votre pessimisme : ce fatras négatif encombre un esprit qui devrait résonner de joie. C'est vrai, notre corps adore avoir l'esprit joyeux !

L'exercice « Atténuez les mauvaises nouvelles »

Nous pouvons apprendre à diminuer le stress qui agresse notre corps en atténuant les mauvaises nouvelles à l'intérieur et autour de nous. Il ne s'agit que de penser :

« Ce n'est pas bon, mais on peut en tirer du positif. »

Puis il faut se mettre en quête des côtés positifs. Quand vos amis, vos proches, vos collègues voient les choses négativement, essayez d'atténuer le poids du caractère négatif de la situation. Par exemple, si quelqu'un à votre table au restaurant se plaint de la cuisine, indiquez-lui une direction plus positive en disant : « Tu as raison, ce n'est pas terrible. Mais nous avons de la chance d'être là, tous ensemble... et il n'y a pas de corvée de vaisselle ! »

Les mauvaises nouvelles sont tout de suite réorientées dans une direction plus positive. Et, presque à coup sûr, vous sentirez à votre table l'énergie négative devenir rapidement plus positive. Je préfère vous prévenir : certains de vos amis vont détester votre énergie positive. Il se pourrait qu'ils préfèrent le drame et la morosité. Si c'est le cas, il est temps de trouver de nouveaux amis.

Ainsi nous faut-il accepter le mal et ne diffuser son caractère négatif qu'en l'utilisant d'une façon ou d'une autre pour en faire une force tournée vers le bien. Je vous ai donné un exemple léger. Pour les situations plus sérieuses et plus graves, nous devons faire preuve d'une grande créativité. Mais c'est le même principe. Prenons l'exemple d'une chose aussi terrible que la guerre, et créons des moyens d'apaiser la haine qui se trouve à l'origine du conflit. Souvenons-nous :

« D'un mal immense, on peut tirer un bien immense. »

Je n'ai pas la moindre idée de la raison de l'existence du mal. Mais puisqu'il est là, nous pouvons le « colorer » et espérer qu'un jour il sera dépassé par le bien.

Il est important de ne pas nier le fait que nous avons tous des choses difficiles à vivre. Quand nous nions notre souffrance, elle ne disparaît pas mais se met à couver à l'intérieur de notre corps. Quand nous refusons notre douleur, c'est comme si nous élevions un immense mur de dénégation qui abîme à la fois notre corps et notre esprit. Mais quand nous acceptons notre douleur et que nous la regardons en face, notre corps se libère. Nous atteignons le Pays des Larmes, si apaisant, et ressentons un profond soulagement. Nous pouvons à nouveau commencer ce que j'appelle la course au trésor de la vie : dénicher le bien à l'intérieur du mal.

Dans un monde de mauvaises nouvelles, on nous apprend à éviter la souffrance à tout prix. On nous dit que la souffrance est un dysfonctionnement. C'est absolument faux : la souffrance fait partie de la vie et peut nous apporter beaucoup de bonnes choses. Si nous vivons dans un monde de bonnes nouvelles, nous savons que nous pourrons toujours sortir de la souffrance, plus riches d'un grand savoir, de beaucoup de confiance, de force et de sérénité.

L'exercice « Plus on est de fous, plus on s'amuse ! »

Je crois beaucoup aux effets de groupe. Et je ne peux rien imaginer de plus efficace qu'un groupe de bonnes nouvelles pour « booster » notre moral. Si vous n'en connaissez pas auquel vous joindre, créez-le. Rassemblez trois ou quatre personnes, programmez un lieu et des dates pour vous retrouver régulièrement, et posez quelques règles du type :

1. Pas de PLAINTE ! Mettez-vous d'accord pour ne parler que des bonnes choses de votre vie. Même si vous traversez une situation pénible, inventez une façon d'en tirer quelque chose de positif.
2. Mettez-vous d'accord pour invotorier tout le bien virtuellement contenu dans un événement du monde extérieur en apparence mauvais... et discuter des façons dont vous pourriez contribuer à un changement positif.
3. Mettez-vous d'accord pour vous exprimer mutuellement votre gratitude, vous soutenir, vous embrasser, prendre plaisir à être ensemble.

Chargés de cette énergie positive, décidez de vous réunir pour fêter les réussites de chacun, grandes ou petites, et pour prendre du plaisir à l'amitié que vous construisez et aux objectifs que vous atteignez. Être un élément de ce groupe d'énergies nourrit votre énergie personnelle et votre confort moral s'accroît prodigieusement.

Il est tellement plus facile de faire face à l'incertitude de la vie quand on est soutenu par un groupe formidable d'amis !

L'exercice « Souriez beaucoup »

Le simple fait de sourire est un superbe soutien dans la construction de notre monde de bonnes nouvelles. Réfléchissez-y. Comment ruminer de mauvaises nouvelles avec un sourire sur le visage ? Essayez tout de suite... arborez un large sourire rayonnant. Je le fais avec vous. Tenez. N'a-t-on pas le sentiment que le monde est plus joyeux quand on a un large sourire ? Pour moi, cela marche toujours. Le philosophe Alain nous en donne cette belle image :

> « Le sourire descend aussi profond que le bâillement, et, de proche en proche, délie la gorge, les poumons et le cœur [6]. »

Non seulement sourire nous rend heureux, mais, de surcroît, c'est bon pour la santé !

Certains d'entre nous oublient de sourire. Une nouvelle fois, je vous propose de prendre une feuille de papier, découpez-la en plusieurs morceaux et écrivez SOURIRE sur chacun d'eux ; collez-les sur votre miroir, sur le tableau de bord de votre voiture, sur le réfrigérateur, sur votre bureau, partout où vous pouvez aisément les voir. Quand le sourire deviendra un élément beaucoup plus habituel de votre visage, vous pourrez les enlever... mais pas avant !

SOURIEZ !

Quel merveilleux signe de bienvenue pour un monde de bonnes nouvelles !

Dans mon esprit, il ne fait aucun doute que se créer un monde de bonnes nouvelles est essentiel pour aider à faire face aux nombreuses incertitudes que la vie nous apporte. Cela permet aussi de s'amuser beaucoup plus. Vous voilà équipé d'outils divertissants pour commencer. Faites-vous plaisir !

Chapitre 12
Toujours prêt !

Si vous étiez certain de pouvoir affronter n'importe quelle situation, de quoi diable pourriez-vous bien avoir peur ?

Susan Jeffers [1]

Une chose m'intrigue beaucoup : quand j'ai écrit mon premier livre, *Tremblez, mais osez !*, mon éditeur m'a dit d'éviter le mot « Esprit », parce qu'il risquait de rebuter le lecteur. Il avait sans doute raison : l'« Esprit » n'était pas encore dans l'air du temps. Il ne me restait plus qu'à présenter un message essentiellement spirituel avec des mots qui ne parlaient pas d'« Esprit »... Je m'en suis accommodée, jusqu'au moment où, parvenue à la dernière partie de l'ouvrage, je n'ai pu résister : j'ai glissé subrepticement quelques termes évoquant la part spirituelle qui est en chacun de nous.

Quelques années plus tard, quand j'ai écrit *End the Struggle and Dance with Life*, les livres qui traitaient de spiritualité commençaient à rencontrer un franc succès, et je n'ai plus eu besoin de taire ma conception de la spiritualité. Vous vous demandez peut-être pourquoi la spiritualité était devenue un sujet à la mode. Je crois que nous pouvons attribuer ce changement – du moins en partie – à une envie collective croissante d'entrer en contact avec son espace intérieur.

Nous étions pour la plupart incapables de découvrir notre espace intérieur, cet endroit merveilleux où nous pourrions nous sentir en sécurité, sans manque, comblés. Nous cherchions partout et ne trouvions pas. C'est parce que la société en général, y compris l'école qui nous a formés et forme encore aujourd'hui nos enfants, évite absolument le sujet en se concentrant sur la compétition et le matérialisme. Excepté quelques exemples lumineux, la religion aussi évite le sujet, en se focalisant sur le jugement et l'autosatisfaction. Compétition, matérialisme, jugement, autosatisfaction, autant de sentiments issus d'une mentalité de peur, et très éloignés des sentiments de sécurité, de plénitude et d'accomplissement.

Alors, où avons-nous trouvé ce que nous cherchions ? Ni au sommet de la montagne, ni dans une église, ni dans une grotte quelque part en Inde, mais dans une librairie. Dans les rayons de « développement personnel » en pleine expansion, nous avons peu à peu découvert des livres qui répondaient à notre attente profonde. Et nous les avons dévorés comme si nous mourions de faim – et nous mourions de faim. L'ingrédient essentiel de la plupart de ces ouvrages consacrés au développement personnel était le sens de l'Esprit. Quel délice ! Nous avions toujours entendu parler des trois éléments définissant l'être humain : le corps, la pensée, l'Esprit. Nous savions déjà beaucoup de choses sur le corps et la pensée, et nous avions enfin un moyen de découvrir la partie spirituelle de ce que nous sommes. La plénitude, enfin ! En ajoutant une dimension spirituelle à notre corps et à notre pensée, nous avons peu à peu commencé à remplir le vide de notre cœur qui, jusque-là, nous avait fait souffrir.

Vous vous demandez peut-être qui sont les auteurs de tous ces ouvrages sur le développement personnel à orientation spirituelle ? À de rares exceptions près, ce sont des gens ordinaires, comme moi, qui ont découvert des manières extraordinaires de vivre ici-bas. Différents moyens, l'étude des philosophies orientales, les expériences limites, les ateliers de maîtres spirituels, et/ou nos propres succès et drames personnels nous ont fait avancer dans ce fabuleux voyage intérieur. Et nous avons eu le désir intense de transmettre nos étonnantes découvertes. Nos formations de base, nos expériences de vie, la voie que nous avons choisie pour y parvenir diffèrent. Mais ce qui nous unit, c'est que nous vivons tous le même voyage vers cet espace de paix et de force intérieures… c'est-à-dire notre part spirituelle. Que vous en ayez conscience ou non, vous êtes aussi ce chemin.

Certains d'entre nous marchent devant, d'autres derrière, mais je ne pense pas me tromper en disant que personne n'arrivera jamais au bout de ce chemin. Comme je l'ai dit, même les bouddhas ont leurs mauvais jours ! Nous avons tous encore et nous aurons toujours beaucoup à apprendre. Chaque jour nous apporte de nouveaux défis, mais chaque jour nous permet de découvrir notre espace intérieur de sérénité. Et cela fait de ce chemin une expérience exaltante, en dépit des difficultés de la vie.

Les termes « développement personnel » désignent de façon appropriée ce chemin spirituel qui conduit vers la force ; la force que nous devons acquérir pour changer ce qui ne va pas dans notre vie. Fêtons le jour où, enfin, nous nous éveillons et prenons conscience que nul autre que nous-même ne peut nous aider ! Les auteurs de guides peuvent nous donner des outils mais, par définition, *c'est à nous d'utiliser les outils qu'on nous propose.*

> Nous devons tous apprendre à nous « développer nous-même » afin de découvrir le meilleur de ce que nous sommes.

Et cela en vaut vraiment la peine. J'insiste : si nous n'avons pas de contact avec la partie spirituelle de notre être, nous ressentirons toujours un grand vide que rien ne pourra remplir. Sans ce contact, nous conservons un sentiment éternel d'insatisfaction et de manque, que nous espérons combler grâce à notre femme ou notre mari, nos enfants, notre métier, notre alimentation, l'argent, qu'importe… rien ne marchera ! L'absence de ce lien permet à la peur profonde de l'incertitude de rester ancrée en nous et de nous gouverner. Cette peur nous empêche de faire face à toute l'incertitude de ce monde.

Le nom que je donne à cette part spirituelle de notre être est le moi supérieur. Il s'oppose au moi inférieur, le lieu de l'*ego*, qui est incapable de s'élever au-dessus des nuages pour voir la beauté de la vie, la force et l'amour qui s'y trouvent. Il ne voit que ce qui est sombre, négatif et effrayant. Soyez sûr que, lorsque vous êtes dans la crainte, vous regardez avec les yeux du moi inférieur. Notre tâche, alors, est simplement de trouver le chemin de notre maison spirituelle, le moi supérieur.

J'ai également dit à mes lecteurs que, si je pouvais leur retirer quelque chose, ce seraient leurs attentes. Si je pouvais leur ajouter quelque chose, ce serait la confiance. Une fois que nous nous sommes trouvés, nous apprenons, que nous ne pouvons vraiment faire confiance à nul autre qu'à nous-même. Nous n'avons aucun contrôle sur le comportement d'autrui, et placer sa confiance en un autre être humain est peu sage, voire déraisonnable. Vous le savez peut-être déjà. Aussi est-ce en nous-même que nous devons placer notre confiance.

Ne vous méprenez pas. Il y a, dans notre vie, des gens sur lesquels nous pouvons compter, nous savons qu'ils « seront là » la plupart du temps pour nous. Mais, pour une raison ou pour une autre, ils peuvent ne pas être là au moment où nous avons le plus besoin d'eux. Ou ils peuvent traverser des difficultés qui les empêchent d'être disponibles. Aussi devons-nous comprendre parfaitement, pleinement, absolument, que la sagesse consiste pour nous à ne nous appuyer entièrement sur personne.

Peut-être refusez-vous d'entendre ces propos. Moi, en tout cas, je ne le voulais pas ! Mais si vous prenez conscience que votre force spirituelle vous permet de faire face à tout ce que la vie vous apporte, vous n'aurez plus besoin de chercher ailleurs. Votre refuge est à l'intérieur de vous. Voici qui devrait vous apporter un vrai soulagement :

> À l'intérieur de vous, il y a quelque chose – votre moi supérieur – qui est toujours présent pour faire face, avec

élégance et intelligence, avec force et amour, à tout ce qui peut vous arriver.

Affichez en grand cette pensée dans votre tête. Et si vous mettez en contact votre moi supérieur et une Puissance supérieure, votre vie pourra devenir magnifique. Ce genre de pensée permet de faire face à tout ce qui s'est produit et se produira dans notre vie.

Nous savons maintenant ce que nous avons à faire. Je le dis, et je le redis : nous devons tous apprendre à connaître les outils qui nous ouvrent à la pensée du moi supérieur et à les utiliser. Nous devons aller plus loin et les associer à notre être... en faire un élément de notre pensée, de nos actes, de notre écoute, de nos paroles. Nous devons les intégrer à chaque moment de notre vie. Vous pouvez commencer par vingt minutes d'exercices le matin ou le soir. C'est un bon début. Mais l'objectif final est d'incorporer ces manières d'être à chaque minute de chaque jour. Je le répète, la plupart n'y arrivent pas à cent pour cent. Mais plus nous apprendrons à penser sur le mode du moi supérieur, plus notre vie sera joyeuse. C'est aussi simple que cela. Il s'agit de charger le plateau de la balance en mettant plus de poids du côté du meilleur de nous-même que du côté du pire.

La ré-pé-ti-tion nous permet de nous approcher de plus en plus de notre but. Nous devons recommencer et recommencer encore tout au long de notre vie. Le monde est plein de négatif, et nous devons en permanence renforcer notre « système immunitaire spirituel » afin d'éviter qu'il soit submergé par le doute. Nous devons aussi calmer l'activité de notre moi inférieur qui s'infiltre continuellement dans notre esprit : l'accueillir et l'apaiser pour ensuite l'inonder de pensées fortes et aimantes jusqu'à ce qu'il disparaisse, au moins provisoirement. Il ne tardera pas à réapparaître mais, avec notre boîte à outils spirituelle, nous serons toujours prêts.

Je n'ai aucun complexe à répéter chacun de ces précieux concepts dans mes différents livres, enregistrements ou conférences. Maintenant, vous savez pourquoi : c'est parce que cette information doit être entendue une multitude de fois.

Moi-même ai besoin de l'entendre encore et encore ! Vous rappelez-vous cette histoire épatante racontée par Marilyn Ferguson ?

> « Un professeur raconte comment il a expliqué un nouveau concept à sa classe : "Je leur ai expliqué une fois, ils n'ont pas compris. Je leur ai expliqué une deuxième fois, ils n'ont pas compris. Je leur ai expliqué une troisième... et là, moi, *j'ai compris*" [2] ! »

L'adage « ce que nous enseignons le mieux, c'est ce que nous désirons le plus apprendre nous-mêmes » se vérifie particulièrement quand il s'agit du concept de moi supérieur. Quand j'ai commencé à enseigner, je « savais », mais je n'avais pas encore compris. Je veux dire que je ne vivais pas ce concept en profondeur dans mon être, et que je butais en permanence sur les pensées de mon moi inférieur. À force d'enseigner, j'ai peu à peu atteint le niveau de la compréhension intime. Bien sûr, je ne comprends pas encore TOUT, et je n'agis pas en permanence au niveau de mon moi supérieur. Vous pouvez me croire ! C'est pourquoi, quand je me plains de quelque chose, mes proches se moquent de moi et me disent : « Relis donc tes livres ! » Ils ont parfaitement raison ! J'ai moi-même encore besoin de la répétition pour intégrer ces concepts que j'ai déjà acceptés comme vrais. Nous avons tous tant à apprendre ! Et nous allons continuer à apprendre pour le restant de nos jours. C'est l'une des choses qui font que la vie est une aventure fascinante !

Les outils que je vous présente ici n'ont qu'un seul but : celui de vous permettre de passer à votre moi supérieur. Lorsque vous faites un exercice pris au hasard dans ce livre ou dans un autre de mes ouvrages, vous vous transportez dans le mode de pensée de votre moi supérieur... vous avancez sur le chemin de votre maison. Votre tâche est d'accumuler – et d'utiliser – le plus possible d'exercices du moi supérieur. De cette façon, si vous traversez un moment difficile, vous n'avez plus qu'à fouiller dans votre « boîte à outils » et à choisir ce qui est le plus adapté à la situation. Quelles que soient les difficultés, il existe des façons de les considérer en célébrant la vie. Les yeux du moi supérieur voient la beauté cachée dans toute chose.

Vous comprenez donc que la seule forme de sécurité et la seule forme de liberté que nous pourrons jamais acquérir viennent de l'intérieur de nous-même. Ni l'une ni l'autre n'ont quoi que ce soit à voir avec le monde extérieur. Parfois, la situation extérieure peut sembler très dégradée, mais, grâce à l'aide de notre moi supérieur, nous pouvons faire briller notre monde, telle une pierre précieuse, en lui donnant un sens et un objectif. Le *summum* de la sécurité et de la liberté, c'est de se montrer à la hauteur de toutes les circonstances que l'avenir nous réserve. Nous en avons la capacité.

Voici deux exercices qui mettent sur le chemin d'une vie réglée par le moi supérieur.

L'exercice « Toujours prêt ! »

À présent que vous comprenez mieux le principe de la spiritualité et l'importance de disposer d'outils « spirituels » face aux difficultés à affronter dans la vie quotidienne, votre tâche est de remplir votre « boîte à outils » d'instruments puissants afin d'être toujours prêt à gérer ce que la vie vous réserve. La devise du boy-scout – « Toujours prêt ! » – convient parfaitement pour rejoindre le niveau du moi supérieur !

Quand vous aurez terminé de lire ce livre, vous disposerez de quarante-deux exercices ou outils à mettre dans votre boîte. Ils viennent EN PLUS de tous ceux que j'ai déjà fournis dans *Tremblez, mais osez !*, *Feel the Fear... and Beyond*, et *End the Struggle and Dance with Life*. Vous voilà riche ! Chacun de ces outils est censé avoir la même fonction : vous conduire vers votre moi supérieur afin que vous puissiez gérer toutes les situations de votre existence en célébrant la vie. Cela donne à peu près ceci :

Moi supérieur
MS
Outils
O1 O2 O3 O4 O5 O6 O7 O8 O9 O10 O11 O12
O13 O14 O15 O16 O17 O18 O19 O20 O21 O22
O23 O24 O25 O26 O27 O28 O29 O30 O31 O32
O33 O34 O35 O36 O37 O38 O39 O40 O41 O42

Qu'allez-vous faire de tous ces outils ? Bien sûr, vous ne devez pas les utiliser tous à la fois... vous deviendriez fou ! Commencez juste avec un ou deux. Jouez avec eux, voyez s'ils vous conviennent. Si c'est le cas, placez-les dans votre boîte à outils. Je n'entends pas seulement par là une boîte virtuelle. Peut-être trouverez-vous cela un peu enfantin, mais, à votre place, je prendrais une vraie boîte pour y placer mes outils. Notez simplement sur un papier les exercices qui vous conviennent, et déposez-les dans votre boîte. Eh oui, vous savez – je le répète assez souvent –, nous oublions si vite !

Le moi inférieur est très puissamment ancré en nous et nous y retombons automatiquement. Nous devons parfois recourir à des stratagèmes burlesques pour nous rappeler qu'il existe une meilleure façon d'être au monde. Alors, continuez à remplir votre boîte à outils, la vraie comme la virtuelle. Chaque matin, ouvrez-la, notez en grand dans votre esprit tous les moyens dont vous disposez pour vivre votre journée de manière forte et aimante... quoi qu'il advienne.

Votre boîte est un coffre au trésor. Vous devez vous servir des trésors qu'elle renferme, et non les laisser enfouis des années jusqu'à ce que le harcèlement de votre voix intérieure vous oblige de nouveau à réagir. Si vous vous habituez à utiliser régulièrement vos outils, les crises disparaîtront progressivement de votre vie. Vous connaîtrez peut-être des moments de déstabilisation, mais vous pourrez rapidement passer à une forme de pensée plus « nourrissante ». C'est le mot juste : ces exercices sont faits pour nourrir notre corps, notre esprit et notre âme.

Commencez par prendre les outils qui vous semblent les plus attrayants, et entraînez-vous jusqu'à ce qu'ils se transforment en automatismes. Puis choisissez-en d'autres. Souvenez-vous qu'il n'y a pas qu'un seul chemin. Ce qui convient à l'un ne conviendra peut-être pas du tout à l'autre. C'est une méthode par essai et erreur. La « bonne voie » est différente pour chacun d'entre nous. Vous verrez qu'avec le temps, c'est formidable de réunir tout un assortiment d'outils qui vous aideront à faire face aux nombreuses urgences de l'existence avec un sentiment de sérénité et le sens du questionnement.

Se servir régulièrement d'outils amène des changements... ou, comme l'écrit mon ami Robert Holden, « un décalage survient [3] ». Souvenez-vous que tous ces exercices sont censés vous mener au même endroit... à votre moi supérieur. Il existe une multitude de chemins vers la sérénité de l'esprit. Il existe une multitude de chemins vers la force et l'amour.

L'exercice qui suit montre comment placer tous les outils dans notre boîte, pour notre usage.

L'exercice « C'est une question d'entraînement »

Toute votre existence est une école, riche d'opportunités de pratique spirituelle. Pour chaque situation de votre vie, demandez-vous :

Comment considérer cette situation d'une manière qui célèbre la vie ?

Comment devenir une personne plus aimante et plus forte ?

Chaque chose qui survient dans votre vie vous donne une chance de vous entraîner avec vos outils... une opportunité optimale de développement personnel. Oui, c'est une question de pratique spirituelle.

DIFFICULTÉS ET JOIES	OPPORTUNITÉ POUR
Vous avez des problèmes familiaux	> *pratique spirituelle*
Vous devez trouver un autre emploi	> *pratique spirituelle*
Vous préparez votre mariage	> *pratique spirituelle*
Vous regardez un beau coucher de soleil	> *pratique spirituelle*
Vous avez des soucis d'argent	> *pratique spirituelle*
Vous vous inquiétez de la violence dans le monde	> *pratique spirituelle*

Si vous considérez la vie comme un entraînement spirituel, toutes les nouvelles, en particulier les mauvaises, vous offrent l'opportunité d'explorer des parties inexploitées de vous-même... de nouvelles dimensions de votre être. Votre mantra devient :

> Quoi qu'il arrive, je découvrirai une nouvelle
> et merveilleuse partie de moi-même.

Ram Dass nous offre un magnifique exemple de la manière dont cela fonctionne. Il y a quelques années, il a décidé de jouer un rôle important dans l'accompagnement de son père mourant. Pour ce faire, il a dû renoncer à des projets d'ateliers spirituels qu'il préparait avec beaucoup d'enthousiasme. Mais il dit aujourd'hui que l'accompagnement de son père, au lieu d'être un obstacle à sa pratique spirituelle, A ÉTÉ *sa* pratique spirituelle. Il a exploré les façons de rendre hommage à son père, de garder son cœur ouvert, de gérer leurs divergences de caractère, de considérer toute la situation comme un cadeau. Rien que des leçons ! Il a utilisé tous les outils à sa disposition pour rester sur la voie de l'apprentissage et du développement, à une période où son moi inférieur essayait de prendre le dessus pour le maintenir dans l'apitoiement sur lui-même.

Le chemin vers le moi supérieur est enthousiasmant... Et nécessaire si nous souhaitons vivre sereinement dans un monde plein de mystère et d'incertitude. Si nous envisageons toute chose dans une attitude spirituelle, tout se passe bien, quoi qu'il arrive dans notre existence. Ne vous attendez pas, au tout début, à le ressentir au plus profond de vous-même. Je le répète, c'est seulement par une pratique constante que ces exercices atteindront la partie profonde de votre être. Souvenez-vous que nous devons rompre avec une très mauvaise habitude, celle de vivre au niveau inférieur de ce que nous sommes.

Il est très étonnant de constater que nous vivons comme deux personnes différentes :

En tant que moi inférieur, nous sommes dans la peur.
En tant que moi supérieur, nous sentons que nous pouvons faire face à tout ce qui surgit sur notre route.

En tant que moi inférieur, nous ressentons des manques.
En tant que moi supérieur, nous ressentons l'abondance.

En tant que moi inférieur, nous nous sentons vides.
En tant que moi supérieur, nous nous sentons comblés.

Vous voyez la leçon que vous pouvez en tirer : quand les choses ne se passent pas comme vous le voulez, votre première réaction ne doit pas être d'essayer d'y remédier, mais de regagner votre moi supérieur ET, ENSUITE, d'agir pour y remédier. Ne brûlons pas les étapes ! De cette manière, nous apprenons que si le monde extérieur va comme il va, nous avons de notre côté le pouvoir de contrôler notre relation à notre environnement.

Il reste une grande question : « Vous engagerez-vous à faire de ces exercices une partie de vous-même et de votre façon de vivre dans ce monde ? » Vous êtes seul à pouvoir y répondre. Comme d'autres rédacteurs de guides de développement personnel, je peux vous fournir des outils efficaces, mais c'est à vous qu'incombe la responsabilité de vous en servir.

Je peux vous promettre une chose : si vous prenez la responsabilité de faire de votre existence une vie d'enrichissement spirituel, votre expérience de la vie s'améliorera, encore et encore. Je répète que je n'ai jamais rencontré quelqu'un qui vive EN PERMANENCE au niveau de son moi supérieur, mais, en persévérant dans l'entraînement, nous pouvons vivre de plus en plus souvent dans cet espace magique.

Commencez dès maintenant à remplir votre boîte à outils, et continuez à vous entraîner en vous servant des outils tous les jours de votre vie. Si vous voulez vous débarrasser de la peur, de la solitude, d'un sentiment d'aliénation, et si vous désirez retrouver le chemin de la maison, vous devez respecter l'engagement et l'intention fermes de modifier complètement votre façon de penser le monde qui vous entoure. C'est bien sûr plus facile à dire qu'à faire. Cela exige détermination et courage. Si jamais je trouve un moyen plus facile de vous conduire au meilleur de ce que vous êtes, je vous le ferai savoir. Et je compte sur vous pour me rendre à l'occasion, le même service.

ÉPILOGUE : APPORTEZ-NOUS TOUT CELA !

Nous sommes allés au ciel par la route la plus longue.

Henry David Thoreau

J'ai toujours du mal à terminer un livre. Pendant des mois et des mois, mon esprit est entièrement occupé par ce que je veux dire à mes lecteurs. Et, quand je tape le dernier mot sur mon clavier, c'est comme si je disais au revoir à ma famille du monde entier... du moins jusqu'à la prochaine fois. Je n'ai pas de feux d'artifice à lancer, mais j'aimerais partager avec vous quelques dernières pensées avant de vous dire au revoir POUR DE BON.

Vous savez désormais que les plus grands atouts pour faire face à l'incertitude de votre vie sont, entre autres, le questionnement, la curiosité, le lâcher prise, l'humour, l'appréciation des choses, la découverte du sens et de l'objectif de votre vie, l'amour et la confiance... Il serait sage de consolider ces atouts pas à pas, jour après jour.

Les exercices et les idées que je vous ai présentés au fil de cet ouvrage sont un formidable point de départ sur le chemin qui vous permettra de faire face à l'incertitude... et qui vous mènera vers l'endroit où vous pourrez dire :

« Apportez-moi tout cela... je suis prêt ! »

Alors, sautez à pieds joints dedans ! Vous avez besoin de faire vos expériences. Certains des exercices vous paraîtront sans doute difficiles, parce qu'ils demandent de rompre avec des habitudes ancrées depuis longtemps. Mais la difficulté n'est pas nécessairement une chose mauvaise. Comme nous le dit le poète et essayiste John Ciardi :

> « Chaque jeu que l'homme a inventé a consisté à rendre les choses difficiles pour le plaisir [1] ! »

« Difficiles pour le plaisir ! » Voilà une manière bien enthousiasmante de considérer ces exercices... et la vie.

Nous le savons tous : comme en sport, l'excellence dans le « jeu de la vie » ne vient pas toute seule. Il y a des pauses, des redémarrages, parfois on trébuche. Mais, si nous poursuivons l'entraînement, nous voguerons bientôt de manière élégante sur la crête des vagues de la vie, animés de la confiante assurance de pouvoir avancer et d'être prêts à faire face à l'aventure qui nous attend. Le paradis, enfin !

Rappelez-vous que le temps n'est PAS l'élément primordial. Nul besoin de courir, courir, courir... Il n'existe pas d'objectif à atteindre à tout prix. Vous êtes sur un parcours de découverte qui dure toute la vie, et votre tâche est simplement de continuer à apprendre et de grandir en route. Des changements s'opèrent dans votre spiritualité,

L---E---N---T---E---M---E---N---T

Prendre l – e – n – t – e – m – e – n – t les choses vous laisse du temps pour regarder autour de vous et pour être créatif, ce qui permet à une compréhension nouvelle de naître. Rappelez-vous simplement :

> La créativité de l'existence ne s'épanouit pas dans la certitude, *mais dans le questionnement qui découle de l'incertitude.*

Le monde d'aujourd'hui propose de nombreuses « stratégies express » pour obtenir santé, richesse, amour et autres biens. Ces stratégies ne marchent pas. En tout cas, je n'en connais aucune qui ait fonctionné.

Prenez patience, car l'impatience enlève toute joie. Elle vous dit que vous désirez autre chose, qui se trouve ailleurs, au lieu de vous concentrer sur les opportunités qui sont là, dans l'ici et maintenant. Quand l'impatience redresse sa vilaine tête, rappelez-vous qu'il vous suffit de vous transporter vers un espace supérieur où vous pourrez couper le cordon en vous disant :

> Je lâche prise et j'ai confiance que tout se passe parfaitement.

Fin de l'histoire. Quand vous souhaitez désespérément que quelque chose se produise, vous perdez de vue le fait que quelque chose EST EN TRAIN DE SE PRODUIRE dans la réalité. Si vous apprenez et grandissez à partir de toutes les situations, alors tout se déroule à merveille !

Ne vous attendez pas à « découvrir le truc » pour toujours. Sur mon propre chemin spirituel, j'ai participé à de nombreux ateliers, lu beaucoup de livres, écouté de nombreux enregistrements et vécu de multiples expériences. Très souvent, je me suis dit : « Ça y est ! Je le tiens ! » C'était faux ; il eût été plus juste de dire : « Je le tiens... jusqu'à un certain point. » Et puis, la vie s'en mêle et me signale qu'il est temps d'avancer et d'apprendre un peu plus. Ce voyage dure toute l'existence.

La vie vous apportera des choses formidables et des choses difficiles. Vous ne pouvez éviter la partie « difficile ». Mais cela a moins d'importance, quoi qu'il arrive, si vous avez réussi à intégrer l'état d'esprit suivant : TOUT ce que la vie nous apporte nous enseigne de précieuses leçons. Le projet est simplement de devenir quelqu'un de plus fort et de plus aimant.

On peut faire de remarquables découvertes sur soi-même à partir de moments difficiles. Certains disent même que les très grandes avancées ne peuvent se faire sans ces moments. La nature de la vie elle-même nous dit qu'il y aura toujours :

DES PÉRIODES CONFUSES
qui mènent vers
DES PÉRIODES LUMINEUSES
qui mènent vers
DES PÉRIODES CONFUSES
qui mènent vers
DES PÉRIODES LUMINEUSES
qui mènent vers
DES PÉRIODES CONFUSES
qui mènent vers
DES PÉRIODES LUMINEUSES
Et ainsi de suite.

Observez-vous en train de vous déployer. Devenez l'observateur de votre vie au lieu de rester piégé au milieu de la tragédie. Lorsque vous êtes pris par le drame, faire face à l'incertitude devient très difficile. Quand vous devenez l'observateur, vous pouvez vous montrer beaucoup plus créatif et découvrir des solutions à toutes les situations et à tous les problèmes qui surviennent sur votre route.

Regardez-vous vous déployer, et faites-le sans vous juger mais en restant curieux. La vie est un banc d'essai. Vous ne réussissez jamais à cent pour cent, mais vous y parvenez de mieux en mieux. Appréciez les progrès en cours, et continuez simplement à aller de l'avant.

Faites l'expérience de tout cela, amusez-vous et cessez de vous autoflageller parce que vous « n'y êtes pas encore ». Je ne connais personne, pas même nos plus grands maîtres spirituels, qui « soit arrivé ». C'est un processus qui dure toute la vie pour chacun d'entre nous.

Ayez confiance dans votre force. Avoir confiance en sa force, c'est avoir confiance en l'avenir. Vous savez que vous pourrez faire face à tout. Pour y parvenir, il est utile de découvrir des moyens de renforcer son énergie physique et mentale.

À titre d'illustration, je me suis donné par plaisanterie le surnom Storm (Orage). Vous pouvez dorénavant m'appeler Orage Jeffers, comme le font mes amis, pour rire. Curieusement, cela me fait beaucoup de bien. Pour moi, ce surnom illustre mon désir de secouer un peu le cocotier... d'être une force qui pousse à changer ce qui ne va pas dans ce monde.

Je pratique avec plaisir le tae-bo, une forme moderne des arts martiaux qui me permet de me sentir forte. Le yoga et la méditation sont très utiles pour trouver la sérénité, mais je trouve aussi formidable de pratiquer des exercices qui augmentent notre sentiment de puissance. Eh oui !

Être fort ne veut pas dire essayer de contrôler les gens ou les événements de sa vie. La puissance est un état de la conscience. Et qu'est-ce qui pourrait vous donner un plus grand sentiment de puissance que savoir que vous pouvez faire face à tout ce que la vie vous apporte ?

> Ayez confiance ; tout ce dont vous aurez besoin sera là au bon moment. Et si ce n'est pas le cas, ayez confiance, vous saurez le trouver.

Souvenez-vous que la façon dont les choses se déroulent n'a pas d'importance isolément. Ce qui compte, c'est la façon dont vous prenez plaisir au cheminement, au voyage intérieur, à votre vie. Ce qui compte, c'est comment vous remerciez vos amis, comment vous appréciez les bons côtés de votre vie, comment vous êtes attentif à ceux que vous aimez et prenez du plaisir à tout cela.

Amusez-vous. Jouez avec la vie. Riez beaucoup. Voici ma nouvelle philosophie :

> Si ce n'est pas drôle, je ne peux pas le prendre au sérieux !

Ne prenez rien trop au sérieux, surtout pas vous-même.

Allez, monde, apporte-nous tout cela ! Nous sommes prêts à apprendre et à grandir. Je vais vous redire ce que je vous ai dit dans l'Introduction au sujet de cet ouvrage :

Ce livre possède sa propre autonomie ! Il m'a fait comprendre qu'il souhaite qu'on le lise et le relise. Il veut être votre recours quand vous aurez besoin d'aide pour avancer malgré vos inquiétudes face à l'avenir. Il veut vous aider par toutes sortes de moyens. Je vous suggère donc d'en faire un de vos meilleurs amis. Rendez-lui souvent visite et apprenez à bien le connaître. Et soyez sûr qu'il ne vous laissera pas tomber.

Il est vraiment temps d'achever ce livre et je le fais avec beaucoup d'amour...

De mon cœur au vôtre,
Susan (Orage) Jeffers

Faire face aux exercices !

Voici une liste des exercices, avec leur page de référence. Prenez ceux qui vous ont « parlé » lorsque vous les avez découverts dans le livre, et intégrez-les comme un élément essentiel et divertissant de votre existence.

Notes

Un grand nombre des ouvrages cités au fil de ce livre sont de précieux éléments de ma bibliothèque. J'y fais souvent référence, j'en emprunte souvent des citations. Certains, assez anciens, ne sont plus édités. Avec le temps, certaines des adresses Internet que j'indique peuvent changer ou disparaître. Mais ne vous inquiétez pas. Il y aura toujours un autre livre, un autre site ou une autre ressource pour vous donner précisément ce dont vous aurez besoin. Continuez simplement à regarder autour de vous.

Les ouvrages traduits en français apparaissent en gras (NdT)

Introduction

1. Cooper, Walter, *Shards : Restoring the Tattered Spirit*, Deerfield Beach (Floride), Health Communications, Inc.,1992, p. 5.
2. Watts, Alan W., *Éloge de l'insécurité*, Paris, Payot, 2003.

Chapitre 1

1. Goldman, Francisco, « The Magical Realism of the Elian Chronicle », *Los Angeles Times*, 20 avril 2000.

Chapitre 2

1. Cette citation figure dans le Questionnaire de Proust de *Vanity Fair*, juillet 200, p. 200. (Pour ceux qui ne le sauraient pas, Sting est le remarquable chanteur de l'ancien groupe Police, qui se produit aujourd'hui en solo.)

2. Découvert dans *Fire in the Soul : A New Psychology of Spiritual Optimism* de Joan Borysenko, Ph. D., Warner Books, 1993, p. 15.

3. Dans *Burst Out Laughing*, Berkeley (Californie), Celestial Arts, 1984, p. 20. Dans ses ouvrages divertissants, Barry Stevens présente son étude et sa pratique de la Gestalt-thérapie, des méthodes zen, de Krishnamurti et des peuples premiers d'Amérique qui l'ont aidée à avancer malgré les difficultés de la vie.

4. Feynman, Richard Philipps, *Vous y comprenez quelque chose, M. Feynman ?*, Paris, Odile Jacob, 1998.

5. Fields, Rick, Taylor, Peggy, Weyler, Rex, et Ingrasci, Rick, *Chop Wood, Carry Water : A Guide to Finding Spiritual Fulfilment in Everyday Life,* Los Angeles, Jeremy P. Tarcher, Inc., 1984, p. 8.

6. Pour en savoir plus sur Chungliang Al Huang et le taichi, voir *Tai Ji, danse du Tao*, trad. fr. Jacqueline Lavergne et Catherine Godard, Paris, G. Trédaniel, 2002.

7. Hallstein, Richard W., *Memoirs of a Recovering Autocrat : Revealing Insights for Managing the Autocrat in All of US*, San Francisco, Berrett-Koehler, 1992, p. 21.

8. Un de mes ouvrages préférés sur l'aïkido et la résolution des conflits : *The Magic of Conflict* de Thomas F. Crum, New York, Simon and Schuster, coll. « Touchstone », 1987.

9. Jeffers, Susan, *I'm Okay... You're a Brat : Setting the Priorities Straight and Freeing You from the Guilt and Mad Myths of Parenthood,* Renaissance Books (distribution St. Martin's Press), 1999.

Chapitre 3

1. Le besoin de tout contrôler vient très jeune, comme le montre cette lettre pleine de discernement de Julie, douze ans. Je remercie son père, Jerry Beckerman, de me l'avoir montrée, et Julie pour m'avoir autorisée à la publier.

2. Découvert dans *Developing Inward Calm*, neuvième conférence d'une série de vingt et une publiées par le Dr Bernard Jensen, chiropracteur et nutritionniste (Solana Beach Californie, Bernard Jensen Products, Publishing Division, 1976, p. 10).

3. Stevens, Barry, *Burst Out Laughing*, Berkeley (Californie), Celestial Arts, 1984, p. 35.

4. Crum, Thomas, *The Magic of Conflict*, New York, Simon and Schuster, coll. « Touchstone », 1987, p. 15.

5. Jeffers, Susan, *L'Amour comme solution*, trad. fr. Marie Perron, Paris, Éditions de l'Homme, 1990.

6. *Ibid.*

Chapitre 4

1. Wilde, Stewart, *Miracles*, Taos (Nouveau-Mexique), Wisdom Books, Inc., 1983, p. 7.

2. Vaughan, Frances E., *L'Éveil de l'intuition*, trad. française Marie-Joe Anastasie et Roger Ripert, La Table Ronde 1984.

3. Schultz, Mona Lisa, *Le Réveil de l'intuition*, trad. française Alain et Melissa Channel, ADA, 2003.

4. J'ai été directrice adjointe de l'Hôpital flottant pendant dix ans : il s'agissait d'un espace proposé aux habitants défavorisés de New York, dédié à la santé, à l'éducation et aux loisirs, et situé sur un bateau. Pendant les mois d'été, il naviguait autour de Manhattan avec 800 passagers et plus de 115 employés. Comme c'était sur un bateau, les passagers étaient tous « captifs » des nombreuses activités proposées tout au long de la journée. Pendant les mois d'hiver, les activités avaient lieu à quai. J'ai quitté l'Hôpital flottant il y a

plus de vingt ans pour entreprendre ma carrière actuelle, et il se peut que ces activités aient changé depuis.

5. Chopra, Deepak, *Les Clés spirituelles de la richesse*, J'ai Lu, 2000.

6. Voir *Tremblez, mais osez, Feel the Fear and Beyond, End the Struggle and Dance with Life.*

7. Koch-Sheras, Ph. D., Phyllis R., Amy Lemley et Peter L. Sheras, ph. D, *The Dream Sourcebook and Journal : A Guide to the Theory and Interpretation of Dreams*, Barnes & Noble Books, 1995, 1996, 1998.

8. Huson, Paul, *How to Test and Develop your ESP*, New York, Madison Books, 2001 (1re éd. New York, Stein and Day, 1975).

9. *A Course in Miracles* (vol. 2), Workbook for students, Foundation for Inner Peace, P.O. Box 635, Tiburon (Ca) 94920, 1975, p. 121.

10. *Le Petit Livre du tao te ching*, trad. française Eva Wong, G. Trédaniel, 2001.

Chapitre 5

1. Découvert dans *Le Petit Livre de la sagesse zen* de David Schiller, trad. française Pierre-Emmanuel Dauzat, Robert Laffont 1999.

2. Silverman, Robin. *The Ten Gifts : Find the Personal Peace You've Always Wanted through the Ten Gifts You've Always Had*, New York, St. Martin's Press, 2000, p. XVII.

3. Al Gore a abandonné la présidence des États-Unis à George W. Bush le 13 décembre 2000.

4. Wingate Paine, *Tilling the Soul*, New York, Aurora Press, 1984 p. 83.

5. Briggs, John et Peat, F. David, *Seven Life Lessons of Chaos : Timeless Wisdom from the Science of Change*, New York, Harper-Collins, 1999, p. 2.

Chapitre 6

1. Watts, Alan W., *La Signification du bonheur*, Denoël, coll. « Médiations ». 1980.

2. J'invite chacun d'entre vous à lire ou à relire un livre qui transforme la vie, *Découvrir un sens à sa vie*, de Viktor Frankl, trad. française Clifford J. Bacon, Éditions de l'Homme, coll. « Actualisation », 1988.

3. *Ibid.*

4. *Ibid.*

5. *Ibid.*

6. Dass, Ram, *Vieillir en pleine conscience*, trad. française Nathalie Grosrey, Éditions du Relié, 2002.

7. *Ibid.*

8. *Ibid.*

9. *Ibid.*

10. *Ibid.*

11. Tiré d'une conférence à l'Open Secret Bookstore de San Rafael (Californie), 21 avril 1999.

12. *Ibid.*

13. *Ibid.*

14. *Ibid.*

15.Pour en apprendre plus sur Ram Dass et commander ses livres et ses cassettes dans un catalogue très riche, vous pouvez consulter le site de Ram Dass (http://www.ramdasstapes.org).

16. Vaughn, Susan, « Motivational Speaker's Dreams Were Detoured but Not Lost », *Los Angeles Times*, 18 mars 2001, Work Place Section (W), p. 1-2.

17. Vous en saurez plus sur cette importante fondation en consultant les sites http://www.pollyklaas.org et http://www.klaaskids.org.

18. Pour en savoir plus sur le Pays des Larmes, lisez « Find Beauty in the Land of Tears » dans *End the Struggle and Dance with Life*, chap. 9.

19. Si cela vous intéresse de savoir quels bienfaits j'ai pu tirer d'un cancer du sein, vous pouvez lire mon discours d'ac-

ceptation de cette merveilleuse récompense dans *Feel the Fear... and Beyond*, chap. 3.

Chapitre 7

1. Frankl, Viktor, *Découvrir un sens à sa vie*, trad. française Clifford J. Bacon, Éditions de l'Homme, coll. « Actualisation », 1988.

2. Entendu lors de l'émission télévisée *60 Minutes* (CBS, 2 avril 2000).

3. Castaneda, Carlos, *Le Voyage à Ixtlan : les leçons de Don Juan*, trad. française Marcel Kahn, Gallimard, coll. « Folio Essais », 1988.

4. Pour en savoir plus sur le Pays des Larmes, je vous indique à nouveau le chapitre 9 de *End the Struggle and Dance with Life*, « Find Beauty in the Land of Tears ».

Chapitre 8

1. Platon, *Apologie de Socrate*, 29, trad. revue par Paul Lemaire, Hatier, coll. « Classiques pour tous ».

2. « La Mort et le Mourant », *Fables*, VIII-1. Reproduit dans ***Questions zen*** de Philip Kapleau, du Zen Center (association religieuse à but non lucrative, New York), trad. française Vincent Bardet, Seuil, 1992

3. Entendu sur la cassette de Ram Dass et Stephen Levine, *Exploring the Heart of Healing : An exploration of our healing into life within the context of our experience of dying*, Novato (Californie), The Access Group, 1988.

4. Dass, Ram, *Vieillir en pleine conscience*, trad. française Nathalie Grosrey, Éditions du Relié, 2002.

5. Morse, Melvin L., et Perry, Paul, *La Divine Connexion*, trad. française Carole Hennebault, Le Jardin des Livres, 2002. Vous pouvez consulter son site :
http://www.melvinmorse.com.

6. I.A.N.D.S. (International Association for Near-Death Studies), association internationale pour l'étude des états de mort imminente (http://www.iands.org et www.iands-france.org).

7. Prather, Hugh, *There Is a Place Where You Are Not Alone*, Doubleday, Dolphin Books, 1980, p. 35.

Chapitre 9

1. Chögyam Trungpa, *Shambala : la voie sacrée du guerrier*, trad. française Richard Gravel, Seuil, coll. « Points Sagesses », 1990.

2. Ryan, Richard M., et Deci, Edward L., « On Happiness and Human Potentials : A Review of Research on Hedonic and Eudaimonic Well-Being », *Annual Review of Psychology*, 2001, p. 4.

3. Caldwell, Christopher, « Anybody Having Fun », *Talk-Magazine*, août 2000, p. 25.

4. *Ibid.*, p. 25.

5. Cette remarquable « citation détournée » se trouve dans *Le Tao de Pooh*, par Benjamin Hoff, trad. française A. Kielce. Éditions du Rocher, coll. « Le Mail », 2001.

6. *Le Petit Livre du tao te ching*, Eva Wong., G. Trédaniel, 2001.

Chapitre 10

1. Source inconnue.

2. Je vous invite à lire l'émouvant ouvrage superbement illustré *The Illuminated Rumi*, trad. et commentaires de Coleman Barks, enluminures de Michael Green, ville Broadway Books, 1997.

3. Matthew Fox raconte cette histoire dans *Le Christ cosmique*, trad. française Jean-Pierre Denis, Albin Michel, coll. « Paroles vives », 1995.

4. Prather, Hugh, *There Is a Place Where You Are Not Alone*, Doubleday, Dolphin Books, 1980, p. 35.

5. « God Diagnosed with Bipolar Disorder », dans *The Onion*, 2 mai 2001 (http://www.theonion.com).

6. Le docteur Larry Dossey fournit des preuves convaincantes de l'action thérapeutique de la prière dans *Ces mots qui guérissent : le pouvoir de la prière en complément de la médecine*, trad. française Loïc Cohen. Le Jour, 1998.

7. *End the Struggle and Dance with Life*, *op. cit.*, p. 181.

Chapitre 11

1. Glassner, Barry, *The Culture of Fear*, New York, Basic Books, 1999, p. XXI.

2. *Ibid.*

3. Le docteur Renata Mihalic est la fondatrice de Purple Aura Chiropractic à Los Angeles, Californie.

4. Le docteur Renata Mihalic a inventé sa méthode après avoir étudié la synchronisation bio-énergétique (BEST), le champ énergétique humain (université de Los Angeles UCLA), le qi-gong, le reiki, la thérapie par le son et le ministère universel.

5. Morter, Dr M. Ted, Jr., *Dynamic Health : Using Your Own Beliefs, Thoughts and Memory to Create a Healthy Body*, Morter HealthSystems, 1000 West Poplar Street, Rogers, Arkansas 72756, révisé en 1997. Et l'ouvrage universitaire d'Arthur C. Guyton, *Textbook of Medical Physiology*, 8e éd., Philadelphie, W.B. Saunders Company.

6. Alain, *Propos sur le bonheur*, Gallimard, coll. « Folio Essais », 1985.

Chapitre 12

1. Jeffers, Susan, *Tremblez, mais osez !*, trad. française Denis Montagnon, Marabout, 2003, p. 20. Voici comment transformer la peur et l'indécision en assurance et en action.

2. Marylin Ferguson est l'auteur de *The Aquarian Conspiracy : Personal and Social Transformation in the 1980's*, Los Angeles, J.P. Tarcher, 1980.

3. Le titre de ce livre divertissant est *Shift Happens ! Powerful Ways to Transform Your Life*, de Robert Holden, Londres, Hodder & Stoughton, 2000.

Épilogue

1. Citation trouvée sur Internet. John Ciardi, poète, essayiste et traducteur, est devenu pendant les dix dernières années de sa vie un commentateur très populaire sur la National Public Radio. Il est mort en 1986.

3690

IMPRIMÉ EN ESPAGNE PAR LIBERDÚPLEX (Barcelone)

pour le compte des
Nouvelles Éditions Marabout
D.L. nº 55069 - février 2005
ISBN : 2-501-04128-3
40-0722-5/Éd.03